U0840507

碧空净

章晨成 著

百花洲文艺出版社
BAIHUAZHOU LITERATURE AND ART PRESS

图书在版编目（CIP）数据

碧空净 / 章晨成著 . -- 南昌：百花洲文艺出版社，2021.9
ISBN 978-7-5500-4370-1

Ⅰ . ①碧… Ⅱ . ①章… Ⅲ . ①中篇小说 - 中国 - 当代
Ⅳ . ① I247.5

中国版本图书馆 CIP 数据核字 (2021) 第 164443 号

碧空净

章晨成 著

出 版 人　章华荣
策划编辑　朱　强
责任编辑　赵　霞　顾　葳
书籍设计　朱嘉琪
出版发行　百花洲文艺出版社
社　　址　南昌市红谷滩区世贸路 898 号博能中心 I 期 A 座 20 楼
邮　　编　330038
经　　销　全国新华书店
印　　刷　南昌市红星印刷有限公司
开　　本　710mm × 1000mm　1/16　印张 13
版　　次　2021 年 9 月第 1 版第 1 次印刷
字　　数　160 千字
书　　号　ISBN 978-7-5500-4370-1
定　　价　48.00 元

邮购联系　0791-86895108
图书若有印装错误，影响阅读，可向承印厂联系调换。

目录

楔 子

这天是我们重案队举队欢庆的日子，兄弟们收拾一新，身着平时不常穿的警服，在队长郑小枪的带领下，列队走上了受奖台。这天，政工部门还遵从总队领导的指示，特地邀请了全体家属到场一同来见证这荣光的时刻。

为了这神圣的一刻，重案队的兄弟们可以说是跋山涉水，风餐露宿，与犯罪嫌疑人斗智斗勇，这一斗就是两年多。

两年前，海东发生了一起特大持枪杀人重案。疑凶绑架勒索被害人两百万现金后，开枪杀害了被害人，之后便逃之夭夭，销声匿迹。重案队的干探们剥茧抽丝，循迹追踪，最后成功锁定犯罪嫌疑人在M国的藏匿地点。疑凶混迹M国后，专门从事设计针对中国公民的骗局，公民被骗前往后，旋即惨遭绑架勒索，疑凶还发展了自己的私人武装。两国警方随即启动了国际警务合作机制，在共同实施的抓捕行动中，队长郑小枪身先士卒，在右大臂中弹的情况下，不惧枪林弹雨，疑凶在作最后的疯狂之后落网归案。

第二天，《海东晚报》以整版的篇幅，向市民详细报道了抓捕的激烈过程，对中方抓捕队长郑小枪更是赞赏有加。

哦，忘了自我介绍了。郑小枪就是我。我就叫郑小枪，是我们刑队的第十三任重案队队长，也是我们郑家第三任的重案队队长。我的爷爷、父亲都是刑事警察，他俩任重案队队长期间，带着手下的兄弟立功受奖无数，名声在海东警界也是盛极一时，有的精品大案，还被编进了公安大学的教材。

我的爷爷叫郑铁锤，我的父亲叫郑啸剑。我出生的那年，我的爷爷原来打算叫我郑大刀，据说我的奶奶当时颇有意见，她说，咱们家里不是铁锤，就是刀枪剑戟的，不知道实情的人，还以为咱家开了个铁匠铺子哩。爷爷就笑道，咱们当刑警的，手里就得攥着降魔打鬼的利器，大刀这个名字多好啊，响亮，得劲，提气，等将来大刀长大了，一样让他干降魔打鬼的刑警。再后来，我奶奶依然坚守着她的阵地，可以说是寸土不让，我爷爷只得来了个折中，就给我取了个郑小枪的名字。看着爷爷一辈子对刑事侦查的执拗劲，奶奶总算是默认了。

那天晚上回到家，我爷爷和父亲已等候了我多时。我爷爷一见到我，先是抚了抚我吊着的伤臂，接着就哈哈大笑起来，被子弹咬了一口，不碍事，你年轻，养几天就好了。一边的奶奶心疼自己的孙子，她抹着泪，很不满地数落起爷爷，你说得倒是轻松，你知道子弹不长眼睛吗？老了老了，说起话来还是二五不着调的。爷爷依旧大咧咧的，坏人的枪没准头，哪里赶得上咱老郑的枪。我忙安慰奶奶，说，真的没啥大不了的，子弹也就擦了块臂上的皮。说着，我还暗自提气，故意夸张地做了个动作，奶奶你都看到了，爷爷说得没错，我年轻，过几天也就伤愈了。我奶奶又心疼地抚了抚我吊着的伤臂，说以后抓捕坏人一定机警着点，别让奶奶的心总是悬着。我举着左臂向奶奶保证，小枪往后一定遵从奶奶的教诲，机警着点！奶奶忙着炒菜去了，我们三代重案队长开始坐下聊了起来。爷爷笑着问我，得意吧？我点点头，我身子流着你的基因，能不得意嘛。我已任刑侦总队副总的父亲指了指茶几上的两摞笔记本，好好看看吧，这些都是我和你爷爷当重案队长时写下的破案手记，相信其中的案子对你今后的侦查会有所启发的。

我还从未注意过我爷爷与父亲还有写侦破手记的习惯，两任重案队长的手记对于我自然是如获至宝。我忙向两位老队长表示谢意。父亲笑道，这里记录的大多是传统的侦查手段，现在有高科技助力，两者结合起来研究，希望能给你们重案队再好好添把柴禾。爷爷感慨，刑侦工作的精髓就是打击犯罪。天朗气清，河清海晏，这是群众的期待，也是我们一代代重案队员的责职所在。我点着头。爷爷的话，使我脑海里马上萌发出了把他老人家与父亲的侦查手记整理成册的念头，甚至我已将“天朗气清、河清海晏”构想成了一幅唯美的画卷，这幅画卷的名字就叫《碧空净》。

第一章

郑铁锤讲述的故事 之一

一

秋月哭得撕心裂肺的那个黑夜，曹坪梦见自己杀人了。

这是发生在一九八六年隆冬一个黑夜里的事。

曹坪举着那把豁了口的菜刀，提着口气，就向着那个影子冲去。

菜刀的豁口放着寒冷的光，那光亮得有些儿晃眼。曹坪记得，这豁口还是自己上午剁肉骨头棒子时给整上去的。当时，结婚还不到一年的妻子秋月，婆挲的眼在天井里放着晃眼的光，秋月说，你是快想想办法出去弄点钱回来吧，你看孩子饿得连哭的力气都没有了。曹坪朝秋月苦笑笑，说，我知道苦了你和孩子啦，我听人说，这肉骨头掺些黄豆熬汤催奶灵得很哩，你就再坚持几天吧。秋月没出声，她抹了把没禁住的泪回屋去了。不一会儿，又黑又潮湿的屋里便传出了孩子病猫似的哭声，再一听，那病猫似的哭声里还夹杂着一两声成人的抽泣，曹坪知道，那份抽泣是妻子秋月给他的。曹坪听着听着，刚开始有些安静的心复又开始躁动了起来，浑身就像点着了火苗子在乱蹿，剁骨头棒子的手不觉中就加大了力气。曹坪觉出了刀柄把虎腕一震，停下动作，就看到菜刀的刃豁开了口子在手里调皮地朝着他笑。曹坪愤愤地将菜刀撇向了天井的墙根下，气鼓鼓地站起身，发泄，这都过的什么鸟日子，不把这些讨债鬼杀死光光，这日子怕是永不得安宁。气话归气话，闷闷抽了根烟，曹坪还是耷拉着脑袋来到墙根下，捡起豁了口的菜刀，重又开始剁起骨头棒子来。不过，这刻的曹坪心境就如同乌云密布的天，只要稍稍捅一手指头，眼泪水儿就会瓢泼地流。

到了晚上，一大锅骨头棒子汤总算是熬好了。曹坪盛了一大碗，讨好地端到秋月的跟前，说，月儿，你就趁热喝了吧。秋月瞥了眼油汪汪的骨头汤，微蹙了下眉，接过碗，眼一闭，就跟喝中药似的喝了一口。这下子，还没等到曹坪嘴角边讨好的笑漾开，就听到秋月哇地吐了一口。秋月放下碗，什么也没说，泪就从眼角边流了下来。曹坪站在一旁急得直搓手，他连让自个儿下奶的心都有了。曹坪恨恨地擂了自己脑门一拳头，暗自狠毒地骂了自己一句，连老婆孩子都养不活，你在这世上还活个什么劲啊。

曹坪端着骨头棒子汤走进天井，天黑沉得让他透不过气来。这时候，就听见老父亲的唾骂声，赌，赌，赌，总有一天得把这个家给败光了。老父亲是恨铁不成钢。父亲的话其实早应验了，这好端端的家是快散了。想起刚结婚的那阵，夫妻俩谁还会在意日后孩子有没有奶吃。家里的存钱即便从乡下请个奶娘来都不成问题。现在却为了几袋奶粉，都得蹙着眉头挖空心思想办法。曹坪瞥了眼手里的碗，怒气中生，愤愤然将汤碗摔碎在天井里。他恨自己。也许是天井里的摔碗声又一次刺激了秋月的神经，秋月的哭声就从他们又黑又潮湿的屋里传到了天井里。起先，秋月哭得还算有些理智，嘤嘤戚戚的，像雨丝轻轻揉拂着马路上的梧桐，后来，这声音就像家里那台渐渐放开了音量的半导体，到最后，干脆拨到了最高音，由着性子撕心裂肺地大哭一场。

曹坪倒是想着该进屋里去劝一劝，可步子刚挪开，又收了回来。曹坪知道，这回再劝也没什么作用，相反还会火上浇油，干脆，就由着她的性子，好好哭一场，说不定这心里头反倒安稳一些。想着，他就提步来到天井一侧的灶间，索性一屁股坐了下来。从上午到现在，十多个小时过去了，他还没有踏实坐下来好好喘上几口气。上午买骨头棒子时，那个满脸络腮胡的屠夫认识他，老远就冲他嚷，你这是怎么了，今天不拉客挣钱了？曹坪淡淡地笑了笑，忙掩饰道，老婆生了孩子老是不出奶，孩子饿得哇哇叫，这不来买点儿骨头棒子，听人说，骨头棒子熬汤催奶呢。络腮胡大气地冲他一嚷，手指了指案板上的骨头棒子，看好了，你随便拿。曹坪说那哪行呀，你挣口饭钱也不容易。络腮胡朗声一笑，不就是几根儿猪棒子嘛，咱俩还客气个啥。

提着骨头棒子往家走，曹坪的泪水就在眼里打转转了。看来这会儿送他曹坪骨头棒子的屠夫，还以为他就是过去那个开着私家货车四处挣钱的曹坪哩。自己怎么跟人家说啊，家里十多万的进账赌没了，十天前还想着翻本，最后连他娘的陪着他一块风光了好几年的三吨跃进货车也被人开走了。这还不算，昨天流里流气的张阿三又寻上了门，说是后天再不把那一万块赌债凑齐了，再见面时他们就不再是朋友了。

钱啊钱。这时候的曹坪已被它折腾得心力交瘁，秋月还像是走了亲爹新娘似的在哭。曹坪感觉脑瓜子都要开瓢了，他索性闭上了眼睛。这一闭，不多会工夫，眼皮子就像是被人涂上了胶重重地给粘上了。

起先，曹坪还迷迷糊糊觉出天井里传来了杂沓的脚步声，心里头一紧，这时候万万不能债主上门逼债啊。细一看，曹坪蔫了，领头上门的不正是脖子上挂着原先主人还是自己的那根麦穗黄金项链的张阿三嘛。

张阿三颐指气使，十多个随从一样跟他神气活现的。这时候就见秋月蹙着眉，俨然一副个女当关，万夫莫开的架势拦在门口，不让他们进屋。张阿三皮笑肉不笑地走过来，二话没说，冲着秋月就掴了一耳光，血就从秋月的嘴角边流了下来。秋月双目圆睁，大义凛然。张阿三胆怯地后退了几步，跟着手一挥，给我上！跟着，十几个喽罗就像炮弹出膛似地向秋月冲撞过去。曹坪一看，火苗子就从眼眶里蹿了出来，他顺手捡起天井里剁骨头豁了口的菜刀，如下山的猛兽疯了般地向张阿三剁去。张阿三哪还有还手之力？脸上流出的血早已覆盖住了他那张小人得意的脸。众喽罗慌了，抬起张阿三就往天井外撤，曹坪杀得兴起，豁口的菜刀在手里滴血，嘴里还在吼着，人却失了足在天井里给重重摔了一跤。

这一跤，可把曹坪给摔醒了。他睁开眼，脸已被气歪了的老父亲呼哧地喘着气立在他的跟前。曹坪明白了，自己的这一跤，原来就是气歪了脸的父亲给送的。气歪了脸的老父亲亮着嗓门，你这个孽种啊，还安生地在这做大头梦，你媳妇秋月自杀啦！曹坪一惊，忽拉从地上爬起来，她人现在哪儿？父亲喘着气，说在医院里抢救着哩。曹坪一把拨开了老父亲，撒腿就往天井外跑，老父亲看到了他留在天井里像是受了伤的母狼般的慌张，秋月啊，是我害了你啊，你可要挺住啊！父亲抹了把似水仙上褶皱里残存着的老泪，默默地转过身，拖着他那双老寒腿，向抢救秋月的医院挪去。

二

头顶上的冬日压根就没在意昨夜里曹坪家弄出的动静，一觉醒来，依然照着自己季节里的作息开始了新一天的劳作。

昨天折腾了大半宿，秋月又是被灌肠又是被洗胃，医护人员总算是把她从死神手里给拖了回来。曹坪失魂落魄地回到家，这心里头说不出是愤还是恨，冬日里的白毛子风阴阴地刮着，还不时地往领口里下摆里乱窜，曹坪能感觉到浑身已冻成了一张鸡皮。他瞥了眼还敞开着的屋门，屋里因长年透不进多少阳光，不太宽敞的门就像人张开的嘴巴，在往外哈气，不过，它哈出的不是热乎气，而是一股阴森潮湿的砭骨之气，隐隐中还有点儿霉味。曹坪不想进屋，索性就在天井里用脚勾起了昨天他剁骨头棒子时坐过的小凳，再找块避风的旮旯，一屁股坐下来，操起衣袖便晒起了太阳。

不多会儿，曹坪感觉到身上有了些许的暖意，阳光洒在他的身上，让他感到像是有双温热的手在揉搓。一只叫不上名的小鸟儿啁啾着，从他的眼前一晃而过，目标直抵天井外那棵据说有了百年历史的老槐。曹坪顺着小鸟在天空划下的痕迹望过去，原来老槐上早有另一只鸟在候着。曹坪就想，这两只鸟也许就是情侣鸟，这会儿在枝头上跳上跳下，说不定在商量着该如何更多更好地享受婚后的快乐。这样想着，曹坪的思绪又飞回到了秋月身上。当初他们快乐得绝不比这对情侣鸟差，不愁吃不愁穿，四个轮子跑着，每天还得关着门在家里哗哗地数钱，那是怎样的日子啊，就连菜场每天进项一两百的络腮胡子，见了他神情也是谦卑得很。可眼下，络腮胡子要是知道现在的曹坪已是被人拔光了毛的凤凰，指不定还为昨天的慷慨懊悔呢，他娘的，那些肉骨头就权当送人喂狗了吧。曹坪知道，这年头人少的就是个心境，可这心境必须得有经济基础作支撑。人家络腮胡子没牵没挂地人前人后聚沙成塔般地进行着他的原始积累，那神情谦卑中透着自信，忙碌中亮着朗爽。而自己呢，刚刚淘来一桶金，转眼就倾倒了出去。

曹坪失神地盯着情侣鸟嬉戏的老槐，心想着，自己多像是眼前这棵比自己年纪要大得多的老槐啊，皱得皴裂着的一身黑皮，没有半点儿的绿意，闷闷的，暮暮的，再看它向空里伸出的枝桠，犹如快失了元气的老太们那一双双没有血色的手胡乱地舞着。曹坪就这样呆望着，阳光拖着尾巴游进了鼻孔，痒痒的，他禁不住重重地打了个喷嚏。曹坪再无了晒太阳的兴致，索性站起身来，带上院门，上街溜达去了。孩子被秋月的娘抱走了，自己正好无事一身轻。至于张阿三会不会今天摸上门来，随他娘的便吧，反正钱是没有，家里但凡值钱的，看上什么就拿什么吧，大不了把屋里那台最值钱的八成新的半导体拎了走，再连带着自己再狠揍一顿。

心里头把什么都卸了反倒轻松了起来，曹坪就这样没有目的地逛着，这时候他忽然间想起了昨夜里那个血淋淋的梦，想着，连他自己都觉得有点不可思议，有点儿滑天下之大稽。他嘴角边漾着笑，反问自己，怎么做这样的梦，这可能吗？我曹坪泰山压顶也不至于为他张阿三陪葬吧。

张阿三是个什么东西，他曹坪心里清楚，说他是个头上长疮脚底流脓的货色，或者把滨海海滩上所有诅咒人的话全用在他身上都不为过，都不让他曹坪解气。曹坪没脑子似地向外倾倒挣来的第一桶金，走上邪道就是他张阿三给引上的。待曹坪一切明白过来，早已是家徒四壁，就连给孩子喝奶粉的票子都没了着落。秋月为此哭闹过，跟他扭打过，还有一段留在娘家最长达三十一天的记录。每次哭过闹过之后，似乎最后的胜利者都是秋月，可安生的日子没过几天，曹坪这手就像患上了反复发作的皮肤病，痒得有点儿钻心。

曹坪与张阿三是一年前认识的。那时候的曹坪在邻里的眼中可真是个能人曹坪，脖子上吊着像是拴狗链一样粗的麦穗黄金项链，十个指头伸出来，一溜戴着镶着福禄寿禧财大字的金戒指。他就像是机关里工作的官爷们，成天胳膊肘里夹着只黑色公文包，在人前人后晃当。人家本来就有钱嘛，家里的戒指多得都恨不得长出十四五根指头来，人家不牛谁牛。最初说这话的就是那个长着满脸络腮胡子的屠夫。

张阿三真名不叫张阿三，他的大名叫张达隆。父母生下他倒是巴望着他长大后能达隆，可他的“隆”没攀上，年纪轻轻就进了三回局子，后来认识他的人就戏谑他，以后你别再叫达隆了，干脆就叫阿三得了。这一来二去的，张阿三就渐渐替代了张达隆。曹坪富得流油的那会，张阿三充其量就是个街头的瘪三，别看他长得姑娘见了第一眼绝不想再看第二眼，兜里揣着的硬币也只够买碗阳春面，可他在大牢里却学得一手察颜观色的绝活，话到了他的嘴里怎么听怎么让人舒服，总之一句话，张阿三他这颗脑袋猴精。

那天曹坪接了批送浙江湖州方向的货。整个过程应当说是干干净净，利利落落的。车子开回到枫桥，就见马路两边饭庄三三两两闪起了霓虹，总之，曹坪这天的兴致很高，货到钱收，这还能让人不高兴嘛。曹坪对随车的司机说，你看那些闪着的霓虹灯多像是女人扭动着的身子啊。司机听自家老板这么一说，兴致也跟着来了，就说，老板，这会我倒不想吃她们的奶，倒是想尝尝她们的饭菜哩。司机这么一说，曹坪马上也生发出是该填填肚皮的念头。于是，就说，那咱们就停车会会这些卖弄风骚的娘们。司机嬉笑着，找了家门店，把车停了下来。

酒足饭饱。到这会儿，如果说曹坪今天兴致一般，或者说在娘们的店里没喝上三四两的高粱酒，这趟的行程也就可以画个句号了。可就在句号即将画成的当口，兴致颇高的曹坪对司机说，今天开了一天的车你也累了，打个盹，接下来的车我来开。司机疑惑道，你行吗，喝了这么多的酒？曹坪大咧咧一笑，怎么就不行了呢，武松酒醉还独闯景阳冈哩。话未完，就发动开车子。起先曹坪车开得倒也未见什么不对的地方，可等车进了龙华路，问题来了。对面的绿灯刚刚一跳，曹坪就挂档起步，车子还没跑利索，就听到车右侧咣的一声响，曹坪知道不妙，赶紧将车停下来，这时候就听见从车后的马路上传来了杀猪似的嚎叫声。曹坪跳下车，这时候的酒也彻底给吓醒了。马路上，就见一个年纪跟自己相仿的男子趴着干嚎着，他身边倒着的自行车，前轮被压得搅上了麻花，后轮还在一个劲地空转着。

曹坪唤上司机，忙将受伤男人往车上抬，接着，车子又加足了油门，撒开腿就往龙华医院跑。等车到了医院，让曹坪目瞪口呆的是，受伤男子的脸上就像是消了乌云，他跳下车，扑了扑自己的右大腿，咧嘴一笑，喏，好了，不疼了。见受伤的男人无大碍，曹坪悬着的心也总算放了下来。不过曹坪想着，既然已经到了医院门口，不如就索性检查一下，人家年纪跟自己差不多，日子还长着呢，可不要留下什么后遗症。曹坪说得很诚心，受伤男人的脾气倔得很，他执拗地说，猪皮狗骨，不会有大碍的。拗不过受伤男人，曹坪想着就从口袋里摸出一千块钱塞到受伤男子手里，说这个你先拿着，日后有啥事就找我。受伤男人推让了一阵，最后像是非常不安地收起了钱。

三日后的一个黄昏，曹坪正捧着饭碗吃着饭，就听见天井外有人敲门，曹坪思忖着，谁呢？放下碗，欠起身，开门迎客，是受伤男人。曹坪忙将受伤男人让进屋，客气地请他坐下吃饭。受伤男人显然不想搅了曹坪一家人独享的这份宁静与温馨。他嗫嚅着，曹老板，其实我今天来也没什么大事，两句话说完我就走。曹坪大手一挥，刚来屁股还没还落凳就要走，不行，今晚上咱哥俩就喝两盅。受伤男人像是没听见曹坪的话，他从裤兜里掏出九百五十块钱递向曹坪，说曹老板啊，大前天你塞给我的一千块钱，后来我去医院检查花了五十块，这不，多的我就给你送回来了。听受伤男人这么一说，曹坪心里头一热，忙问道，你是怎么找到我这来的？受伤男人有些不太好意思地说，那天在龙华医院里你不是都对我说了嘛。曹坪一想，忙拍了拍脑袋，说是这样的，是这样的。受伤男人递上钱转身向门外走去。旁边一直作静观状的秋月开口说话了，她说，曹坪啊，我总觉得这人怪怪的，你说这年头谁会对钱不上心的？曹坪一听，觉得秋月的话也不是没有道理，也就漫不经心地回了句，这年头好人还是不少的嘛。听曹坪这般说，秋月也不知是有意还是无意，就说道，你不是常吵吵着生意忙人少不够嘛，干脆把他收进来不正好可以为你腾出双手来嘛。曹坪一听，击了下掌，是啊，光顾着高兴了，咋就没想到这层呢？说完，他拔腿就向门外追去。

受伤男人就这样成了曹坪的雇工，这风里来雨里往的，渐渐地曹坪也把他当成了自家兄弟，不过对受伤男人的名字，曹坪还是喊成了张阿三，这主要还是受伤男人坚持的，他说，你每天这么个叫法，正好对我也是个提醒，勿忘耻辱嘛。曹坪想想，就由着他吧，名字嘛，不也就是符号嘛。这期间张阿三也为曹坪张罗来了几笔生意，这样张阿三在曹坪的眼里那就更是兄弟了。曹坪越是这样对他，张阿三的心里头越是灌满了蜜。其实，曹坪对他张阿三的了解充其量也就是个表皮子，他张阿三坏了的内瓤子即便曹坪借来了孙猴子的火眼金睛也不定能看明白。张阿三鬼着呢，为了这次的苦肉计，他可谓是动足了脑筋。他明白，像他这种三进宫的人，欲进个风风光光的单位绝对没门的，即便是求爷爷告奶奶，最后到手的也就是一份与街道上那些老头老太们头碰头的街道加工厂的工作，国营单位的大门才不欢迎他这号人进去哩。于是乎，想来想去，便想到了傍个老板的念头。正好，这时候一块在“山上”呆了两年的黄毛寻上门来，说你帮我联系联系有钱的主。张阿三就不明白了，说你要我帮你联系有钱的主做啥？黄毛不屑地瞪了他一眼，还三进宫的人呢。告诉你吧，我与哥几个开了个赌场，你帮我带几个有钱的主来，少不了你的红利。黄毛一席话倒像是干裂的天气里一场倾城倒下的雨，他眼珠子骨碌碌转了几圈，说这没问题，你就看我阿三的身手吧。

曹坪还在念着阿三的好，这脚就不知不觉地被张阿三引向黄毛了他们的地下赌场。渐渐地这双脚几天不往那里挪，整个身子骨里就像是钻进了无数只吮吸他骨髓的小虫子，他曹坪把持不住自己了，直到输掉了引他驶向小康路上的跃进牌货车的那天，张阿三在曹坪的眼里还是个少有的好人。

这时候一辆货车从曹坪的眼前呼地驶过，车身天蓝色的，跟自己过去的跃进车颜色一样。曹坪苦笑了笑，这时候他总算有点儿开窍，其实啊，想致富难，想守住自己的那点家底子更难，不是常有人说攻城容易守城难嘛，这大概天底下一个理。罢了，不去想它了，再想这脑瓤子都疼了。曹坪从兜里摸了根飞马烟，点上，深深地吸了一大口。

这么逛着，这脚不觉中就踏上了马路两侧都种着香樟的东进路。阳光倒是没冷落曹坪这么个落魄人，罩在有些眩目的光里，曹坪觉了鼻翼四周散发出淡淡的烧饼香，身上不觉中也冒出密密的细汗来。曹坪抬头望天，天上流淌着丝丝的白云，把这深蓝的天映得更加妩媚。曹坪无意识地愣怔了好一会儿，就见一幢洋楼的高窗上正飘落下泛着银光的纸片，这纸片在曹坪片刻的记忆里，亮得刺眼，亮得炫目，它多像是天上落下的馅饼，不，它更像是天下落下的银元。这么想着，曹坪的脚下意识地往纸片落地的方向迈去。

东进路上少有人走，这刻的曹坪不觉倒有点儿孤独起来。他的步子百无聊赖地迈着，这时候，洋楼外墙橱窗里那幅漫画倒勾起了曹坪的兴趣。他盯着那幅漫画足足看了五分钟，这才算看出点儿头绪来。漫画是这样的，一个瘦骨嶙峋的男子，当然面部也是委琐的，左手握剑，右手持枪，直指他面前的汉子，他面前的汉子那身子就像是吹足了气的气球，无论如何他俩都不在一个重量级上。可恰恰就是委琐男子手里有枪有剑，长得像气球似的汉子马上就从强势转入了弱势。曹坪猜想，气球样的汉子肯定明白，他就是一拳能把瘦骨嶙峋的男子砸碎了，可他的力量无论如何是敌不过子弹头的，所以还是好人不吃眼前亏了，乖乖地举起手投降算了，好歹还能落个好身子。看着看着，曹坪沮丧着的脸上总算挤出了点笑来，他似乎终于弄明白了，其实强势与弱势之间本来就如同一张薄纸，真的想开了，弱势的人一样可以转眼变成强者。

曹坪搓了搓被阳光晒得有些发热的面颊，回转起身子认真地打量了眼前的洋楼一会儿，之后，便加快了步子，朝着他想去的方向走去。

第二章

父亲篇　不会湮灭的罪恶

一

事后，香妮躺在那个染着彩发的青年男子的臂弯里，听他对自己说，那天见到你，我的第一感觉就是被你给狠狠电了一把，当时啊我的心跳就加速了，我知道我们的故事既然从你这儿挑开了头，往后轻易也不会匆匆就结束的。

香妮清秀的鸭蛋脸白白皙皙的，刚染成的棕色的长发在晨风的轻拂下更添了她的妩媚，婀娜的身条就像家乡沿河边上荡漾着的杨柳，她身上散发出的气息就如同她的名字一样让人心醉。

太像了，真的是太像了。那天，当香妮骑着自行车鬼使神差般地从彩发青年的身边摔倒时，他的一双眼睛骨碌碌地一下张得溜圆，啊，咋会是秋芸哩，他感觉到了后背沁出了汗毛一般密的细汗。穿过叶片的光晕闪烁着七彩的迷幻旋转着，他箭步上前，血丝未消的眼顿时变得些许的模糊起来，他想到了秋芸当村长的爹，想到了她那个长着一身腱子肉的愣哥，想到了那个映得他一身火红的早晨。

那天，他是在一阵紧似一阵的砸门声中被惊醒的。他侧目看看身边的秋芸，这时候的秋芸就如同刚遭人暗算过的小猫，缩在他的怀里哆嗦着，其实，她当村长的爹自攥开青筋暴凸的老拳的那一刻，她就被砸醒了。旅社的门咣地一记被踹开了，还未容得他开口，迎面就捅来了一只裹挟着晨风的拳头，不用猜，那拳头肯定是那个长着一身腱子肉的愣哥给的。顿时，眼前金星飞溅，伴着秋芸凄厉的尖叫，一股咸淡淡的血腥在鼻翼四边溢开了，愣哥像是找到了快感，这血红仿佛成了这几天来对他寻妹的最高奖赏，他越击越勇，呼呼成风的拳头在金星四溅的眼里催化成了铭心刻骨的流星雨。也不知道过了多长时间，村长喉头上下滑动了一下，走！

秋芸走了，他没看清她好看的鸭蛋脸上早没了一丝的血色，也没看清秋芸眼窝里泉涌一般的眼泪。

待他养好伤回到村里，村里的人见了他都像是在躲避着瘟神。后来他一辈子都没直起过腰的爹告诉他，秋芸回来的当天下午就被一辆小汽车接走了，听说是给县城一位刚刚走了婆娘的副局长当了新娘。他在竹床上躺了一天。私奔哪有像你们这样在家门口打转转的，这不明摆着让人逮吗？爹的话对着哩。怪只怪自己未投胎个好人家。待一切都想明白了，他原谅了愣哥的拳头，原谅了秋芸青筋暴凸的爹。

他弯下腰扶起了马路上的香妮，四目相对，香妮像秋芸一般好看的眸子里映着他火烧云般的脸。他感激老天爷对他不薄，在老家失去了秋芸，可在海东他又结识了秋芸般的香妮。他对香妮隐瞒了他在大别山区的家，还有意识地将驼背的爹提拔成了颐指气使的阔老板。话说出口，他也曾有过片刻的不宁，可一转念，他的心又平静了下来，这一切还不都是为了失却的爱情？

香妮葱般的手指头插在他的彩发里，我可是把自己的身心都交给了你，你可不能负我啊。他拧了拧香妮坚挺的鼻尖，哪能哩。他将目光移至窗外，自己在饭店打杂，一个月两千多块，充阔的日子早使他捉襟见肘了，这样下去迟早露馅，为了延续他所谓的爱情，他对自己说，是到了该想办法的时候了！

二

天热，这心里头更热。窗外那条蛇一般弯弯曲曲的清流河散发出来的味道，也不知道从何时起就背叛了它的名字。河上蒸腾出来的气味钻进逼仄的陋屋，再经过咣咣作响的风扇这么一搅，就像是早已爬满了蛆的病猪肉，恶臭得让人窒息欲吐。姚二在铺着草席的木板床上翻来覆去，几次强迫自己睡去，可这燥热就是很难让他的心绪平复下来。

也不知道过了多久，姚二迷迷糊糊像是听到了闷雷的声响，闪电就像是银蛇吐着信子在小屋里乱窜。一声炸雷过后，白哗哗的雨就倾盆倒下了。姚二迅捷地褪尽了衣裳，平展开胳膊，扬着头，就像一秆久旱了的高粱，贪婪地享受着老天不肯轻易施舍的甘霖。

老二，救我！有呼救声传来。姚二手搭凉棚，透过雨帘，循声望去，是大哥姚海山在求救。

姚二使劲往大哥呼救的方向冲去。无奈，这瓢泼的雨阻得他难迈开滞重的腿。大哥还在拼力呼救。姚二一急，连嗓子都发不出声来。他急急地蹲下身子，干脆朝大哥的方向爬去。也不知道爬了多久，风停了，雨也住了，姚二也分不清脸上身上到底是汗还是雨水。

大哥静静地躺在悬崖边，脸上身上都是血，周遭的山野花无力地耷拉着脑袋，他爬过去，抱住大哥满是血的身子，使劲地摇晃着，大哥，你醒醒，你醒醒啊！他悲恸地哭出了声。这一哭，人就醒了。

姚二一骨碌从床上坐了起来，人像是从河里刚爬上岸，全身汗涔涔的，小屋里恶臭如前，闷憋依旧。他揉了揉还怦怦直跳的心，随手点了根烟，整个的思绪还在刚刚的梦境中踯躅着。大哥是给人家便利店送点心的，每天差不多傍晚六点做完最后一笔生意，总会到他的租住小屋弯一弯，顺便捎盒盒饭或者送点面包吃食来。昨天一天没见过他的影子，晚上也不知道他在忙些什么，可不要弄出什么事情来。想到这儿，姚二吓了一跳，梦里的情景又像是山坳里慢慢腾起的岚气在脑海里忽悠开了。这下子姚二睡意全无，他大睁着眼，直熬到天亮，便匆将起床，唤上一起进城打工的几个同乡，直奔大哥的租住屋。

敲门，室内无人应声，姚二掏出大哥给他的备用钥匙，这门一开，包括几个同乡在内，他们一个个都吓呆了，大哥直挺挺地倒在水泥地板上，他的周遭是一大滩像是已经凝固了的血。

歇了一宿的太阳像是喝足了营养液，由它搅起的热浪憋得人气都喘不过来，四面无风，毫无倦意的知了在叶片皱卷的枝梢上撕扯着嗓门一个劲地干嚎着。

警方经过四个多小时缜密勘查，最后确定姚海山的致命伤在颈部，系大出血后的窒息性死亡。作奸者对其实施加害的时间，应当在姚海山醉酒之后。

现场位于城西清涧路停车场一侧的动迁棚户区内，三百户的居民小区里，羊肠子似的小路七里拐弯的，就如同一张密织的蛛网，倘若没人带路，外人即便花费成倍的力气也难一下子寻到目的地，姚海山租住的陋屋就湮没在其间。

现场的门窗完好无损，床边木板搭就的台子上，躺着已被人解决得差不多的袋装花生米和熟鸡腿，还有两瓶只喝了几口的东华牌啤酒，台子下面搁着四只已喝空了的啤酒瓶。床底下的一只棕色旅行箱盖口大敞着，里面有明显的翻动痕迹，一万八千多块人民币不翼而飞。

重案队长郑啸剑走出现场，他身上那件被汗濡湿了的灰色T恤紧紧地贴在身上，他抓住前襟使劲抖了抖，手指头轻轻刮了几下脸上渗出的汗，点上烟，又盯着小屋琢磨开了。从整个现场看，疑犯熟门熟路，其间又掺入了与姚海山共进晚餐的细节，这恰好说明熟人动刀的可能性要远胜于陌生人。他的眼前甚至幻化出了这样一组镜头：某男，趁着黑夜，避人耳目，挟带食物，步入现场。老友相见，自然少不了一番客套，落定，开瓶畅饮。无奈，力气大而酒量小的姚海山，两瓶啤酒落肚，跟着便头重脚轻起来，第三瓶还未喝上几口，便不胜酒力醉倒现场。于是乎，某男掏出身藏匕首，就像是划开一张皮革，朝着姚海山的颈部动脉就是一刀。姚海山气息了无，某男目标无误地拉出床底下的旅行箱，没费多大的气力，就卷走了姚海山这几个月的劳动所得。

案情分析会上，重案队长郑啸剑又如此这般地推断了一番，不过，这回他将此起毫无争议的抢劫杀人案又添加了一些新的成分。比如说，某女，趁着夜黑，挟带食物，步入现场，接下来不胜酒力的姚海山坐倒在水泥地上，某男出现了。待一切收拾停当，这对着连裆裤的男女留下了满屋的血腥，携财而去。或者说，某男临时起意，顺手牵羊。这些年，他体会有加，办案如织锦，当心细毫发，则瑕疵不再。

大家伙意见统一，郑啸剑决定就循着这条路径，从跟姚海山有一定熟识度的关系人身上一路追踪追击。

三

姚海山到底是怎样的一个人？我大哥不赌不馋不嫖，这是姚二和他的弟弟姚三对他们大哥一生的评价。

姚二说起他大哥，这时候的脸上已没了往日那般自豪的神色。他说，在我们老家宁海那个蜗居在深山坳子里的田莆村，你站在卧龙岗上，一眼就可以望见阳光下那幢耀着白光的小楼，那也是我们村迄今唯一的一幢两层小楼。这楼的主人就是我大哥姚海山。此前，我们兄弟过的是怎样的日子啊？爹娘过世得早，十六岁的大哥就肩起了抚养我们弟兄的担子。都说长兄如父，那时候，自留山里的活，大哥从不让我们摸一把，每天天墨墨黑才扛着锄头回家，接下来又开始生火做起第二天的饭菜来。大哥说，听着，你们的任务就是好好读书，书读好了，将来才有出人头地的机会。大哥没日没夜地里头刨食，他的品行早吸引住了一位姑娘的眼球。一天收工回家的路上，姑娘往大哥手里揣了一双皮鞋，接着便红着脸跑开了，后来她就成了我们的大嫂。家里多了位大嫂，我们也像是变成了有娘的孩子，上学穿的衣裳整洁了，虽然还缀着不少的补丁，嘴里也能吃上了热腾腾的饭菜。我们的大嫂的确算是位大山里能干的女人，等到我们的侄女一出生，恋家的大哥就被大嫂撵出家门打工去了。大嫂望着日渐成熟的我们，她开始操心起我们日后的生活。在咱们山村，家里没幢像样的房子是很难娶到如意女子的。大嫂的生活是节俭的，在我们的记忆中，她出嫁时穿着的衣裳直到侄女长成两岁了，还穿在身上。那年在城里打工的大哥回家过春节，一家人吃着团圆饭，喝了几口酒的大哥很是兴奋。大哥说，咱们现在在村里好歹也算得上小康人家了，等过完节，我看屋里还是把冰箱空调置办上。大嫂一听，杏眼一紧，说不行，得盖楼，盖跟城里人一样的小楼。我们一听都愣了，大嫂不容置辩，家有梧桐树，不愁金凤凰，盖楼。我知道大嫂是在为我们的婚姻大事盘算哩。那幢闪着白光的小楼起来了，在我们的坚持下，大哥大嫂终于默许我们兄弟俩随大哥一起来海东打工。到了海东，我们这才体会到了大哥这些年打工生活的艰辛。我们也劝过大哥，你就歇歇手，让我们多干点吧。大哥一笑，傻小子们，再辛苦几年，等你们翅膀都硬了，我就回家坐在咱自己的白楼里喝功夫茶。

大哥还未轮上坐在自家的白楼里享受功夫茶呢，这就匆匆地走了，是哪个遭雷劈的下如此狠手啊？姚三看着现场小区内轰隆隆的推土机在紧着整地，泪如泉涌。

重案队长郑啸剑静静地听着兄弟俩絮叨自己的大哥，他想从死者生前的习性看尽快圈定出他的交友类别和范围。推土机隆隆在响，腾起的灰尘先是眷恋般地看了一眼它的故里，这才很不情愿地挪动身子向河对岸飘去。按施工计划，还有两周现场四周将夷为一片平地，不日，一个功能设施齐全的现代化新型社区将在这里崛起。

那你们认为你哥哥都在同什么人交往呢？郑啸剑打断了他们间的沉默。

姚二捋了捋有些紊乱的思路，道，大哥这人没有交友习惯，更谈不上主动跟什么人来往。他每天的生活就是取货、送货，单调而且重复。

可他遇害前分明在跟人喝酒啊，这是不争的事实。郑啸剑说道。

兄弟俩各自在脑子里转了几圈，姚三开口道，我看除了我们几个老乡，不会有别人的。

郑啸剑反问，为何这般肯定？

姚二显然很苟同弟弟的观点，道，我们在海东没有亲戚。平时大哥常跟我俩讲，出门在外，财不外露，为人当小，心事缄口，慎防祸从口出。说到这，姚三犯起了嘀咕，外人见了大哥，从他的衣着外表上，绝不会料到他还藏着一笔票子，对他知根知底的，除了我们兄弟俩，别的也只有几个要好的同乡了。想到这些，姚三的心里头也激灵了一下。

郑啸剑掏出笔记本，说，你们俩再好好想想，平时与你大哥走动得比较勤的都有哪些老乡？

兄弟俩掰着手指头，一口气列出了十三个人的名字。

郑啸剑再问，他们中有谁以前吃过官司，现在都在哪打工，暂住地在哪？

这一问不要紧，郑啸剑是越听眉头拧得越紧，这十三个人当中，除了六个他们能说出个子丑寅卯来，其他几个人的情况他们带上了“好像”、“可能”的口气。他们说得随意，余下的这些“好像”、“可能”只好等着办案人一个个地去甄别与澄清了。

四

汗水涔涔的陈三妹犹如一条小鱼随着喧杂的乘客游到列车检票口时，就听见有人在身后叫她的名字。

她匆忙回过头，就见她原先的女店主一边擦着汗，一边在向她招手。起先她还有点儿纳闷呢，房子推了，店也没了，老板还跑过来有啥事要交代？不过，很快，她疑惑的神情换上了金灿灿的笑容。她想起了刚刚临行前，她又一次拜托了女店主，日后碰上谁家需个帮手什么的，就给她捎个话，莫非转眼工夫自己的工作又有了新着落？陈三妹心头一喜，放下肩背手提的大包小包就往检票口挤。

女店主迎了上来，伸出胖乎乎的手一把拉住她，说你快跟我回去，有件事让你帮忙哩。

按说滴水之恩，当涌泉相报。店主有事让自己帮忙，自不在话下。可火车票还攥在手里，陈三妹看了看，有点为难了，她看着女店主，仿佛难开这个口，道，这……

哦，这个你不要担心，下趟车的火车票我们会为你解决的。是站在女店主旁边一直冲她微笑的中年男子在说。被人说中了心思，陈三妹就没啥顾虑的了，她问女店主，有啥事需要俺帮忙的？女店主脸上堆着笑，咱回去再说，回去再说。

在女店主家，陈三妹知道了中年男子叫郑啸剑，也知道了他是专门负责侦破刑事案件的重案队队长，还知道了他们要她帮忙的事，就是让她回忆回忆前天中午是否有人来店里买过东华牌啤酒，或者说她见没见到过什么形迹可疑的人。

听郑啸剑这么一说，陈三妹脑子里马上骨碌碌转了起来。她说道，要说见到过什么可疑人哩，这个我还真说不好，不过有个男子的样子我倒是觉得怪怪的。显然，女店主的性子比她要急，她在一边催促着，你倒是快说啊。

陈三妹说，前天中午十一点钟的光景，我在店里给我们当家的打电话，告诉他店这边拆迁了，工作没着落了，打算过两天就回牡丹江。这个时候，就看见一个戴着墨镜的小白脸在弄堂里逛来逛去，他一只手捂着脸，好像生怕别人认出他来似的。当时我也没往心里去，这不都是被丢了工作的事给闹腾的嘛。

这个男子长什么样你能描述得出来吗？郑啸剑问。

陈三妹摇了摇头，说，他的一只手始终捂着大半个脸，还戴了副墨镜，看不清，只看清他肤色白花花的，还染了个孔雀尾巴色的彩头。

郑啸剑沉思了片刻，问，还记得那天下午有人来买过东华牌啤酒吗？

提到啤酒，陈三妹一下接过了话头，道，嗨，下午五点来钟的样子倒是有个男子来店里买过啤酒。瞅他那模样，我心里头就犯嘀咕，今儿个到底是咋的啦，尽碰上“特工”了。那男子头戴太阳帽，撑副太阳镜，开口就要六瓶东华牌啤酒。当时我怕他不好拿，还特地腾了只盛矿泉水的箱子给他装酒。男子付完款后，捧着酒就走了。

郑啸剑听到这儿，忙从包里取了张照片，你细细瞧瞧，是这只纸箱吗？

陈三妹接过照片一打量，说没错，就是它。店主发话了，你咋就这么肯定呢？陈三妹说，那上头的“135”字样，不就是你前几天盘货时，用碳水笔写的啤酒数嘛。女店主接过照片一看，说是的哩。

郑啸剑听了心头一乐，老天不负有心人啊。现场小区内的十多家小杂店，不管门是否还开着，他都一家家地摸排过了，哪想到已开始打道回府的陈三妹手里头竟捏着一根嫌犯的线头。

这时候，一路在地区里对有过犯罪前科的嫌疑人进行调查的侦查员，从一对拾荒夫妇口里获得了一条至关重要的线索。

前天晚上这对夫妇路过河边，见不远处一男人往清流河里扔了团东西。他们夫妻俩忙蹲在河边的树丛里，等那男子走远了，忙跑上前去，随手用竹杆将那包漂浮着的东西捞了上来，里头是一件撕了领口的T恤，还有一把长柄的水果刀。女人数落说，你看看他们城里人快活得日子都不知道怎么过了，好端端的衣服说扔就扔了，败家子啊。回工棚的路上，男的说，刚才那小子我怎么看像个人哩。女人就笑了，不是人还能是啥哩。男的正色道，我说正经的哩。女的说，你想说的不就是经常在小区里转悠的那个“花头”嘛。

花头的举动就不能不让人生疑了。郑啸剑决定，立刻传唤他。等办案民警摸上门，花头早没了影踪。他家里人说，这会儿他可能在城北那边朋友的婚礼场上。小区居委会留守的沈阿姨一听，说哄鬼哩，这会儿他肯定跟许家的阿三在一块鬼混。等寻到了阿三，已是午夜时分。阿三在一家洗脚房泡了脚，这会正在浴城里呼呼大睡。听警察问到了花头的名字，阿三知道不会有什么好事，马上脱口说出了花头的落脚点。

花头被传唤后，对郑啸剑的问话一味地装傻，开口闭口自己绝对是个遵纪守法的公民。待郑啸剑向他亮出了T恤和水果刀，他突然间像是遭受到了奇耻大辱，情绪失控地吼道，张燕，你这个臭娘们，老子是不会放过你的。后来据他交代，张燕跟他好了几年，他在张燕的身上也耗费了不少钱财。最近一段时间，他发觉张燕对他冷了下来，几次尾随，才发现原来她跟一外地包工头好上了。前天晚上，他揣了把刀，带上阿三寻上门讨说法，哪想到，那个包工头不仅手头阔绰，身上功夫也不差，再加上他的那个保镖，三下两下就把他打趴在地板上。最后让他钻了裤裆闹剧才算收场。

花头说的到底是真是假？郑啸剑决定连夜请陈三妹辨认。陈三妹匆匆看了眼视频，说不是他，那人比他帅气多了。

五

张同汉不见了，还有一个叫罗小山的也不见了踪影。

房东说起张同汉来，那眼珠子都快蹦出来了，她啐道，这个赤佬我看他迟早要遭报应的。郑啸剑安慰她，不急，你慢慢说说他为啥迟早要遭报应？房东恨恨道，这赤佬欠了我两个月的房租不说，大前天近中午，他趁我去菜场买菜，就顺手牵羊，把我老头子刚领回来的三千多块退休金也给掳走了。老头子昨天气得一天没吃饭，今天一大早又到公园里闷坐去了。现在好了，我们正担心找不着他人哩，你们就助我们来了。

听房东说张同汉是前天快近中午出的门，这天也正好是姚海山被害的当天。是巧合，还是另外隐情？郑啸剑喝了口房东递过来的茶，说这样吧，你再把前天张同汉的事给我们详细说说。房东应了声，就说开了。

房东说，前天我拿着钱包正好出门，就听到耳房的门吱地一声。我拧过头，就见张同汉打着哈欠走出了门。平常他总是天不亮，人就上工去了，今儿个都快日上头梢了还赖在床上不起。我疑惑地看着他，说是怎么了，你们老板今天发善心了，给你放假？张同汉揉了揉眼，朝我咧了咧大烟牙，说怎么会呢，这几天累得气都喘不过来，这不自己给自己放天假嘛。你就这样猫在屋里，也不出去透透气？我又说。张同汉摸摸脸上的络腮胡，说是得出去透透气哩，来城里都快一年了，我连城隍庙在哪都不晓得。看着张同汉他那个落魄样，我心生怜悯，这些乡下人也真够可怜的，他们吃在嘴里，心里头还惦着老家屋里头的事。我就说你还没吃早饭，正好厨房里还有些馒头、稀饭，你就将就点吧，填饱了肚子，等会逛街腿上有劲。这个赤佬你听他怎么说，住你这里已经给你们添了不少麻烦，哪还能再张口吃喝你们的。我一听，还真的被他的老实巴交相给迷惑住了，心里还挺感动的，后来，索性把馒头、稀饭一股脑地端到了他住的耳房里，说你权当垫垫饥吧。他朝我憨憨笑笑，那时候我还真没看出他笑脸背后的阴谋，说不定他的心里在嘲笑我傻老太婆子哩。

别的，你们再没说啥？郑啸剑问。

房东摇摇头，说，后来我就买菜去了。回到家，见耳房的门开着，探进头一看，张同汉那只背袋包不见了。我心想不妙，想着老头子刚领回来的退休金还在家里的茶几上放着哩。掏出钥匙打开门，茶几上哪还有钞票的影子啊，真气死我了，这个小赤佬！说着，房东抹了抹眼窝子里涌出来的泪。

染着彩发的罗小山比起张同汉来走得可谓儒雅得多了。那天临中午吃饭前，他特地将房东唤回自己的租住房内，把下个月的房费都给预付了。

张同汉与罗小山都是姚海山的同乡，且平时都有走动。案发当天，两人本应当都在自己打工的岗位上，恰恰这天他俩都歇了工，而且都悄无声息地不见了踪影，这就不能不让人琢磨了。

这天他俩究竟干了些什么？现在是否跑回了老家？

协查电话打到了宁海，那边的警方很快来电了，张同汉与罗小山的画皮被剥了下来。张同汉这人面憨性烈，仗着年少时跟人学过拳脚，横行乡里，后来进了联防队，气焰更盛，动不动就把人给打了，再不听话，就用随身带的刀子说话。一位支教的大学生因看不惯他的做派，最后竟被他挑断了腿筋。生着一副小白脸的罗小山也是个面善心毒的主，一次，为了抢夺一位游客的钱包，他一个巴掌抽上去，游客一下跌下了山崖，命是保住了，身上落得多处骨折。两人均被人民法院判处过有期徒刑，释放后，他俩是恶习不改，常聚在一起干些见不人的龌龊事。

张同汉与罗小山旋即被警方列入重点侦查范围。

这天，宁海方面传来消息，古池镇派出所的一位民警中午下班去修鞋，听一位被罗小山欺诈过的小鞋匠说，他看见罗小山跟他的小舅子进了镇上的宁风酒楼。这位民警听罢，转身去所里取警械，等他冲进酒楼，罗小山早脚底下抹了油。

这个罗小山分明心里在闹鬼，心底坦荡荡你跑什么跑嘛。郑啸剑分析，这个罗小山短期内是不会轻易舍弃自己的老巢的，至多也就是跟当地的警方玩玩捉迷藏的把戏。

六

姚三得暴病死亡的消息在他咽气不足五分钟的时间内，就传遍了他宁海的老家。前后不到一个月的时间，家里连板两人，姚海山家那座气派的小白楼在周围人的眼里就不再那么气派了，甚至都有点儿岌岌可危了。说他家的楼盖在了羊角梢上的有，说他们的房子破了黄龙岭龙脉的也有，总之一句话，一切皆命中的定数。

郑啸剑得到了姚三的死讯，心里头负疚得说不出的痛。姚三的形象他记得清清楚楚，一张白皙的脸，没有因为在城里出力流汗而变得粗糙起来，甚至鼻梁上架着的一副近视镜，还为他多少增添了一点书卷气，衣着虽然离城里的小年轻还有一大截的距离。姚三生前几次陪姚二来队里，尽管他俩嘴上的话不多，但见了他们，办案民警心里头还是有一股子难以释怀的憋屈。同胞兄弟说没就没了，谁碰上了心口上还不得像是压了堵墙。现在戳杀大哥的凶手还没落网，姚二眼泪巴巴说，三弟咽气前说，他不瞑目啊。

郑啸剑他们只能将哀伤和愤懑掖在心底，平静的外表很难让人看出底里的湍流。

罗小山是在一个雾气弥漫的天气里被郑啸剑他们从鸭棚里掏出来的。从郑啸剑带着沪腔的普通话里，他知道自己的麻烦来了。没斗上几个回合，他一切都撂了，当然，这一切，他没忘记说，都是张同汉带着自己干的。

临逃离海东的前一天晚上，在花梨路靠近通江路的马路牙子上，张同汉与罗小山像是很悠闲地抽着香烟，两双贼眼却在马路周遭骨碌碌地转着，狼们在等待着羊羔。过了午夜时分，天上下起了毛毛细雨，两个不安分的身影开始变得急躁起来。

张同汉说，今晚上无论如何不能空手。罗小山没有搭腔，只是胡乱地点了点头。

晚上下班前，张同汉将罗小山约到一家路边店，简单点了几个热炒，还要了几瓶啤酒。吃着喝着，罗小山就看出了张同汉似乎有点反常，满腹里都是心思。追问中，张同汉一声叹息，说，你大哥的末日到了，现在也只有你小山能帮衬你大哥一把了。罗小山大惑，张同汉说钱袋子派人摸上门来了，说一周之内再不还上十万块的赌债，再见面时彼此就是仇家了。

钱袋子在老家是个什么样的人，罗小山心里明镜似的。别看他长得像腊月天里的寒柳，手头上又没几两力气，这几年他放高利贷的生意就像金三角地区盛开着的罂粟花，让人艳慕又让人生恨。前阵子张同汉接到老婆从家里打来的电话，告诉他好赌的赖三头那晚上无故被人打断了腿骨，现在还躺在床上。当时他心里头一凛，这事明摆着就是钱袋子派人干的嘛。他知道赖三头欠钱袋子的债比自己少不了多少。他正想打打哈哈，不料，老婆又不安地说道，我听外头人说，你欠着钱袋子不少钱呢，有这回事吗？钱袋子可是什么都干得出来的啊。放下电话之后的日子，张同汉几次梦到钱袋子派马仔提着刀摸上门来，又几次大汗淋漓地从梦里头被吓醒，现在终于是小鬼上门了，他是又急又气又怕又恨。

想到张同汉平日里对自己的好处，罗小山的侠义劲上来了，道，大哥，你说吧，小弟到底怎么个帮法？

张同汉盯着罗小山的眼睛，半晌说了句，也只能这样了。

这时候，见不远处一男子在雨中电动车骑得很急，张同汉朝罗小山看了一眼，罗小山心领神会地扔掉手里的烟头。等骑车人到了跟前，两人呼地跃了上去。一番动作，骑车人手指上戒指被撸了，脖子的金项链也被硬生生地拽了下来，钱包里两千八百多块现金也被翻了出来。得手后，两人就像是被人追逐的猎物，很快就没了踪影。可怜的骑车人似乎被这突然的动作给搞懵了，甚至连简单的反抗都没来得及意思一下。

当夜，他俩又敲开一家水果店的门，绑了人，又抢走了店家两万块货款。

第二金上头梢，张同汉摸上了门，说是我们得跑。罗小山不解，为什么啊？

张同汉瞪了他一眼，昨夜水果店里你没看到店主眼珠子朝我们直直地看，他能忘了咱俩长什么样？他肯定已报了案，我猜警察用不了多长时间，我们就得进去。

听张同汉这么一说，罗小山这才感觉到问题的严重性来，他只恨作案时太直白了，就没想到在脸上套上个啥玩意儿。他说，那还等什么啊，逃吧。

当然，那晚上张同汉回到租住屋，想到赌债，一夜无眠的事实没跟罗小山讲。罗小山也更不会想到，张同汉想到的溜，更大成分上还是想尽快地躲避钱袋子。

张同汉现在躲在了哪儿？

罗小山眨巴着细眼，说，我估摸着他现在应该躲在凤凰桥黑子家。听人说，昨天早上他老婆在院子里发现一只小木盒，打开一看，是一只缺了爪子的公鸡。这时候，他再往家里藏，不正好钻进了钱袋子的套子里。

郑啸剑看了看表，这时候上午九点钟还不到，当地随同的警察说，这里到凤凰桥也就是半个小时的车程。郑啸剑说，事不宜迟，堵他去！

当郑啸剑他们摸上门，黑子呆了，钱袋子没来，咋闯进来了一帮子警察？但很快他就知道了警察的来意。他嘴上没说话，忙用大拇指朝楼上捅了捅。

张同汉被摁住后，他交代的与罗小山供述的倒没大的分别。至此，两人杀人嫌疑释尽。

七

姚海山家的小白楼里，香烟缭绕。正堂上，姚海山与弟弟姚三的放大照片在对来人凄然笑着。堂屋内，坐着姚海山的眼睛肿得只剩下一条缝的老婆和他茫然不知所措的七岁女儿。对于郑啸剑的询问，姚海山老婆的思绪已从前些日子的过度悲伤中跳跃至现在对杀夫凶手的仇恨上来。

肯定是他，我想来想去还是他。姚海山的老婆忿然说道。

她说的他，叫庞事成。这个庞事成，做起事来如同他的名字，先些年，跑运输，生意如日中天，在当地富甲一方。后来也不知咋的，车队里十几台东风货车是日见渐少，再后来，就天天扎在村里的闲人堆里。家境的颓落，使他染上了赌瘾。可这个庞事成毕竟是庞事成，他能自甘落寞？于是，他的小脑子转来转去就转到了老实巴交的姚海山家里了。

一天，他摸上了姚家门，磨蹭老半天，才说出了借钱的想法。姚海山老婆也是实话实说，家里刚刚建了房，哪有什么闲钱啊。庞事成听了脸上马上涌上了愠色，一声不响掉头就走。为这事，姚海山的老婆还愧疚了好几天。过了没多少日子，庞事成又摸上了门，说你钱不借就算了，能告诉我海山在海东什么地方当老板吗？姚海山老婆一听脸就红了，说，我们家海山哪是当老板的命啊，他是风里雨里四处窜的一个送面包的汉子。庞事成一听，脸上冷笑笑，外头人都说你们两口子老实巴交的，其实心计啊比谁都深，别人想沾点你们的光难上加难。庞事成自个儿摸出根烟点上，吸了口，阴阴地说，人如天啊，睛转阴阴转睛，事事难料，你也有哭鼻子的时候啊。说着，吐了口烟悻悻地走了。

之后，姚海山的老婆，还有村里的一帮闲人，谁都没见过庞事成的影子。有人就说了，这个庞事成又不知道在哪走旁门歪道了。其实最让姚海山老婆放心不下的是庞事成的小鸡肚肠子，特别是他家庭败落后，那颗嫉妒的心里就像是燃着了火。

郑啸剑回到海东，一干办案侦探自然又少不了一番忙碌。

说起这个庞事成还真有点儿卧薪尝胆、东山再起的韧劲与雄性，他来到海东不久，竟干起了过去就是提起他都要捏上鼻子的行当——掏大粪，而且与周边的“掏友”关系处得不错，使他们肯在自己的地盘上经常聚在一起喝上几小盅。

八

日子在忙碌与哀伤中匆匆地过着。在大哥姚海山被害的那片小区门口，姚二时常冲着已拔地而起的大楼发呆。

他披着撒落的寒霜来过，在冬枝转绿的雨水里更是没少来过，甚至当大街上洋溢着新春的喜气，他也未舍得丢下大哥的冤魂一人独自跑回老家过年。

案件久侦不破，郑啸剑压抑的心境丝毫不比姚二晴朗。小区的复原图在脑海里明晰着呢，侦查人员调查走访的人数不下三四千人，身疲心累，然而疑凶似在眼前却又远若天涯。常年奔走在大要案现场，郑啸剑能感觉得到，此刻就犹如激战前夜的静穆，虽说是处在侦查的最困难期，但这时候往往咬咬牙再往前冲一冲，案件离大白也就不远了。

郑啸剑攥起了拳头，他鼓励身边的兄弟们，从头做起，再查姚海山生前关系人。

这一决策，犹如疾风惊过湖水，平静的湖水开始喧腾了起来。

过去颇受到姚海山关照的“三姐妹”当中的三妹琼反映，大姐娆曾经带过男朋友俊涛到姚海山的住处玩过。其实大姐的意图也十分明了，是想让他现场受点儿教育。

大姐说，你看看人家姚海山靠白手起家，在老家还盖起了抢眼的小白楼，你呢？光有一副好面孔，能当饭吃用？

当时，俊涛的脸上并没见太多的愧色。大姐在私下里不知抱怨过多少回，一个大男人，还得靠自己来养。

当然了，这时候已将全部心思倾注在香妮身上的俊涛，并未让痴情的娆觉出他与香妮的亲密接触，充其量他也不过是想从娆身上榨出更多的钱来，以解除他在香妮跟前的窘况。

琼对俊涛的一番描述，让众警探心里头皆是一惊，这个俊涛现在身居何处？

娆脸上挂着清泪，哭泣，这个没良心的，我整个儿都给他了，他竟然不辞而别。

有多长时间了？郑啸剑问。

娆幽怨地回道，从去年的七月起就再没见过他的踪影。

知道他家住哪里吗？

娆又幽怨地摇了摇头。

九

湘西有个叫穿肠溪的地方，盛产一种当地人称作折耳根的，每年五月，在整个穿肠溪，漫山遍野一片雪花。据称，它不光能清凉解毒，而且具有抗感染、增强免疫力的功效，当地人常常自豪地拿漫山遍野的折耳根同云南的白药相提并论。

去年折耳根花开时节，寨子东头李怀想家的院子里响起了劈劈叭叭的炮仗声，腿长的很快打探来了消息，说是红花成亲了。听到消息的人，脸上先是一愣，但很快就漾满了喜气。消息一传十，十传百，李怀想家低矮的院子里很快就挤满了贺喜的人。一位上了年纪的阿婆边笑边抹泪，瘪着嘴说，这下红花她妈在地下该笑起来了。

红花生下来没几天，身子还很虚弱的娘就挣扎着起床洗衣服。那天，她提着一篮子的衣服去溪边，没想到，一阵晕眩，人就栽倒在冰凉的溪水里。等到红花她爹在溪边寻到她娘的时候，娘一头好看的长发已在溪水里浸了好几个时辰。红花的娘年轻时在十里八村是位公认的俏姑娘，她娘好像把好的基因一丝不落地都传给了红花，渐渐长大的红花越发长得像娘，还有的人说，红花比她娘还俊着哩。红花书没读过几年，活倒是干得不少，十六岁那年，她独自去山上打柴，回家的路上，也不知道咋回事，一只狐狸从她跟前一蹿，她心里头一慌，一脚踩空，连人带柴就一股脑滚下了山上的羊肠道。假如事情就到此，摔一下也就罢了，反正寨子里人皮肉也长得紧，可惜偏偏是祸不单行，红花在像只皮球往山下滚的途中，背上捆着的柴禾当中一根树枝桠很是准确地一头扎进了她的左眼窝。红花还没滚到山底，人就疼得昏死了过去。

也不知道过了多长时间，红花记得她是被一阵山野风给吹醒的。她睁开眼，左眼里就像是聚满了火烧云，火红，暗红，粉红，她也说不清楚，本能地用手一摸，她从好眼里看到了自己满手的血，她心慌了，眼睛莫非给扎穿了。她捱到天墨墨黑才回的家，她不想让爹知道自己受了伤，家里哪来的钱让自己去医院看医生啊。

爹早已躺下了，她洗了洗被扎坏的眼睛，又洗净了染上眼血的衣服，再在自己的左眼敷上一层厚厚的折耳根花，就像一只受了伤的小花猫蜷缩在了竹床上。她记得第二天天刚蒙蒙亮，爹起了床，告诉她他得跟人进城去建筑工地干一阵子，让她好好守着家。爹走了，她本是紧张的心又平添了一层空蒙。我到底应该怎么办啊？她真的不知道应该怎么办。也许折耳根花真的非常神奇，受伤的左眼倒是没出现炎症，等她揭开敷着的草药，她一下子呆住了，最担心的事还是发生了，现在自己只剩下一只右眼了。为了失却的左眼，她不知道流了多少夜的眼泪，等她明白再哭也是徒劳的道理后，她心里头也像冬日里的溪水渐渐平复了下来。她对自己说，不怕，一只眼睛照样可以干活。可老天爷偏偏跟红花作对，最后连一只眼睛都没舍得给她。红花失明了，她成了穿肠溪第一位俊俏的瞎姑娘。

折耳根花开了又开。转眼又一个秋天来了。红花在一位位童年好伴出嫁的吹打声中已出落成了二十五岁的大姑娘了。寨子里人实在，买头牛可以耕田干活，娶个瞎姑娘除了能生孩子，还得靠自己伺候，划不来。红花自然知道这个理，在家里话也比过去少多了。她越是这样，爹心里头就越发地难过。她爹哭娘时也说过，谁愿意娶了红花，他愿意做牛做马伺候那后生。爹心目中的后生，他生得不一定要多俊，甚至还可以宽容他缺条胳膊少条脚，但有一条，也是唯一的一条，就是得对红花好，对红花好，他肯定也死心塌地对那后生好。

也可能是爹的诚意感动了穿肠溪，这天天黑透了下来，毛毛细雨滋润得山野花竞相绽放着它们馨香的花瓣。穿肠溪走来了一位年轻的后生。后生叩响了红花家的柴门。是红花先听到的叩门声。她轻轻唤了声爹，爹也意识到有客登门，忙放下手头的饭碗开门去了。

你找谁家啊？看到年轻后生棱角分明的脸，爹马上好感地问道。

年轻后生说，大伯，是这样的，我在广州打工，被老板骗了，我没钱回家，就这样一路走了回来。这不，天黑透了，想找个地方借一宿。

爹的心里马上有些疼痛起来，他定定地打量年轻后生，他也分不清年轻后生脸上是雨水还是泪水，反正，他看到了年轻后生清澈的眼里汪着两池清水。爹忙拉起年轻后生的胳膊，说快进屋，只是咱们寨子里条件不太好哩。将年轻后生让进屋，爹又为年轻后生盛了一碗干饭，说，就着咸菜，将就点吃吧。吃完饭洗巴洗巴，走了一天的山路，肯定累着了。年轻后生像是被爹说中了心思，他红着脸，端起饭碗就巴唧巴唧吃开了。

晚上躺在床上，爹与年轻后生拉起了家常。年轻后生说，他两岁时父母双双病亡，他是自己的奶奶带大的，奶奶前年春上也走了，现在他是一人吃饱，也用不着再惦记他人。爹听了，心里头一激灵，原来也是个苦命的孩子哩。爹下意识地又想到了红花。一想到红花，心里头莫名地对年轻后生陡增了几分好感，思想游离中他觉得躺在他身边的年轻后生，倒像是他亲生的儿子，这孩子从小没了爹娘，肯定也吃了不少的苦。想着，爹很是真诚又很是认真地对年轻后生说，孩子，你如果不急着回家，就在这儿多住几天吧，大伯家里虽说条件差点，一天三顿还是能让你吃个饱的。那晚上，年轻后生是流着泪进入梦乡的。

第二天小鸟还未睡醒，红花就被扫院子的声音给弄醒了，不用猜，她知道扫院子的肯定是昨晚来家借宿的年轻后生。年轻后生打扫完院子，又将家里的大水缸蓄满溪水。爹咳嗽着起床了，见到此，忙让年轻后生歇歇手。年轻后生露出一口白牙笑道，大伯，不累哩。吃罢早饭，爹扛着锄头到坡地上去了，没多大工夫，就见年轻后生肩扛锄头，手提凉茶，也跟着到坡地来了。爹说，你来做啥，在家里歇着嘛。年轻后生笑笑，说不累，睡上一觉，浑身的劲又来了。爹朝年轻后生看了一眼，多懂事的后生啊，只是红花没这个福气。爹轻轻叹了口气，朝掌心里吐了口唾沫，扬起锄头刨开了地。

年轻后生在家里住了五天走了。走的那天，红花记得他对爹说过，他得回家看看，如果有机会他还会来看望她和爹的。年轻后生走了，他好像牵走了爹的心思。那些天，爹是少言寡语，吃起饭来也听不到巴唧声了。红花就想，年轻后生说是有机会还会来看她和爹的，这个有机会指的是啥呢？想了几个晚上，红花心里头就像是失明前她记忆中的天上明月，清清亮亮起来，她相信，年轻后生肯定会来的。那么，他为什么要来呢？想着，红花就感到自己的脸很是烫人。

红花猜得没错，两个月后，年轻后生终于来了。他告诉爹，老家的事情处理完了，想想心里头还是放不下老伯，就过来看看了。爹听了，脸上堆满了笑，嘴里的话也就有些混乱了起来，来就好，来就好嘛。那天，爹还特地去寨子里的商店买来了两瓶酒，还割了一大块熏肉，两人一直喝到后半夜。爹喝着酒，喝着喝着就开始长吁短叹起来，红花知道爹叹的还是她红花自己，爹担心的是自己一天天地老下去，家里的瞎姑娘咋办？爹越是这样，红花的心里头越发被揪得生疼，她心疼爹呢。疼着，她也不知道为啥，就有些埋怨起年轻后生来了，难道你就没看懂爹的心思，倘若这样子你又跑回来干什么嘛。红花的脸上就有些不悦起来。不过她感到脸上的不悦还未完全消退下去，就听到嗵地一声响动，跟着爹就是一惊，望着跪在地上的年轻后生，孩子，你这是做啥呢？

爹！紧跟着又是一声脑袋叩地的声音，我没爹没娘，如果你不嫌弃，你就收我做儿子吧，我会照顾好红花妹子的，会为您养老送终的。

红花顿时感到一阵晕眩，心跳得都快蹿出了嗓子，这场景虽说她在心里头过了无数遍，待真的到了自己跟前时，她还是感到有点儿突然，有点儿让她措手不及。她听到了爹满是喜悦的哭腔，孩子，快起来，快起来，爹认你。

折耳根花开了，寨子时四处弥漫着淡淡的草药香。爹说，孩子，我看这时节不错，如果没啥意见的话，我看你们就把喜事给办了吧。红花像株含羞草，听了爹的话，羞得一下将头埋到了胸窝里。年轻后生也是满脸绯红，他说，爹，我听你的。

一对新人在寨里人的祈祷声中走进了洞房。后来，满寨子的人听寨子里分管妇女工作的女主任说，年轻后生身份证上的名字叫陈奂生，他的身世比红花好不到那去，是个没爹没娘的孩子。跟着，寨子里上了年岁的老人就着笑脸翕动着四处漏风的嘴，半斤对八两，这样的姻缘牢靠，牢靠呢。

十

郑啸剑一行三人飞抵羊城后，旋即又朝东莞的方向赶去。

经过缜密的爬梳，俊涛在东莞打工的一位同学晓友反映，一个月前，他曾在俊涛姐夫的租住屋内与其碰过面。当时，从俊涛的神色上看，并没看出有啥反常。晓友还提供道，当天晚上回宿舍时，他对俊涛说，正好明天我过生日，咱们同学一块乐呵乐呵咋样？俊涛一听，道，什么咋样咋样的，就这么定了，明天我听你电话就是了。可谁想到呢，第二天下班，晓友电话打过去，俊涛的姐夫说俊涛他当天晚上就去广州了。晓友只得遗憾地放下电话，心里愧愧的，心想着老同学那么大老远来，自己连一口水都没请同学喝。

在当地警方的助力下，当天傍晚时分，郑啸剑他们就找到了俊涛的姐夫。等郑啸剑向他说明了来意，俊涛姐夫脸上的表情一下变得紧张起来。他双手一摊，急欲摆脱干系地说道，我可不知道他是个杀人嫌疑犯啊，倘若知道了，这回说啥我也会拖住他的，这点觉悟我还是有的，否则，我在东莞还怎么立脚？说着，他用手指了指满屋子的水泥、小五金，这做生意得懂法，做人则更应当懂法啊。

郑啸剑朝他笑笑，你还蛮深明大义的嘛。这些先不说了，你细想想，看看能不能给我们提供点你小舅子的线索。

这时候，惊愕的表情在俊涛姐夫的脸上已荡然无存，他故作沉思状，道，这个嘛，我还真是不好说，上次他来我这里也就呆了一天，说是海东那边的生意不好做，连吃饭都成了问题，看我这里需要不需要人手。你们也看出来了，我做的是小本钱生意，添个人就添张嘴，我说，我实在帮不了你。

这边的话音刚落，就见内室的门帘一掀，接着就从里面闪出了一位年约三十多岁的妇女。妇女很像是在为丈夫挽回面子，她也斜了丈夫一眼，笑嗔道，就别当着人家公安同志的面摆委屈了，弟弟是我赶回去的，没有谁怪过你。

郑啸剑从女人的口气上判断她就是俊涛的姐姐，可嘴上还是说了出来，问，这位是……？

俊涛的姐夫马上接过话头，哦，我的内人，内人。

郑啸剑朝女人点了点头，算是打了招呼。显然，女人对他们的谈话早已收入耳底，只不过女人过于平静的表情和调侃还是让郑啸剑他们生疑。按说听到自己的弟弟成了杀人嫌疑犯，她应当紧张焦虑才对，哪还有心情来逗乐子，明显的不合乎情理嘛。既然女人有心情，那就不妨探探她的底。

郑啸剑故意将自己的来意又给女人说了一遍，哪想到，女人一听，马上大笑起来，哎哟喂，你们肯定是搞错了，我弟弟怎么可能成了杀人嫌疑犯呢，他在家时就连杀只鸡都不敢的。

郑啸剑淡淡地一笑，此一时，彼一时啊。说说你弟弟现在可能在哪落脚？

女人又大笑起来，你说我弟弟他不在家落脚还会在哪落脚呢？我的驼背老父亲最近的身体越来越差，家里哪能缺人啊。说实话，我赶他走，倒不是嫌多张嘴吃饭，老父亲实在离不了他。

那你的意思是说你弟弟现在肯定在家了?

女人很夸张地点点头，道，肯定。

郑啸剑暗笑，这女人还挺能编故事哩。心里头这样想着，但嘴上还不好说出来，郑啸剑脸上挤着笑，说，打扰你们了，看得出你们也是深明大义之人，如果有什么线索还望你们及时提供给我们。说完，留下电话号码，告辞了。

回到宾馆，郑啸剑决定得再会会晓友，也许从他的身上还能找出些线头来。

晓友思忖了半天，说俊涛跟丁芒的关系最好，不知道他会没会过丁芒。要不要我带你们去见见丁芒?

郑啸剑点头，那又得耽搁你时间了。晓友一笑，没事的，耽搁不了多少时间的。

丁芒见来了一帮子陌生人，而且还开着部警车，一脸的困惑。郑啸剑朝他笑道，不要紧张，我们找你也就是了解些俊涛的情况。听来客说是了解俊涛的情况，丁芒马上自嘲道，吓死我了，我还以为出什么事了哩。

郑啸剑就问，一个月前，俊涛来东莞找过你吗?丁芒说，找过啊，他说他正准备结婚，手里头很是拮据，看我能不能支援点。俊涛这人平时为人很仗义，也很少开口求人，他这大老远的上门求助，我总不至于让他失望吧。

那你给了他多少钱?郑啸剑问。

丁芒说，不多，也就五千来块吧。

他走后有没有给你留下联系号码什么的?

丁芒摇了摇头，道，我没跟他讨。不过临走时，他倒是说过，他姐夫那有他新手机的号码。

是吗?

没错。这回丁芒回答得很肯定。

看来对俊涛姐姐、姐夫的基本判断还是比较准确的，要让这对夫妇开口讲真话显然不是件容易的事。郑啸剑断定，凭俊涛姐夫那点小心思，他绝对不会将俊涛的手机号码存储在自己的手机里，这不等于授人以柄嘛。让丁芒直接向俊涛的姐父讨要，那也是不可能的。俊涛没给他新号码，等于说他压根就不想让外人知道。郑啸剑他们几个一合计，不能强攻，那就改为智取。

第二天，俊涛姐夫的建材店里又来了一帮子警察，领头的还是昨天的郑啸剑。按照分工，郑啸剑与东莞的同行拖住俊涛的姐姐、姐夫，另外几位侦查员则设法寻找手机号码。其实对于这号码会藏身何处，郑啸剑他们已作了番详细的分析。俊涛的姐姐、姐夫是做小生意的，也不是什么学习型家庭，如果判断不错，写有号码的纸张，可能性最大的也就是他们的记账薄。再者，昨天他们已来过店里一趟，墙上也没见着糊上几张挡尘的报纸，当然了，他们卧室的墙上是不是糊着报纸就不得而知了。侦查员小卡借故掀开门帘，卧室内倒很干净，床上被子整整齐齐地叠着，他们最担心的糊墙纸还真的没有。小卡朝侦查员小陈使了个眼色，小陈心领神会抓起柜台上的记账簿，像是漫不经心地翻了起来。这一翻，情况来了，记账簿的最后一页还真留下了一串号码哩。再看看手写的痕迹，时间跨度不长。小陈默记下了号码，一帮人就这样不显山不露水地走了。

十一

与以前的日子倒是没什么两样，一大早，奂生草草吃了点早饭，扛着锄头往坡地去了。到日上头梢，奂生还未进家门吃饭。红花干脆搬了张凳子，坐在院门口等了起来。这一等，就是一两个小时，红花始终未等到奂生熟悉的脚步声。这下子红花有点儿急了，她折回屋，对也等着奂生吃饭的爹说，爹您还是去坡地看看吧，奂生这都干了大半天的活了，不吃饭，身子骨哪能吃得消啊。爹知道红花心疼奂生，就灭了烟锅子，背着手，朝坡地走去。

来到坡地，爹四下里一打量，哪有奂生的影子啊。爹嘀咕着，这孩子跑哪儿去了呢，再看看坡地上也没有新翻土的痕迹。这么说，奂生吃完早饭压根就没来坡地。爹心里头就有些不安起来，这孩子，外出总该言语一声嘛。想到头天晚上的事，一股不祥就像是漫山遍野的折耳根花，一下将爹裹得密密实实的。爹觉得脑袋有点儿晕眩，满眼的白在阳光下像是漾着一层晃眼的波，爹感到整个身子都升腾了起来。

头晚上，村长进门，将爹悄悄地拉到了一边，说是上头来电话，让了解下奂生的情况。爹一听，声音马上亮了起来，说有啥好了解的，谁想打我女婿的主意我绝对不会答应的。村长拉了一下爹的衣袖，眼睛朝四处警惕地看了看，压低着嗓门训斥道，你急什么急，上头是说了解了解嘛。爹显然没把村长放在眼里，他犯上了牛脾气，声音还是充满了底气，道，我就一句话，谁想动我女婿，我绝对不答应。村长见跟爹说不出个名堂来，临走时扔下一句话，有你哭爹喊娘的时候，便气咻咻地走了。

晚上吃饭，爹显然是余怒未消，他对奂生说，看我有了好女婿，眼红啦。奂生就说，爹，啥事把您气成这样子？爹说，刚才村长找我说，上头来电话要了解了解你的情况，什么玩意，想拿上头压我，我们一不偷二不抢，碍着谁了，真气死人啦。奂生一听，脸上马上换了关切的神情，爹，您就莫生气了，我一个外乡人，人家了解了解情况也没什么大错。爹一听，眼一瞪，什么话，你的为人爹还不了解，还用得着外人指指点点的，真是的。

那顿饭，一家人吃得很没有滋味，红花坐在一边，就知道不住地抹瞎眼里流出来的泪，那样子，让人看了就像是被雨打湿了羽毛的小鸟，我见犹怜。

爹急急忙忙跑回家，听到是爹的脚步声，红花马上站起来迎上去。爹一进门，抓住红花的手就问，乖孩子，告诉爹，奂生昨晚上没跟你说点啥？红花马上摇了摇头，没说啊，晚上他搂着我睡，说爹你这人真好，如果有可能的话，他下辈子还要做爹的儿子。话说到这儿，爹心里头什么都明白了。

爹一声不吭地坐在门槛上，就知道呼哧呼哧地抽他的旱烟。爹越是这样，红花的心里头越是难见底，她拖着哭腔，爹，奂生到底咋的啦？爹抬起头，看到红花凄楚的表情，眼里马上也噙满了泪。他拍了拍红花的肩头，说没啥，奂生也就是到城里去办点事，说不定天黑了就回了哩。

天渐渐地黑透了下来，唧唧喳喳的鸟儿也归巢歇息了，无论爹怎么个劝法，红花就是任性而又痴情地坐在院子里，她要等来奂生哥的脚步声，她相信她的奂生哥不会弃她而去的。可怜的红花又如何能想得到，她知冷知热的奂生哥怎么能跟杀人嫌疑犯划上等号。夜风吹来，红花禁不住打起了寒战，她在心里头默念着，奂生哥你在哪里啊？你千万不要出什么岔子啊！

此刻在发往羊城的列车上，俊涛绝望地望着黑黢黢的窗外，偶尔也有一两点灯光在眼前一闪而过。四周的旅客眯着眼瞌睡了，脸上漾着笑的，嘴角边淌着涎水的，他身边一位书生气很重中年男子竟然斜歪着身子，不经意间将脑袋搁在了他的肩上，他没有推开他的身子，相反倒有些羡慕起他们来了。无事一身轻，不做亏心事，不怕鬼敲门。这时候，俊涛倍感自由的吝啬与珍贵，这样想着，心里头蔽日的乌云又加重了几层，他感觉到呼吸都有点儿窒息起来。说实话，他还真是搞不明白，作案后，不说自己兀自从人间蒸发吧，时间跨度也小半年了，海东的警察又是怎么嗅到自己的呢？不过这个问题他倒没纠缠多长时间，他想到了宿命的轮回，公鸡啄蜜蜂，蜜蜂蛰男女，人世间就是这样，卤水点豆腐，一物降一物。警察本来就是专门对付自己这号人的，自己即便做得天衣无缝，在他们的眼里也只是雕虫小技。算了，不去想了，能多喘几个小时就多喘几个小时吧。闭上眼睛，可脑子里就像身底下不安分的车轮子，一刻也歇息不下来。索性张大眼睛，窗外依然如自己的心情一样的黢黑。又有一两点灯光从眼前倏然而过，他心头一惊，它多像一双眼睛，一双似曾相识的眼睛。静静一想，后背上顿时涌出一层密汗来，是醉鬼的眼睛，是那个死鬼的眼睛。

那天，死鬼抓起酒瓶时，起先他的眼睛倒如同大白天似的，等一瓶酒下肚，话就多了起来，眼里也像掌了盏灯。死鬼说，这年头只要肯吃苦，钱有得你赚的。死鬼指了指自己床底下的皮箱，得意道，兄弟啊，怎么样？大哥我今年也没费多大的劲，抛除吃的用的，头两万块已进了皮箱。他知道死鬼说的是真话，但他听了心里头还是禁不住扑嗵扑嗵地跳。他在想，死鬼啊，你也太实在了，这都大难临头了，你还为我提供钱的藏匿点，你好人一个啊。他望着死鬼光若灯盏的眼睛，渭然，兄弟啊，莫怪我，也莫怨我，都是你把持不住的大嘴巴给惹下的祸啊。

本来与娆的交往，他也只是想能多弄些钱，聊补他与香妮的短缺。他相信自己的身子骨和脸蛋子，凭长相他在娆的面前还是自信的。娆也是真心的喜欢他，而且是贴心贴肺、知冷知热的喜欢。倘若不是她囊中真的羞涩了，相信她也不会下狠心让自己去挣钱，还劳心费神地带自己去死鬼那里参观见学，现场取经。怨谁？你死鬼门把紧了，谁能知道你是个有钱的主，娆又怎会想到让自己上门取经，都说财不外露，你死鬼真是他妈的天生的弱智，活该。只是亏了我自己，你死鬼区区一万八千块钱就轻取了卿卿小命。俊涛是越想越恨，越想越生气，一只拳头就下意识地擂在了茶几上，茶几上的水杯还有方便盒像是受到了突如其来的惊吓，一下跳得老高。俊涛也跟着吃了一惊，他问自己，这是在做啥嘛。

书生气很重的男子头颅突然间失去了依托，身子差点摔离了座位。他惊恐地睁开了眼睛，列车并没出大的岔子，这才意识到自己刚刚的一个好梦，是借托了身边年轻人的肩头做成的。年轻人一脸的冷峻，他马上扶了扶眼镜，巴结似地朝年轻人笑了笑，算是打了招呼，径自将身体靠实座椅，又臂抱于前襟，闭着眼，又开始续起了他刚刚被打断了的好梦。

书生气很重的男子歉意的动作，俊涛并没多加理会，倒是邻座靠窗打盹的一位姑娘吸过去了他的眼球。姑娘打扮得素素净净的，根本不像旅途中的人，能将就将就就算了，她的头发梳得一丝不乱，身上的蛋青色套装虽说不上多贵，但一点褶皱都没有。他想到了红花，脑子里马上将她与红花比较起来。邻座的女孩长得不难看，干干净净的，这点跟红花很是相似，只不过她的肤色跟红花比起来倒是有一大截的距离。这时候，红花也不知道在做些什么，他能感觉到她的父亲这会肯定是蹙着眉在屋子里一锅接一锅地抽着他的旱烟，红花则蜷缩在床上，看不见物什的眼睛里流出的泪早已经濡湿了枕巾。他感到心里头愧愧的，自己不辞而别不说，还顺走了红花压在枕头底下的两千块钱，红花说这钱爹说了是春节时给你添置西装的。他感觉到脸上热辣辣的，一抹，也不知道是啥时候涌出来的泪。他知道自己何止是顺走了红花准备给他添置西装的钱，他这一走，可把红花与她爹的心一下撕得滴血，红花的梦碎了，一家人的梦给彻底地粉碎了。本来他倒是真心跟红花就这么过下去的，在一个没人认识的山寨里蛰伏一生，生儿养女，传宗接代。红花的眼睛虽然看不见自己，他想这样也许会更好。他想认命，可是老天爷不肯放过自己，手执铐子的警察不肯轻饶自己啊。

天下起了雨，雨滴砸在车窗的玻璃上叭叭直响。俊涛又想到了香妮，香妮你好吗？你也该知足了，我这么做还不都是为了你，还不都是为了我们的爱情。罢了，人，生无定数，爱过恨过足矣，足矣。俊涛又举起了拳头，不过，这一次拳头没擂下来。

十二

俊涛是在羊城火车站附近一家地下旅馆内被海江的警察戴上手铐的。

夕阳将羊城涂抹得一片血红。俊涛很无奈地向抓捕人员伸出双手的那一刻，盼归的香妮腆着已出怀的大肚子，正倚靠在她租住屋的门框上，她的视线沿着不是很直的小巷，一直伸向尽头。

那天，他对她说，他得回去帮父亲打理一下生意，不日就回海东。一周过去了，一月过去了，半年又在眼巴巴的期待中度过了。心里装着思念，眼里盛着哀怨，她岂能知道，其实从他们分手的那刻起，她的命运已注定了此生跟幽怨连结在了一起。

第三章

郑铁锤讲述的故事 之二

三

曹坪像是死人般悄无声息地躺在床上，本来白天就很少见着阳光的屋内黑黢黢的像泼了一层厚厚的墨，没了女儿病猫样的哭闹，这屋子里静得有些儿瘆人，倘若不是四周的黑里隐隐散发出来的孩子的尿臊味，就连曹坪自己也会怀疑这屋子是否像墓穴般的没半点儿脉息。

家里那台八成新的半导体没了。曹坪知道张阿三这个狗娘养的肯定来过。当然，曹坪还知道，张阿三肯定不会就此罢手，他冲着自己的怒气就像即将爆发的火山，在山口上刚刚见着露出的岩溶，后头的麻烦还大着哩。

前几天，曹坪亲眼看到张阿三一伙是如何整治欠他们赌债的人的。那被整治的人叫刘大宝。刘大宝过去是个什么样的主，他曹坪不是一点也不知道。他曹坪刚刚有些底气摆谱的时候，人家刘大宝已开上了桑塔纳小车，成日介地屁股后头冒烟。这个刘大宝跟自己一样，也是个有了点钱就不知天高地厚的主，他不知道刘大宝是怎样钻进张阿三一伙开设的地下赌场的，最后一次见到刘大宝，是在张阿三他们租住的小屋里。他就见张阿三朝腿肚子早已抖得不行的刘大宝扔过去一把菜刀，黑着脸，说着，是我们动手，还是你自己动手？刘大宝那时候的脸早已脱了红润，他颤着声，我自己来，千万别脏了你们的手。说完，刘大宝举起刀，眼一闭，嘴巴里“啊”了一声，声落刀下，右手被砍断的食指露着白森森的骨茬，静静地躺在砧板上。曹坪紧闭着眼，尿差点被吓了出来。曹坪能不知道，张阿三说今天请他来看戏，目的其实也就一个，欠债还钱，倘若再学刘大宝的样子，想着法子躲债，以后被逮住了那就不是一根手指头的事了。

处理完了刘大宝的事，张阿三像没事人似的说他要请曹老板喝酒。这时候的曹坪哪里还有心情喝什么劳什子酒。他推说身体不适，得回家休息去。张阿三马上就装出很有些遗憾的样子，说曹老板啊，我是你带出来的，我了解你的为人，你怎么会跟刘大宝一样呢，喝了这顿酒，压压惊，再去考虑债的事嘛。听话听音，张阿三的话他曹坪明白着哩。曹坪轻叹了口气，摇摇头，悻悻地向家里的方向走去。

曹坪头枕在手臂下，两眼空茫地盯着这满屋的黑。忽然间，曹坪像是想起了什么，忙欠起身，从枕头底下抽出自己刚刚从小货摊上买回来的玩具剑和枪。这时候，东进路上的那幅漫画又活灵活现地在他脑子里跃腾开了。老实说，当时萌发买枪买剑的念头，他是有些想法的，不过那时候的想法只是像电光石火般地倏忽一闪，他也不想在阳光底下把自己的罪恶念头展示开来认真地思考一番。曹坪想，果真当一回漫画里的委琐小人，得好好地静下来，在没人的地方很当回事地想一想，比方说什么时候动手，朝什么样的人等下手。这些都得好好琢磨琢磨，万一失了手，那可不是闹着玩的，得吃官司。

想到吃官司的事，曹坪不觉心里一凛，身子也跟着颤了一下。

对于吃官司，狱里的八大两，曹坪知道那饭不是好吃的。

曹坪记得二十岁那年，确切地说应当是在一九七六年的五月份。中学毕业在家待了不足两年，他终于顶替铜棒厂的父亲谋到了一份很是风光的差事，那差事就是掌管着开启库房的二十多把钥匙。要说那时候，他曹坪严格遵守着墙上张贴着的各级规章，接下来的日子应当说还是安生的，就如同街面上人说的那句“比上不足，比下有余”。可他曹坪心气就是高，刚工作的那段，看看周遭，他还有种一览众山小的感觉，可干着干着，才发现自己原来就是个傻瓜，外头高的山多着哩。这下子他心里头有些失衡了，接着就有点儿把持不住了。他特别晦气的是他父亲送给他的那辆二八型的载重自行车，车身子老得寻不出它的出生，倒是它一路上尽力制造出的噪声，还能让人感觉出它的壮心不已。曹坪很快听到别人背后的嬉笑声，他们说曹坪骑的那车，压根就不叫自行车。跟着就有人起哄，那你倒是说说那是什么？说的人马上脱口而出，那就是辆轻型坦克。接着又是一阵哄笑。曹坪的脸红了，骑车事小，面子事大。他暗自对自己说，得设法弄辆二六型的凤凰车骑骑。对自己说过之后，跟着就进了个问题来了，钱呢？这真有点儿难住了他。不过，钱倒没像脚跟前的山死死挡住他的去路，他脑瓜子骨碌一转，马上又想到靠山吃山一说，自己的腰里不是挂着二十多把库房钥匙嘛。曹坪笑了。

凤凰车倒是没费多少时日便跨上了，可接下来没多长时间，众工友惊羡的眼睛就像听到口令似的一下子都惊得溜圆，曹坪被开进工厂里来的警车给拉跑了。

这天是一九七八年的十一月二十五日。

众人这下弄明白了，这小子原来偷吃了他们的劳动果实。议论完了，有人还不屑地朝地下呸了一口。大牢里蹲了一年，这期间曹坪还真为自己当初的虚荣洒过几次眼泪。泪是流过了，可工厂里哪还会再让他腰里挂着钥匙，就连进工厂大门都成了问题。厂家说，我们国营厂是坚决不会接受家贼的。这样在社会上荡来荡去，原来家里的那点子家底就渐渐地有点儿捉襟见肘了。父亲叹气，母亲跟着流泪，曹坪压在心里的火这天终于喷发了出来，就你们天天垂头丧气的，像家里死了人，早知今日，你们为啥不去当厂长经理啊？老父亲一下被他的话噎得身子直抖擞，若不是母亲身手快，老父亲栽倒在地上还不知道会发生什么事呢。母亲抹了把泪，说就你能，你就去捞个厂长经理的当给我们看看啊。曹坪转过了身，冷笑笑，说你们就等着，指望你们咱们一家人迟早得进福利院。

那天夜里，也说不清到底过了几点，曹坪神神秘秘地抱着一台二十一寸的海东牌彩电回家了。老父亲一看，忙追问出处。曹坪得意地点了根烟，根本没把老父亲的话往心里去，道，你就别操那么多的闲心了，吃鱼的还操着人家织网的事，闲得没事干了。老父亲一听就来火了，你不说出彩电的出处，我就拉你去派出所。老母亲见爷俩剑拔弩张兵戎相见，忙披衣下床和起了稀泥。老父亲见从他嘴里问不出个真话，就坐在一边气得呼哧呼哧直喘气。天放亮了不多会儿，警察就寻上门来了。上门的警察一下把曹坪按在被窝里，接着就给他结结实实地戴上了手铐。曹坪被带走了，还有他昨夜里抱回家的那台海东牌彩电。这一回，曹坪深深切切地尝到了专政的滋味，他被判处了三年的有期徒刑。

曹坪吃官司的事他一直没对张阿三讲过，待他后来知道了张阿三进过三次宫，也曾想用自己的亲自经历来好好启发启发张阿三，其实吃不吃过八大两没什么，出来好好干，一样可以人前人后风光。后来考虑到自己的面子，当然也是为了自己老板的形象，话几次到了嘴边，曹坪还是忍住了没说，何况，张阿三也没有退回去吃八大两的迹象嘛。

曹坪摸黑把玩着手里的玩具枪和玩具剑，他知道欠张阿三一伙的赌债无论如何是滑不脱的，刘大宝那一了杀鸡儆猴的戏就是最好的明证。可现在的问题是，你不去偷不去抢，到哪儿去弄来钱还，孩子的奶粉都成了问题。想到了孩子，曹坪似乎又听到了孩子病猫般的哭声，他感觉心里头一阵剜裂般的疼痛。疼痛过后，曹坪咬紧了牙关，不论有多大的风险都得去冒一冒，待了却了张阿三这头，再设法出去找点活儿干，自己一个大老爷们，舍下脸来，不愁自己养不活老婆孩子。

牙关咬过了，下面该考虑的是究竟朝哪里下手？这倒真有点儿为难曹坪了。老实说，这年头有钱的人家还真不多，不是说一户人家着了火，老公从外头急吼吼地跑回家，一见到自家老婆在屋外皮毛无损地待着，他也就对着火舌子作袖手旁观状，众人大惑，问你咋跟个没事人似的？那人哈哈一笑，屋里的东西烧就烧了吧，反正值钱的都在我老婆脖梗上挂着，手指头戴着哩。曹坪知道这笑话是人编的，但基本事实的确也是这样子的。曹坪脑子里转来转去，东进路上那幅漫画又变得清晰起来，放着洋楼里现成的洋人你不去干，还想等什么呢？心里头一个声音就水泡泡样地冒了出来。是的哩，洋人手里头可都是花花绿绿的美钞啊，它可比人民币值钱多了，在那弄一趟，比弄长得跟自己一样的人家强八九倍哩。这划算。一个声音又水泡泡地冒出来对他说。曹坪点点头，算是对此种想法的认可吧。本来曹坪对出去冒险就有点儿心有余悸，若不被逮住，那肯定是作案的次数越少越好，当然，最好什么都别干。

黑黢黢的屋内，曹坪满眼幻化出的都是花花绿绿的美钞。又一个声音水泡泡样地冒出来对他说，就弄它这一趟，之后绝不再动此邪念，一家三口安安生生过日子。

打定了主意，也就没了心思，曹坪觉出了这心里头多日来少有的轻松。他索性放松了身子，把头舒舒服服地放在枕头上，不一会儿，就睡着了。这一觉，直睡得是日上头梢。

第四章

父亲篇　随风而逝

一

陈红与那个后来被她称作是威哥的男人相识，最初是在处暑过后一个午后的雨天里。后来经那个叫威哥的男人回忆，那天的雨不算大，但也算不上小，他说他车上的雨刮器一直就没闲过。

那天，确切地算起来，应当说是陈红来海东的第六十二天。她上午九点多从床上爬起来，精心梳妆了一番之后，匆匆吃了点凌晨下班时顺手捎回来的牛奶面包，便离开了她栖身的海青招待所。她想今天无论如何得去租套房子，老这么在招待所里雠着总不是个事。

推开房门，透过过道的窗户，她一眼便看见探过窗户沿的玉兰树盖湿漉得有点发亮，肥硕的叶子在噼里啪啦溅着水。陈红嘀咕了一句，讨厌，咋就下起雨来了呢？嘀咕过后，她抬起的脚有些犹豫起来，去还是不去？大概也就是几秒钟的工夫，陈红决定还是出去。求人不若求自己，那个陈胖子拍着胸脯子说给自己幸福，马上快两个月了，自己不照样还像是打游击似的东跑西颠住招待所？想到陈胖子，陈红就气不打一处来，你德国留学回来的又怎样？正事办不了，就知道占便宜。

陈红冒着雨，在招待所四周兜了几家房屋中介，那些房子委实蹩脚了点，倒是有户人家，两间房旧是旧了点，但朝向还过得去。陈红就想，要不就先将就着凑合些时日再说？等她一问租金，对方开出的价几乎让她吓了一大跳，她瞪着眼，就这地段还要两千五百块？她摇了摇头，对方跟着也摇了摇头。

转眼到下午五点多，陈红抬腕看了看表，这会离上班时间还有两个小时，还是抓紧点填填肚皮再说吧。等她把手伸进挎包，这一伸可不得了，整个身子一下给僵住了。挎包内她那只装着八千元的好看钱包不见了。这可如何是好，那可是自己的全部家当啊。跟着，眼泪水就漫出了眼眶。

回住所的路上，她想不出钱包是在哪个时段、哪个环节上出了问题，只是一任泪水在脸上滑落。这时候，她恨死了小偷，很快，又连带恨上了陈胖子。这样恨来恨去，直到人行道上一辆助动车将她带倒，她还没有反应过来。待她吃力地爬起来，助动车早不见了踪影。这时候，她感到了左脚踝一阵阵火辣辣的痛，还未等她迈出步子，跟着，腿一软，整个身子便重重地跌坐在人行道上。

按说，雨天里的陈红的确够倒霉的了。可接下来发生的逆转连她自己都不敢相信这是真的。

就在陈红身体重重跌坐在人行道的那一刻，一辆披着水珠子的黑色奥迪车嘎地一声停在了她的旁边。这时候车上走下来一位青年男子，青年男子快步上前关切地问，没摔坏吧？我送你去医院。说着，便上前拉她的胳膊。四目相对，陈红有些疑惑的眼睛还是很快放射出感激的光来，她感觉到了青年男子看她的眼神也是极快地顿了一下子。很快，她的脑子里马上迸出了来海东前崂山顶上的那次抽签，难道说眼前的这位青年就是签上提到的那位雨中“贵人”？

她感觉到此刻的心跳有点儿乱了，先前的不快，被青年男子迷人的笑一下涤荡得无影无踪。他说，我叫杨卫。她含着笑，有点羞涩地说，我叫陈红。

二

俞英这些日子有点儿烦。虽然她也只是闷在肚子里没讲出来，但周围熟悉她的人还是一眼便瞧出了端倪，她还不是为了自己的宝贝女儿嘛。确确实实，女儿几个月前辞职闯荡海东之后，这段日子，俞英感觉到这心里头一直就没消停过。

这死丫头这几天也不知道疯到哪儿去了，钱一到了手，连个电话都没有。俞英是越想越生气。

俞英是陈红的母亲。对于这个宝贝女儿，俞英觉得一点办法都没有，但凡女儿认准了的事，你就是三匹马也休想把她拉回来。俞英也真有点糊涂了，身为机修厂的工会主席，自己那套做人思想工作的经验，报纸上宣传过，大会上也作过交流，怎么一碰上自家女儿就失灵了呢？

起先，对陈红辞职去海东工作，俞英的心里头就不太乐意，你一个姑娘家，放着家门口好端端的工作不做，孤身到外头去闯荡个啥？几次劝说无效后，最后还是自家老公说话了，女儿不由娘啊，就让她出去撞撞南墙再说吧。

上个星期天，宝贝女儿急吼吼地从海东赶回老家来，话没说上几句，便伸手要钱。俞英问要多少？陈红笑嘻嘻地说，不多，就给我三万块吧。俞英又问，要这么多钱干什么？陈红嘴一噘，说，同我海东的一位“姐姐”合伙开服装店呗。

你说的那位姐姐可靠吗？俞英再问。

陈红有点不耐烦了，她拉长声调，娇嗔道，妈，你累不累啊，像查户口似的。跟着，俞英也长叹了一声，刚刚给了你两万块，现在你又开口要三万，你以为我们家是开银行的啊？陈红就开始不高兴了，就算我向你借的咋样？人家又不是不还你，看你小气的。

陈红是空着手回的海东。俞英不是不想给女儿钱，只是家里钱都压在房产上，她答应女儿，等钱一凑齐，马上给她打过去。现在钱打过去了，这死丫头竟然不知道来个电话。

这天下班回家，俞英想想不觉又生起了闷气，于是脸不洗饭不做索性躺倒在床上。先生倒是好性子，劝她，不急不急，我再给宝贝女儿打打手机。俞英一听，眉一皱，眼一瞪，打什么打，手机早被她关掉啦。

又这样过了两天，好性子的先生这时候也有些沉不住气了，他说，俞英啊，莫不是红红出了什么事了吧？俞英一听，心里头立刻变得慌乱了起来。这几天，她脑子里不是没有迸出过这个念头，只是她不愿将自己往这条道上引罢了，女儿都这么大的人了，能出啥事啊？现在话从先生嘴里说出来，俞英就不能光顾着生闷气了。很快，对女儿的担心就像股平地里陡起的旋风，一下将先前的责备给吹得无影无踪。夫妇俩叨咕来叨咕去，俞英眼睛里的泪就被叨咕了出来。先生看着她，说咱们先不妨给海东的警方报个警。俞英坐在一边，只任泪水在脸上默默地流。少顷，她抹了把泪，还是朝先生点了点头。

这天下午的四点十四分，俞英拿起手机，拨通了海东的报警电话，说是他们往女儿的海东银行账户里打了三万元之后，女儿便音信全无，他们怀疑女儿失踪了。

民警小魏接警后立刻前往陈红的租住屋查看。小魏上楼，在楼道内四处看了看，门窗完好，再爬上窗沿向里瞧，也未见着有什么异样。他想最好还是请俞英来趟海东。俞英接完电话，简单安排了下手头的工作，次日傍晚时分便急匆匆登上胶东飞往海东的航班。随后，小魏找来了房东，在俞英和居委会干部的见证下，他们打开了陈红的租住屋。

那一刻，俞英感觉自己的心被提到了嗓子眼。当她看到室内并未出现她脑子里不知过了多少遍的血腥，特别是女儿的化妆品、换洗衣服都无了影踪，她那颗吊着的心总算是安定了下来。女儿明摆着外出了嘛。她长长吁了口气，谢天谢地，我心口的这块大石头总算是落地了。说着，她朝民警小魏投去了感激的一笑。

俞英这边的石头卸了，那边的房东陆小明却暗自道起了苦来，老天爷啊，我怎么就这么倒霉呢?

三

房东陆小明的顾虑很快得到了证实。

重案队长郑啸剑以及责任区刑队的几位侦查员，是在俞英离开陈红的出租屋不多会儿工夫赶来现场的。

俞英离开后，陆小明哭丧着脸对小魏说，我看到卫生间顶上有异样呢。他嗫嚅道，刚才看到俞英的兴奋样，我怕突然间讲出来她会受不了的。小魏一听，拉着陆小明就往回走。

走进卫生间，果然见到棚顶上有一团酱紫色块。小魏让陆小明搬把椅子过来，陆小明拧着眉，不容置疑地说，错不了，这棚顶我上周才新装修过啊。小魏往上细看，很快在色块的周边又发现了几滴附着的喷溅状小血滴。正思忖着，这时候，只听陆小明又惊叫了一声，快看啊，这坐便器后头也有血迹!

刑事技术人员攥着勘查灯，在屋子里一寸一寸地推进。很快，他们在卧室的梳妆台左前侧的地板缝里发现了未擦拭干净的血迹，床上的碎花被头上也残留着几点细小的喷溅状的血滴。接下来，又陆续在客厅绛红色沙发上找到了十多根未沾着皮囊的棕色长发。

勘查至此，至少一点可以说明，现场曾经发生过激烈的打斗，至于激烈到何种程度，你尽可以放飞你想象的翅膀。

第二天一大早，刑事技术人员又复勘了现场。这回他们在阳台的瓷砖缝、过道的鞋架上，同样找到了几缕血迹。最扎眼的是小卧室的壁柜内竟放着一只垃圾桶，桶底还残留着少许的暗红色水。一嗅，隐隐散发着腥臭味。

是血水。

室内的打斗基本趋于明朗。按理讲，打斗双方无论怎么个打法，总不至于打到壁柜里去吧？即使抛开现代家居不说，谁会将留有血水的垃圾桶放置到它无论如何也不该呆的壁柜里呢？答案只有一个，那就是放置垃圾桶的人神经肯定出了毛病。现在的问题是，放桶的人神经并没出毛病，那么，唯一的注脚便是这只桶不便示人，既然不便示人，那就是说这桶内肯定装了些不便示人的东西。再嗅嗅桶内散发着腥臭味的血水，那东西又会是什么呢？

复勘现场的技术人员说，很可能是被肢解过的尸块。

这几天因为过度劳累，这一刻，郑啸剑正在医院的输液室打着点滴。队里的电话来了，话没说上几句，他一骨碌从躺椅上跃了起来，手背上的针头一拔，径直冲出了病房。

海东市局刑科所检验结果证实，室内残留的血迹与厨房内的菜刀、尖刀手柄内的血迹均系陈红所留。

综合现场勘查分析，被害人在阳台遭受第一次打击，接着又在卧室、客厅沙发分别遭受多重打击，最后被拖到卫生间继续加害分尸，尸体就匿藏于壁柜内，后抛尸。

陈红疑似被害案正式立案侦查。以郑啸剑为组长的专案组也正式组成。

四

此刻俞英的身上已完全没了昨天来海东时的利落劲。

她那张苍白的脸深陷在她有些自然曲卷的发丛中，空茫的目光内，很难让人读出半点内容来。床沿低头坐着的是她刚从胶东赶来的丈夫，他手指上夹着的一截还未燃尽的烟蒂在袅袅腾着青烟。

前来调查的郑啸剑真不忍心将真相告诉夫妇俩。望着他俩痛苦而又绝望的神情，这位奔走在重案现场的硬汉子，这时候心里头也觉得是酸溜溜的。他没有刻意地说过多的安慰话，他知道这时候再多安慰的话对于夫妇俩来说都显得是那样的苍白。这一刻，夫妇俩充满仇恨的心里满塞的则是如何才能“死要见尸”，以及怎样替无辜的宝贝女儿伸张正义。

郑啸剑轻轻地问道，能告诉我们陈红在海东的工作单位吗?

一阵沉默之后，俞英的丈夫抬起头来，他默默地擦了擦脸上的冷泪，沮丧地说道，女儿告诉我们，说她是在胶东木器集团下属的海东分公司工作。唉，谁能想到有今天啊，早知道今天的结果，四个月前我怎么也不会同意她辞掉手头的工作来海东。说起来，女儿还是害在我们手里。说着，两颗硕大的泪又从他的眼窝里涌了出来。

接着，他又给郑啸剑叙述了俞英起初是如何地不同意女儿辞职来海东，之后他又是如何反过来替女儿做俞英的工作，使女儿最后得以顺利来海东工作的经过。

你们在海东有什么亲朋好友吗?郑啸剑问。

俞英丈夫缓缓摇了摇头，说，没有，倒是上周陈红回家跟我们要钱时，提到过她这边有位要好的姐姐，还说这次回来取钱，就是跟这位姐姐合伙开间服装店。

你们知道陈红提到的这个姐姐叫什么名字吗?

摇头。

也不知道她住什么地方了?

点头。

这么说，你们对那个所谓的姐姐其实并不了解了?

俞英的丈夫又搓了下脸，说她的声音我夫人倒是听到过。说着，他朝床边上躺着的俞英瞥了一眼，继续道，女儿回来的当天晚上，我正好有个应酬，回家比较晚，一进家门，俞英便愁眉苦脸地告诉我，你的宝贝女儿又回来讨债了，而且是狮子大开口，一下就要三万块，说是跟她海东的一位姐姐合开服装店，再一问她那位姐姐可靠吗？可不要被人家耍了。女儿一听不乐意了，随后不知道跟谁拨了手机，话没讲上几句，她便将手机递给了她妈，说你听听，人家像是耍人的人吗？这下，我夫人倒是没了退路，正好手机里又有人在甜甜地叫着阿姨，夫人就很客气地跟那位姐姐应付了几句，不管怎么说，人家毕竟还是女儿认下的姐姐嘛。

俞英的丈夫对那位姐姐的声音描述得倒很是周全，可偌大的海东，哪个女孩子热络起来声音不是甜甜的呢？显然这个姐姐是个非常重要的知情人，可是到哪儿去寻这个讲话甜甜的姐姐呢？

对面，对房东陆小明的询问也在紧张有序地进行中。

面对办案人员的询问，陆小明急得是抓耳挠腮，翘着的脚尖在不停地抖动着，他自责，谁知道会有这么一着，唉，都怨我大意啊。

两个月前的那天午后，正在公司做着报表的陆小明接到了一个自称是杨卫的海东男人打来的电话。杨卫在电话里说，陆先生嘛，我在晚报上看到了你的租房信息，这样吧，你看啥辰光有空，我们再约个时间看看房。陆小明一听，心里头跟着一喜，终于等来了租房客。

其实为了这套空置房，陆小明倒是没少伤脑筋。三个月前，他一家三口住进了新房，好感觉没过上几天，新房的按揭款就渐渐让他们觉得捉襟见肘起来。他跑了几家房屋出租中介，挂出去的牌子倒是不少，无奈就是没人揭。这日子一长，老婆不高兴了，说就这么芝麻大的事你都办不好，我看这辈子你是算数了。陆小明最听不得别人说他无用了，当然也包括他的老婆，于是索性从有些干瘪的钱包里掏出八百块，在晚报的中缝插了条寸把宽的小广告。现在看来这媒体的力量还真不敢小觑哩。

陆小明乜斜了眼墙角边的摆钟，这时候从单位赶到自己的出租房，中间虽然隔着条穿城而过的春申江，时间上应该不成问题，更重要的是他主观上也一刻不想拖。他忙对着电话里的杨卫说，这样吧，杨先生，这会呢我正好有空，咱们就两小时后在我的出租屋见，你看如何？杨卫说，那好吧，我们两小时后见。

汗涔涔地赶到自己的出租屋，陆小明倒没被眼前的两位租房客乘坐的黑色奥迪车弄晕了眼，也是的，倘大的海东跑台奥迪算什么啊。让他感到眼晕的倒是杨卫身边的那位姑娘。她魔鬼般的身段配着一袭白裙，与白皙的肤色相映，全身无处不渗透出典雅和高贵的气质来，特别是她那挺挺的鼻梁上的一对水汪汪的凤眼，像是随时都可以跟人说话似的。那天，他们房子看得快，出租合同签得也快。至于承租人必须出示的身份证件，陆小明晕乎得统统抛到了脑后，人家什么人啊，靓男倩女，还会为你每月区区三千块钱耍滑头。三个月的预付款一到手，陆小明这头一路放行。

办案人员问，对于杨卫的长相你总该记得一点吧？

这时候的陆小明脸上全是愧色，他又挠了挠脑袋，那天我光顾了那个女的了，实在也腾不出空过多注意杨卫了。之后，我们又一直未碰过面。

你的房子出租后，总归每月上门收趟房租吧？

陆小明说，他们每个月都是按我提供的银行账户，准时给我打入租金，所以，我觉得也没必要费这个神。只是上个星期，那个漂亮的女人给我打过电话，说是卫生间的天花板渗水，我才过来修了一趟。那天在屋里，我倒是看到过另一个女孩子，她与租房的漂亮女孩喝着饮料有说有笑的，那天因为忙，我也没过多的留意她，不过她长得也不赖，右耳根的脖子上好像还长着一颗黑痣。

说到这，陆小明停顿了一下，他好像突然间想起了什么，道，哦，我想起来了，那个杨卫的右耳根的脖子上好像也生了颗黑痣。

办案人员朝他点点头，手上的笔飞快地将杨卫这一特征记录了下来。

杨卫何许人？那个右耳根脖子上同样长着颗黑痣的女子又是何许人？这些都是具有重大价值的线索，无奈，陆小明所能提供的情况也仅限于此。

五

提到陈红，胶东木器集团上海分公司的人事部长是一脸的无奈，她笑道，现在漂亮的女孩子心气高着哩，到了大海东，谁还愿意耐着性子在这抱着个死工资。

说着，她朝前来调查的郑啸剑摇了摇头。

陈红来海东后，的确到过分公司露过脸。不过，她这个脸也是这么极快地露了一下，用人事部长的话说，屁股底下的椅子还没焐热就不辞而别了。

案件侦查至此，除已出现的姐姐、租房的杨卫，还有房东看到过的右耳根脖子上长着颗黑痣的女孩外，到底还有多少未出现的与陈红关系密切的关系人？

鉴于上述嫌疑人身份还未确定，特别是作案人作案手法采用的是软上门，案件分析会上，郑啸剑给大家伙鼓劲，继续加紧从陈红的关系人这条线上查找线索，力求尽快打破僵局。当然了，破局的关键还在陈红，她就如同一件待抓毛衣上的一根线头，线头寻着了，余下的事自然不在话下。可眼下的关键就是她自离开分公司到俞英报她失踪的这些日子，究竟在何处谋生？

根据分公司人事部长提供的，陈红来公司报到的第三天就不见人影的信息，她总不至于来海东一两天突然间发了笔横财，或者傍上了位阔大爷，跟着享清福去了吧？俞英丈夫也说过，他们家在海东无亲无故，陈红过去也从未来过海东。这么说，后者可能性极小极小，至于前种可能性呢也只是说说罢了。

一干人在苦思冥想。这时候，郑啸剑忽发灵感，他问大家，你们说说，按照正常人的思维，陈红跳槽会往什么地方跳？手下想都没想回道，当然是收入比原单位高的地方了。郑啸剑再问，像她在海东人生地不熟，人又长得那么漂亮，最有可能的地方是哪里呢？他这么一说，所有的目光都集中到了他的身上。这时候，现场的负责刑侦的副局长也赞许地朝他点了点头。

可是刚才大伙都提到陈红在海东两眼一抹黑，又有谁为她引路呢？有人提出了异议。

郑啸剑不紧不慢地说道，这之前，我询问过俞英夫妇，他们说陈红离开胶东是乘火车来海东的，十多个小时的行程，就不兴她碰到个把能引路的朋友？

当然了，就算是陈红真的遇上了引路人，而且也开始了自己的新职业，可海东这么大，我们一遍网拉下来，最少也得花个把月的时间吧？特别是最后的结果，万一出现了偏差，我们目前还未曾捕捉到的许多良机很可能会因此丢失。这时候，又有人道出了自己的担心。

郑啸剑胸有成竹地站了起来，他说这倒不难，我想只要我们能够查清陈红离开分公司到她住进出租屋这段日子的暂住地，再以此为中心，向四周辐射，这样找出她的谋生场所应当说是不成问题的。

郑啸剑的一番推论从逻辑上讲，也是站得住脚的。但最终的结果怎样，这不光看你的人意，还得看天意。这点，在座的一帮侦探信。

一干人散开了。

这场仗郑啸剑是这样领着大伙打的。一个方向，着重检索全市的宾旅馆系统。而另一方向，则立足中心城区，重点排查那些小型的宾馆、招待所。郑啸剑自信，如果不出意料，只要这段时间陈红没有入住在居民出租屋内，相信结果一两天就会明了。

不出半天工夫，案情开始渐渐露出了些许曙光来。侦查员报告，陈红来海东的当日曾入住过晨达大酒店，第二天上午便退了房。郑啸剑听了一乐，看来这回有戏。果然，信息源源不断传来。再一梳理，线连上了：陈红从晨达大酒店退房后，又入住在荣盛招待所，之后又搬进了海青招待所，直至入住她的租住屋。

郑啸剑拿出海东地图，用红笔分别圈上这几处地点。这样一看，这回大家的意思出现了少有过的一致，陈红所工作的场所不明摆着嘛。

晚上，侦查员们拿着放大过的陈红近期照片，又在她可能上班的地区内的十多家高档娱乐场所调查开了。

这回倒是真的应验了郑啸剑的判断，两天还没到呢，结果真的就出来了。

在一家蓝色港湾城，那位叫苹苹的小姐从郑啸剑手里接过陈红的照片，也只是那么简单地瞄了一眼，便不屑地说出“红红”的名字。还没待郑啸剑接着往下问，就见她香鼻一哼，这人啊，厉害着哩。

六

陈胖子怎么也没想到警察会寻到他的头上。

他叫陈一德，蓝色港湾城的老板。当他从郑啸剑的口中听到陈红被杀的消息时，他肉乎乎的脸上笑容顷刻间凝固了起来。这一刻，他想得最多的是完蛋了。

周围人都知道陈胖子在德国喝过三四年的洋墨水，而且他们也不止一次听他吹过，在西柏林他所攻的方向就是在目前看来还算是比较前卫和时髦的东方文化与市场发掘。当然，学问多得能撑破肚皮，但老祖宗的那条叫咎由自取的成语他从来也没忘记过。怨谁？还是得怨自己不善伪装和过于张扬。他第一次感觉到了这些年来口若悬河的嘴皮子有点干涩木讷起来。他甚至有些怀疑起了自己，我的这张嘴皮子能为自己开脱吗？

他想到了下着细雨的那个晚上。

这时候的蓝色港湾城，它脸面上的霓虹早已按它特有的韵律，变幻起了它特有的温馨浪漫的图案与色彩来。陈一德泊好他的黑色奥迪轿车，迈着企鹅步，一步三摇地往他的港湾城走去。

陈总！一个甜甜的声音在他身后不远处招呼起。他停下步，转过头，是云婷啊，他笑了笑。

云婷移步上前，眼睛巴结地望着他，笑着说，我带来了个小姐妹。陈一德略微抬了抬头，越过云婷削瘦的肩胛，她身后大约十多米处立着位比云婷个头略高的女孩。这女孩身着一件白色的低领羊绒薄衫，在七彩霓虹的轻拂下，宛若仙子，妩媚极了。陈一德想都没想，说，那就带来吧。

云婷听了一喜，赶紧转过身，朝着她带来的那位姐妹招手。

待陈一德眼中的仙子移步过来，云婷为她介绍，叫陈总。仙子羞涩地叫了声陈总，跟着又羞涩地低下了头。

虽然是这样闪电般地一瞥，陈一德沉寂了多年的记忆还是瞬间迸发了出来，哦，太像了，真是太像了，身材，肤色，气韵，还有瀑布般的长发，无一不与他记忆深处的苔丝相似，特别是她那对水汪汪的会说话的眼睛。

陈一德记忆深处的那位苔丝，中文名叫李国香，十三岁那年随父母从台北移居到西柏林。他们邂逅在夕阳西照的黄昏。那天，陈一德去图书馆看书，苔丝正好去图书馆还书，走着走着两个年轻人就这样相遇了。苔丝身着一件白色的低领羊绒薄衫，一肩披发在晚风中随风飘逸。见迎面走过来的是与自己一样的肤色的东方人，不，应该说是与自己一样肤色的东方美女，这对于成天生活在大鼻子丛林中的陈一德来说，无疑是吹来了一袭沁人的风。他朝她笑笑，她也很快报以他赧然的笑。这一刻，陈一德就在想，美人想必也与自己一样的心境。

接下来的故事并未按陈一德的谋篇布局来发展，苔丝在墨尔本的父亲发话了，你能成为世界前卫的经济学家吗？或者说你有足够的资本让苔丝过上富足的日子？陈一德扪心问了自己，你能吗？你有吗？很快他听到了苔丝订婚的消息，据说对方也是位华裔，陈一德气得大病了一场，在医院里整整躺了一周。

哪想到，时过境迁，老天爷倒没忘了给他陈胖子重圆了往昔的美梦。

陈红就这样走进了蓝色港湾城。很快在周围姐妹们惊讶的目光中，她穿上了与云婷一样的管理人员的套装。惊讶过后，她们细忖，其实啊人家早已把蓝色港湾当成自己家了。再后来，她们又发现，平日里与陈红亲如姐妹的云婷，这时候朝她的笑容也不再是先前那样的灿烂了。她们终于明白了，哦，原来是陈红取代了云婷的位置。不久，她们又听包房的服务生说，云婷临走的那天晚上，他看到她甩了陈红一个大嘴巴。

陈一德明白，这时候要想隐瞒与陈红的关系是绝对不可能的了。再看看面前这双能洞察人灵魂的眼睛，要想躲过它比登天还难。不说肯定过不了关，可问题是说得越多，把他与陈红的关系的说得越直白，那不是更加加重警方对自己的怀疑了吗?

的确，陈一德的心思早被郑啸剑盯了个正着。郑啸剑说，你的这些顾虑纯属正常，当然了，最后的结果如何，我们自然会以事实来说话的。

被人猜中了心思，陈一德的脸唰地一下红了起来。他看了郑啸剑一眼，跟着又清了清嗓子，便说开了。

无意中发现了“苔丝”，过去西柏林那段忘情的岁月又一遍一遍地在脑海里翻腾起来，他有点儿魂不守舍了。鉴于与云婷的地下关系，他又不好当着云婷的面，有所出格，何况云婷对他真的不错。这么煎熬了一些日子，陈一德有点儿憋不住了，他决定还是背着云婷向他的“苔丝”发起攻势。

陈红是个明白人，她能感觉到她的胖老板提携她的用意。老实说，她对她的胖老板还是蛮有好感的，倘若没有云婷夹在中间，她兴许会朝他敞开心扉。这边的陈一德看起来倒像个好性子的人，其实他暗地里一刻也没停止过使些小手腕，他知道手腕要足了，陈红自然会乖巧地钻进他的怀里。

这天同样是霓虹闪烁的时分，陈一德约陈红来到一家叫梦缘的酒吧。缠绵的背景音乐里，陈一德突然间抓住了陈红的手，说，你放心，我会离婚娶你的。陈红一听，那双水汪汪的会说话的眼睛一下瞪得溜圆，老板你在说笑呢。陈红欲抽回自己的手，陈一德却紧紧抓着不放，继续道，你可能不知道，我与现在的妻子其实根本就没有什么共同语言，当初我答应娶她，只是因为手头上没有创业的资本，而她正好有。你想想，以某种目的搭建起来的婚姻能有什么幸福可言？从看到你的那一刻，我沉寂的心又开始摇动了起来，人生屈指几十年，我为什么不能去追寻属于自己的幸福。如果上天肯施舍我再一次的机会，我不会让某种目的来玷污我的爱情，绝不！

陈一德说着说着，陈红竟然发现他的眼里闪起了泪花。

陈红这会有点感动了，本想抽开的手开始任他在手心里把握。她开始认真打量起比她大不了十岁的胖老板，跳动的烛光里，她发现老板的鬓角里竟藏着根白发，她心里头跟着一酸，别看老板平日里风风光光又潇潇洒洒的，其实他的内心深处竟藏着那么一大块晒不进阳光的空地。你真的能跟我结婚吗？她开始认真地问。他一阵窃喜，鱼儿终于上钩了。他随后像是非常郑重地点了点头，又顺手抹去了眼眶周遭的一片潮湿。

陈红背着云婷开始了与她老板的频频幽会。自从愤怒的云婷朝她扬起了愤怒的巴掌，从那一天起，她负疚不安的心才真正归于安宁。

云婷走后，陈一德并未帮陈红实现她期待着的那份承诺。陈红盯紧了，他总是以任何事情解决起来都有个过程为由，让她耐心点，再耐心点。直到那天他和陈红被尾随的妻子堵在了床上，陈红才最终得以看清他的真实面目。就见他匆忙穿上衣，扑通一声跪在了妻子面前，手指着陈红，声泪俱下，都是她的引诱，才使我做了如此出格的事情。陈红懵了，本来她还想着今天豁出女儿家的脸面，与他一同捍卫他们的爱情。原来他竟然是个占自己便宜的骗子。陈红捂着脸，哭着冲了出去。

你们是什么时候开始分手的？郑啸剑问。

陈一德说，从被老婆捉了奸的那天起，就再没见过她的影子。之后，我也试图找过她，想给她点补偿，可人海茫茫，我到哪儿去寻找啊。心想着，说不定她已回老家去疗伤了哩。

郑啸剑厌恶地朝他瞪了一眼，陈一德自知失言，忙改口道，不是疗伤，不是疗伤。说着用手指指自己的心口，是医治我烙下的心灵创伤。

郑啸剑不动声色地盯着他看，陈一德心里又一阵发毛，警官啊，我说的都是真话，你们可得相信我啊！

七

案件能否尽早突破，现在唯一的线索也就剩下最后的云婷了。

至于云婷是不是疑凶，说实话，这刻儿，作为办案人员谁都不肯枉下定论。你说纤手刃不了活人，可脑瓜子足可以刃人呀。古人不早就有借刀杀人一说了嘛。至于这把刀怎么个借法，那可就见仁见智，不一而足了。

郑啸剑带着手下，循着云婷的关系人，很快查出了她服务的虞人酒吧。

听郑啸剑道明了来意，云婷先是一声怪笑，接着整个脸变得煞白起来。报应，报应啊！云婷又一声怪笑，天底下哪有像她这样不顾廉耻，不讲情份之人？没有，绝对没有！

郑啸剑安慰她，莫激动，有什么话，咱们慢慢说。

云婷沉吟片刻，开始说开了。

我与陈红是在胶东开往海东的火车上相识的。那天很巧，我们就住在相邻的两个下铺。独自坐火车本来是很枯燥，因为都是同龄人，加上又是老乡，不知不觉中我们就谈开了。陈红告诉我，她此番是去木器集团海东分公司工作的。当然，出于礼貌，我也告诉了她我的工作单位。哪想到，她一听说我的工作单位是家娱乐场所，她的眼睛在我的脸上睃巡了老半天，我知道，她是想看看坏女人到底有哪些特征，尽管她嘴上没说出来。我没有表现出不满，只是朝她笑了笑说，人都是会变的，这很正常。其实我没有告诉她，两年前，我跟她差不多，也是被委派到南方的一家分公司工作的。以前在老家，觉得分公司薪资肯定不错，可到了新单位，我才发现其实我们的工资与当地人比起来哪能谈得上是工资，连人家的一个零头都赶不上。

出同样的汗水，甚至更多，为什么自己就死守在那。我一狠心，就跳槽了。经过两年多的打拼，我很幸运地谋到了主管一职，收入自然不可同日而语。

接下来，我们谁都没有说话，各自想着各自的心思。等车驶过长江，沉默多时的陈红大概也察觉出了先前对我的不礼貌，她又主动开口讲话了。她问我，南方的分公司薪资跟咱们老家比起来差距大不大？她眼睛盯着我看，我笑了笑，说，等你上了班了自然很快就明晓了。她又问我起初在海东是干什么的？我告诉她说，跟你一样。我的话一出口，我看到她那双好看的眼睛瞪得溜圆，这效果也是我预料到的。接着，我们又开始了沉默。

车进入海东站，我看出了她有些心事重重，她嗫嚅着对我说，姐，你能给我留个手机号吗？老实说，当时我对她的印象还不坏，便爽快地留给了她。最后，我还没忘了跟她说了一句，有事就言语一声。

那天凌晨，我正扬招出租车回住处，突然间就听到有人在背后叫我。我转过身，一惊，是陈红。我忙问她，这么晚了你来这儿干什么啊？她忽闪忽闪着眼睛看着我，说，我在这儿等了你一晚上。我抱怨她，你咋就不知道给我打电话啊？她声音低了下来，说，白天坐公交，手机丢了。我对她说，走，去我那，有事我们屋里说。就这样，第二天晚上我就领她到我那上班了。

老实说，到了这会儿，我也没想过要她知恩图报。可最后，她竟然挖起了我的墙角。明眼人都看得出来我与我们老板好，老板也对我说过他们夫妻结合纯粹就是利益的捆绑。他答应离婚娶我。最后我没想到，我一辈子的幸福竟葬送在她这小妮子手里。

郑啸剑静静地听她叙述着。等她打住了口，郑啸剑问，陈红除了你，还有你提到的那个答应娶你的老板，你知道她在海东还有些什么朋友没有？

云婷一听，马上摇起了头，这妮子不光傲还特别的精，起先我怀疑她挖我的墙角，曾背着她去联通公司查过她的账单，看她是否私底下跟老板有关系，那账单上的电话除了胶东地区的还是胶东地区的。我就纳了闷了，后来我才弄明白，她还藏着一部专线手机呢。

后来你们就没再联系过？

云婷说，那晚上，她突然来到我现在服务的这家酒吧，说，姐，我被陈胖子耍了。我一听，嗨，有意思，你被陈胖子耍了到我这儿来抹什么眼泪，当初，陈胖子不是让你从我手里头挖走的嘛。我说我忙着呢，就不送你了。见我如此态度，她悻悻地走了。

听到这儿，郑啸剑有些纳闷了，便打断了她，说，陈胖子说你换了手机，那么陈红怎么就一下找到你了呢？

云婷说，去蓝色港湾城之前，我就在这家酒吧做，这事我就跟陈红一个人说过。稍许，她又接着说开了。

云婷说，之后没几天，陈红又找过我一次，说，姐，我找你也就是想求得你的原谅，否则，我一辈子不会心安的。我说，你已注定了这辈子不会安宁，善恶皆报，你就等着吧。这次，我看到了她眼里流出的泪，给谁看啊。临走前，她说她已在蹦巴迪找到了事做，以后不会再打扰我了。我理都没理，这种不讲廉耻的人，我看了都恶心，转身忙自己的去了。

听到这儿，郑啸剑还是禁不住松了一口气，云婷这条线总算还是连着了。

八

蹦巴迪犹如它的名字，七点不到，便开始张扬起它的激越奔放与刺激豪迈的个性来。

郑啸剑带着侦查员在这里很快访问到了几位与陈红熟识的小姐妹。正如云婷说的那样，陈红在她们的眼里不光傲，而且还十分的精明。当问到陈红平时与哪些客人关系比较密切时，她们一个个直摇头，说她才不会让我们知道呢。

郑啸剑就想，人本来就属于多重性格，傲和精，只是性格中的一些枝叶。再说了，人又是社会的人，要生存则必然与周围发生关系。等再问到陈红与哪些姐妹要好时，她们又像是商量好了似的，一个劲地摇头。

找到领班，领班想了想，说，好像有那么一个。她思索了片刻，哦，是小芹。这时候，就见领班面露难色，她歉然地说到，小芹今天有点儿不舒服，这会儿正在家休息着呢。

郑啸剑带着一名侦查员，他们按照领班提供的住址，很快找到了小芹。道明了来意，小芹马上抱怨说，这几天我还在琢磨呢，这人悄悄跑了这么多天，也不来个电话什么的。后来，就想，她肯定跟着对象享大福去了。说到这，小芹像是历经过不少风霜似的叹了口气，我们做女人的啊，怕就怕嫁错了郎君。

你先给我们说说陈红对象的情况吧。郑啸剑说。

小芹轻轻摇了摇头，说，其实她在海东找了对象，我也最近才知道的。她这人你别看跟我关系亲密得很，那都是因为我们是老乡，平时她嘴巴严着呢。那天中午，她约我去七浦路服装市场买衣服，我俩挑来挑去，一直转到下午四点多。这时候，她看看表，说她晚上还有个约会，就不陪我一块吃晚饭了。我一听，笑嘻嘻地摆了她一拳，你这个鬼丫头，这么大的好事也不告诉我一声，当时我看到她的脸上并没有显出多少兴奋，我就说，当心别被人拐了。她哼了声，说敢。接着我就问她，他在哪儿工作？她不屑地说，兴华快递公司的车夫。我笑了，你这个车夫肯定不是一般的车夫吧？她笑笑，没有吱声，因为上个星期我在她的租住屋玩，看到桌上放着一张她坐在黑色小轿车车头的照片。后来，我们就分手了。

注意到了那是台什么样的车，或者车牌号了吗？

小芹红着脸，歉然地摇了摇头。

信息摸了上来，办案人员一个个面露喜色。看来这回那个叫“杨卫”的真的遇上克星了。

郑啸剑决定趁热打铁，再带人去兴华快递公司一查，果然，这家公司有两台黑色轿车，其中就有一台房东陆小明提到过的黑色奥迪车，该车的司机姓杨，但不叫杨卫，叫杨威。再查，杨威前些日子到公司交了车，之后再没来上过班。而他交车的日子恰恰处在陈红失踪的时间段内。杨威的嫌疑急剧上升。

于是，郑啸剑决定分两步走，一路人马带着杨威的照片，让陆小明辨认，另一路人马寻找杨威的踪迹。

在杨威的家里，他父母告诉前来调查的侦查员说，平时杨威很少睡在家里，他们也快一个星期没见过他本人了。侦查员再找居委会的同志了解，他们一听头直摇，这小伙子人介老实，不可能作恶的。也许还想增加点论据，他们又列举出了不少诸如为张老伯买米，为李阿婆家捅下水道的好事来。

这刻，房东陆小明一看到杨威的照片，眼睛顿时一亮，就是他，杨卫！

陆小明的话一出口，前来调查的侦查员仿佛感到心头刮起了一阵劲风，多日厚重的云团，渐渐消淡了。

郑啸剑下令，除部分人员对杨威的居住地实施临控外，集中兵力继续深挖杨威的下落。

九

日子在惶恐中又度过了一日。杨威哗地拉开窗帘，炫眼的阳光透进房来，马路上人熙车攘，都市新的一天又开始了。而自己呢？他立在窗前沉思了许久，今天带给他的却又是新一天的惶恐。

藏匿的这些天，对于自己犯下的罪恶他倒没怎么责备自己，相反对已被他碎了的陈红倒是更加地憎恨了几分，她妈的，哪想到这小娘们这么难缠，不是她，老子能受这份罪，有班不敢上，有家不能回？

按说他的工作还是令不少人眼红的，在公司给总经理开车，每月三四千块工资，风吹不着雨淋不着，可他就是不晓得知足。别人能大把大把地挣钱，凭什么我就死抱着这点小工资？渐渐地他发现了一条来钱的路子，据他后来的交代，那就是靠山吃山、靠车吃车。

第一个给他外快的是位东北姑娘。他记得那天也是下着雨，大老远他看到马路上有位扬招的姑娘，他主动把车靠了上去。颇具情调的相识，又颇具情调的交往，那位东北姑娘还能绕过他设下的网。与姑娘谈了两个月的所谓恋爱，净赚了两万多块票子，见再榨不出多少银两，那么就潇洒地挥挥手，不带走一片云彩了。

第二个，第三个……他是屡试屡爽，你就放出胆子尽情地忽悠就是了，反正总经理平日里用车也不多，一天也就来回接送几趟，剩下的时间这车差不多就是自己的坐骑。这年月，像他这般年纪轻轻，又如此的风雅，这在涉世不深的姑娘眼里是什么样级别的王子啊，优秀的成功男士一枚呗。

陈红也未能脱俗。也许是陈胖子撕扯开的情感伤口还未愈合，加上那天的接礼品连不顺，从接受杨威相助的那一刻，她脑子里马上闪出崂山顶上的那次抽签，于是，疑惑的眼神很快就被感激所替代了。去医院治疗，去饭店用餐，再到第二天的借房，她就像是被“杨卫”摄走了魂魄，一任他的倾心“相助”。

人突然间掉进了情网，判断力难免会下降。当然，这其间即便迸出些丝丝缕缕的担忧与心慌，也总就宁可信其无也不信其有。这大概就是人们所说的情痴与痴情了。陈红就属于此列。

陈红相信了后来被她唤作“姐姐”的女人，与杨威早分了手，但对于他俩的藕断丝连，她就想爱情不在情意在嘛，自己何必那么小气，杨威也这么说。当然，这一切，被她唤作姐姐的女人都蒙在鼓里。

这天，杨威对她说，他想在山阴街那边开家美容店，苦于手头上的资金周转不过来，这几天他得出去找钱，恐怕没时间陪她了。陈红就问，得多少？杨威说，不多，大概也就十一二万吧。

杨威两天没露脸，陈红这心里头就有些吊吊的起来了，现在两人好得就缺张结婚证，你说杨威这样跑东颠西的又为了什么，说到底还不是为了自己嘛。那天她想了许久，最后还是给远在胶东的父母打了求援电话，索来了两万块。当然，至于杨威，至于美容店，她一概未提，只是说海东这边的开销实在太大。

杨威接过钱，很快把感激化成对她的一场缠绵，他说，这辈子我不会让你受委屈的。当时，直说得陈红泪水涟涟的。

余下的日子，杨威所说的美容店并没有出现大的动静，陈红问紧了，他也是轻描淡写一笔捎过，不急，不急，正筹划着呢。

陈红对杨威起疑最初是在被他唤作小琼的女人身上。那天逛街回来，她发现屋内坐着小琼与杨威，走进卧室，她感觉到了床上像是被人动过。几次之后，她一切都明白了。那天她找到小琼，说，我知道你以前跟杨威好过，现在我与杨威正准备结婚，希望你以后就不要再缠着杨威了，就算小妹求你了。小琼一听，立马杏眼圆瞪，你说什么，他要跟你结婚？小琼急赤白脸，昨天我们还在谈婚嫁的事，这个骗子！

陈红是流着泪回到她的住处的，这时候，杨威正躺在沙发上悠然地抽着烟。看到陈红的模样，杨威知道自己导演的戏被戳穿了。他跃上前去，一把搂住了陈红，说，你知道的，我爱的是你。陈红气得一把推开他，你倒是说说，我们该怎么办？杨威马上又换上了沮丧样，我也在琢磨这事哩。毕竟跟小琼好了这么多年，总得给她点补偿吧？陈红气鼓鼓地说，多少？杨威说，我看三万块差不多了吧。陈红拖着哭腔，那你赶紧给她啊。杨威搓了搓手，说你知道的，美容店那边马上要开张，手头上没有活钱啊。老实说，到这会儿，陈红尽管能预感到情感上可能再受到重创，但她还是不舍得放弃一丝希望。她抹了把泪，说，这三万块钱我可以跟我的父母要，但你必须答应我一个条件，钱到手后，我们立刻去领结婚证。杨威一听，沮丧的脸上马上换上了喜色，听你的，都听你的。

于是，陈红与小芹一番话后，只身回到了胶东，接下来后，俞英便听到手机里那个被陈红称为“姐姐”的小芹的甜甜声音了。

杨威接过陈红的钱，陈红觉得他理所当然得履行对她的承诺。杨威倒好，接过了钱，他反而不急了。陈红越想越觉得委屈，越委屈越感到后背一片冰凉，一个她不愿承认的事实这时候在她的脑子里越发的明晰了，杨威是在利用她的感情骗她的钱财。

小芹说得没错，她俩那天在服装市场分手后，陈红的确有个约会。她将杨威约来住处，一番争论，杨威急了，嗤之一笑，你还真以为我会娶一个吧女做老婆？笑话。陈红一听也火了，那你把我的五万块钱还给我，我们马上分手。杨威要赖了，钱现在没有，等我有了会还给你的。陈红气疯了，她抓起枕头底下那把杨威说是买给她防身的尖刀，就往杨威的身上戳。杨威一看不妙，这女人疯了，紧忙往阳台上撤。这时候，红了眼的陈红岂肯轻易放过他，也旋风似的追到阳台。可怜的陈红，这回尖刀还没送出去，头上就挨了一榔头，血哗地蹿了出来。情势急剧变化，这会保命的是她陈红了。

陈红倒在血泊中已没有了气息，这时候的杨威才感觉出了事态的严重性来。他没有想到忏悔，想到的倒是如何将这个难缠的女人干净彻底地处理掉，一点痕迹不剩，不，丁点儿都不剩，就让她在这个世界上悄没声息地蒸发掉。

太阳在不知不觉中又跃升丈余尺。这时候，不远处的一台警车鸣着笛闪着灯朝这边驶来，沉思中的杨威听了心里一激灵，一个侧身将身子送进窗帘里。

十

这天上午，重案队接到情报，称杨威并未离开海东。

只要他还在海东，就不愁他不露出头来。

一彪人撒了出去，查杨威的关系去了。到了午饭时分，办案人员陆续归了队。经调查走访,郑啸剑他们梳理出三十多个关系人,效果并不太明显。

鉴于杨威有家不敢回,朋友那又不敢去,他会居身何处?

宾馆。有人叫了起来。郑啸剑点点头,咱们现在就集中力量查宾旅馆。

这一查,杨威露馅了。他一年中在镜泊湖开房不下三十余次。再查,杨威两天前曾入住过相邻不远的琪琪宾馆。

那么退房后的杨威有没有可能再次入住他常住的镜泊湖宾馆?

郑啸剑随即决定,留少部分人员蹲点守候,由其余人员以此为中心彻查周边相邻宾旅馆。

当晚子夜时分,侦查人员终于查明,杨威刚入住神裕大酒店不久。

郑啸剑决定,立刻实施抓捕。

面对突如其来的抓捕人员,杨威自知无路可逃,他猛地从床上跃起,打开窗户就要跳。一名抓捕队员一个箭步冲了上去,一把将右脚已踏上窗沿的杨威给拖了下来。随后跟上的队员一把给他扣上了手铐。这时候,郑啸剑走上前去,猛地拉下他的衣领,杨威右耳根脖子上果然有颗黑痣。

与绝大部分到案的疑凶相差无几,杨威到案后,也是缄默无语,一副死猪不怕开水烫的架势。一个半小时的较量,杨威终于向主审的郑啸剑开了口。

陈红是我干的,但我现在不想回忆,我怕等会儿会做噩梦。

郑啸剑笑笑,有意思,恶人也有做噩梦的时候。

杨威交代,在卫生间的浴缸内肢解完陈红的尸体后,我整个人累得都快虚脱了,我关上房门,去了不远处的一家小饭店点了几个小炒,还喝了几瓶啤酒,我得养足力气,否则等一会儿抛尸就没有体力了。吃饱喝足,我先是在附近的杂货店买了四只编织袋和一圈垃圾袋,这主要是怕血水流出来。之后又到商场买了几只大的旅行包,回去装好陈红的尸体后,立刻清理现场和凶器。

凶器在哪儿?

杨威回答，就是厨房内的菜刀和我送给陈红用于防身的尖刀，都被我遗留在了现场。

杨威接着交代，做完了这一切，我为抛尸犯难了。就在这时候，我想到了我过去帮助过的一个朋友是开小货车的，一个电话打过去，说有几包旧衣服要送到石洞口，问他能不能帮下忙？朋友很爽快地答应了。半小时不到，他将小货车开来了，我让他坐在驾驶室别动，自己麻利地将已被我搬下楼的打包尸体塞进了车厢。

杨威继续，到了石洞口，我佯装打手机，什么，衣服不要了？你这不是玩人吗？接着又佯装生气的样子，对毫不知情的朋友说，算了吧，这破衣服我不想要了，你停下车，我就地解决了算了。朋友停下车，我又快速地将尸体扔进了路边的草丛里。随朋友的车回到市区，与他道完别，我骑着自己的摩托就往回赶。接着，我就将抛在草丛里的尸包分几趟用摩托车拉到附近的河道抛了。

说说抛尸的地点？郑啸剑突然提高了声音。

杨威身子一颤，很快又低下了头。

走，我们现在就带你去指认现场。郑啸剑说完，便带着几名手下，押着杨威连夜来到了练祈河抛尸现场。

清早的练祈河，河面上雾气袅袅，静静的河水沉默着，像是早已等待着侦查员揭开这起将它玷污了的罪恶。

潜水在冰凉的练祈河里打捞了近五个小时，第一包装着陈红头颅及手掌的旅行包终于起水。

岸上没有欢声，没有笑语，只有不太强劲的秋风在呜咽着。

这时候，一只白鸽在练祈河一惊而过，杨威突然间想起了陈红常唱给他听的一首歌：一个男人要走过多少条路，才能成为一个真正的男人？一只白鸽要飞越多少海洋，才能在沙滩上安息？一个人要抬头张望多少次，才能看到蓝天？这答案啊，我的朋友，它已随风而逝……

他记起来了，那首歌的名字就叫《随风而逝》，是啊，现在的一切一切，都将随风而逝了。

他向着河水，扑通跪倒在了冷涩的河堤上。

第五章

郑铁锤讲述的故事 之三

四

张阿三是两天之后又一次寻上门来的。当时，曹坪正吸溜着刚刚从地摊上买回来的馄饨，汤上浮着一层红红的辣油，曹坪吃得是头上热气直冒。见张阿三鼻梁上架副墨镜，走起路来两条臂膀在斜空里直划拉，后头还跟着同他一样装扮的两个打手。曹坪就没好气地瞥了他一眼，接着又吸溜开了他碗里的馄饨。

张阿三走上前去，用手指头里夹着的长烟嘴朝曹坪指了指，马上阴阳怪气地揶揄起来，哎哟，我说曹老板，几天不见旧貌换新颜了，你这早餐的香味可把外头老槐上的乌鸦们馋得直流口水啊。

曹坪有些愠色地把馄饨碗往桌上一顿，怎么说话呢，嗯，还懂不懂规矩，翅膀硬了是不是？突然间被曹坪噎了一下，张阿三心里一怔，瞧这小子的口气，哪还像几天前那样的谦卑，莫非他兜里有钱了？

张阿三暗忖着，前些日子给刘大宝卸指头，瞧他当时那熊样，你让他跪下来给你舔脚丫子他都不带眨眼，就这几天工夫，他就健忘了?

张阿三对自己说，不像，绝对不像。

同张阿三一道进来的两个戴墨镜的打手，哪见过欠债的跟自己老板这么说话的，他们从老板一怔的表情上明显感觉出了老板的尊严受到了冒犯，这哪成。于是，一左一右，猛然抓住曹坪的胳膊就要发力。曹坪眼一瞪，脱口吼道，怎么，上门撒野来啦?

张阿三一见，忙得意地将夹烟嘴的手在跟前划拉了几下，说，不可以的，不可以的。两墨镜男像是训练有素地后退了一步。就见张阿三挤着笑脸，上前一步，打着哈哈说道，曹老板莫生气，莫生气，小的们不懂规矩，我这厢向你赔不是了。说完还有模有样地躬身施了一礼。

曹坪厌恶地瞪了张阿三一眼，有你这样上门跟人谈事的吗? 别以为别人欠你几个鸟钱，就非得给你当孙子，多想想自己以前的日子吧。曹坪挖苦了他一句，接着就将碗里的馄饨一口喝了下去。

张阿三一听，忙露出从前的马屁精相，满脸堆着笑，说，那是，那是，我知道你曹老板是瘦死的骆驼比马大。张阿三嘴上这么说，心里头还在想，看来我猜得没错，这小子肯定在哪儿弄来了钱，否则，你就是借他副胆也充不起个人样来。罢了，反正今天自己是要来钱的，只要他把钱还上，就是让自己当回孙子那也没什么。

听张阿三这么一说，曹坪的眉头蹙了蹙，有你这么说话的吗? 张阿三一听，马上也意识到自己的比喻是有点儿不太妥帖，于是，很夸张地扬起自己的手掌，朝脸颊上像扑蚊子似的刮了两下，你瞧瞧，我阿三狗嘴里就是吐不出颗象牙来。

曹坪用手擦了擦嘴角，皱着眉头朝他挥了挥手，得了，得了，少在我面前演戏了。等会儿取走了货立刻给我滚蛋，这辈子我都不想再见到你。

张阿三用手挠了挠后脑勺，像是一下被人点了软肋，连忙说道，别别别，我们以后还得精诚合作哩。说到这，他装着有些很无奈的样子，摊了摊自己被烟头熏得焦黄的手指头，你知道的，我压根就没冲撞你曹老板的意思，想当初，不是你收留了我，我哪能过上吃香的喝辣的日子，你看我这不是捧着人家的饭碗头嘛。说完，忙向曹坪递上了烟，又打火为曹坪点上。

曹坪吸了一口烟，火气小了许多，脸色也不像先前那么难看了。老实说，就在张阿三向他递烟前，曹坪真的生发出了此生再不见张阿三的念头，就在张阿三像从前那样恭恭敬敬给他点烟的那一刻，曹坪忽然间有些改变了主意，张阿三说的不是没一点道理，他也是端人家饭碗的，既然吃了人家的饭，哪还有不为人家尽责的理？他曹坪做过老板，这理他懂。再说了，张阿三刚才提到过以后还得合作的事，这话倒有点顺他的心思。张阿三你别看他浑身坏得流脓，可你真要让他办件事，还不得不佩服他，这小子外头的路子活络得很，自己手头上的那些洋货迟早得处理，最后帮着自己处理这些洋货的最好人选自然非张阿三莫属。当然啦，张阿三的为人他曹坪是清楚的，到时给他点封口费，不信这小子不认自己是大爷的。

想着，曹坪朝身后那两个墨镜男努了努嘴，张阿三一看，马上明白了曹坪的意思。他跟 着朝两墨镜男微微扬了扬头，说，你们先到天井里去等着，我这边跟曹老板还有话要说。曹坪一听，脸上马上重现了愠色，怕我办了你张阿三不成？我还真不想脏了我的手呢。张阿三不愧是察颜观色的老手，他能感觉出，曹坪今天不光会还钱，肯定还有什么不便示人的事等着自己去做。他马上朝两墨镜男脱口道，你俩走吧，今天的事就到此为止。两墨镜男对视了一眼，又朝张阿三看了看，张阿三马上嚷了起来，还看什么看？没听懂我的话？两墨镜男迟疑了一下，朝张阿三施了下点头礼，嘴里说着是，移着步子离开了曹坪的住处。

两墨镜男走了，张阿三讨好地说，曹老板，现在就咱哥俩，你知道的，我阿三最大的长处就是有双好腿，你吩咐就是了。曹坪又朝天井的大门瞥了眼，张阿三马上心领神会地走过去把门关上。接着，曹坪就朝饭桌上扔出了一叠花花绿绿的票子。曹坪看到张阿三眼里立马放出了灼人的光。他惊道，曹老板，这是美元耶，你家里还藏有这样的细软，我阿三真是有眼无珠啊。我收回前些日子说过的不恭的话。说着，扬起巴掌朝委琐的脸上掴了一巴掌，这回从声音听上去绝不像是在扑蚊子。

曹坪很鄙夷地打量了张阿三一眼，把手往桌子一指，喏，一千五百美金，抵你一万块的债绰绰有余，多下的，你就拿去打酒喝吧。张阿三飞快地揣起了美金，生怕曹坪反悔似的，又赶忙向曹坪躬身施礼，谢谢曹老板，往后要是还信得过我这双腿，就尽管吩咐。张阿三表这番忠心，无非还是想再掏掏曹坪心窝子里的话，见曹坪摆出一副讳莫如深的架势，张阿三知道，这些日子对曹坪不恭不敬的，曹坪心里头那团憋闷的气肯定还未消饵掉。他能感觉到曹坪肯定有事借用他这双腿，不过，他也知道，这事急不得，得文火焖小鸡，慢慢地来。老实说，张阿三的确是猜中了曹坪的心思，尽管他曹坪手中的洋货急着出手，但眼下还不是特别急的事，他还得考虑考虑，最终这事的处理是不是真得借用张阿三的那双腿，毕竟这事办砸了，是得吃八大两的。

见曹坪不语，张阿三这会总算悟出了点名堂，莫非说这些美钞有些来路不正？是啊，他曹坪以前是个有钱的主，可他挣的都是人民币，从没听说过他家里还藏有美钞，曹坪好露富的嘴巴子他能不知道？再说了，他家里跟自己家差不多，祖宗八代都算上，也没见一个啃过洋面包的。张阿三越想越觉得不太对劲，从曹坪讳莫如深的神态上，他隐隐觉出这些美钞有些来路不正。张阿三揣起美钞就往天井里走，这时候，他突然回转过身，朝曹坪狡黠地一笑，一语双关道，曹老板啊，你可要当心身子啊。曹坪悻悻地瞪了他一眼，滚，少他妈的给我玩你那几根花花肠子。张阿三嬉嬉一笑，忙回道，我滚，我滚，曹老板你保重，过几天你那台半导体我亲自给你送来。

张阿三揣着钱走了，难得见阳光的屋里又现出它墓穴般的静来。曹坪在屋里转了几圈，这满屋的静让他有些窒息，他走进天井，索性一屁股又晒起了太阳。

张阿三一走，可他最后留下的狡黠的神情和一语双关的话，曹坪他懂。这美钞哪来的？还有家里他没告诉张阿三的那些洋货，他能就这么轻易的示人吗？虽说昨晚上洋楼里的主人鲁植，还有他的洋老婆鲁可明向他保证过，只要他不伤人，他们绝不会向海东警方报警，但他还得谨慎从事，小心为妙。

想到昨晚上的事，曹坪觉得似乎有点儿不可思议，天底下还有这等好事。想着，曹坪不觉独自笑了起来。

对于昨晚上的行动，曹坪不得不承认自己做得是缜密的，现在回过头想想，又觉得似乎大可不必。为了避人耳目，晚上六点不到，他就煞有其事地逛到了弟弟处，好酒好菜，饱蹭了一顿，到十点多，才跟弟弟一家人道别。之后，他爬上了九十六路车，坐到马家子河路。在东进路上的三角花园内稍歇了会儿，便在马家子河上转开了。他想，行动前得好好侦察侦察，千万不可打无把握之仗。这时候的马家子河路就像是白天迎客的货栈，在忙碌了一天之后关门打烊了。马路上少有行人，唯有那些昏黄的路灯像瞌睡人的眼似的，透过没了叶片的梧桐枝蔓，在斑斑驳驳地向马路上流泻着。路上静极了，曹坪的心也紧缩着，这时候，不知何处传过来的金属碰撞声，以马路上空拖着音翼一掠而过，曹坪的心跟着又是一紧。他想到了撤退，特别是在想到了昔日手上的铐子放了的寒光之后，后撤的念头就更加强烈了。他知道美钞对人民币的比值，更知道在洋人家里作案，打击起来可比在自家地头上要狠无数倍，这不单单是人格上的事，更重要的你还丢了咱中国人的国格。不觉中，重又转回到三角花园，在原先坐过的石凳上，曹坪又一屁股坐了下来。他矛盾着，斗争着，何去何从？一只野猫拖着哭腔，从他跟前缓缓走过，触音生情，不觉中他想到了女儿，他抑起头，不想让突然间涌起的泪外流，透过不太密仄的枝蔓，就见几颗寒星可怜巴巴地朝着自己眨眼，它多像秋月婆挲的泪眼。曹坪还是没控制住往外流泻的泪，他颇有些伤感地抹了一把。也就是在这一刻，他坚定起了自己的初衷，等干完了这一单，说什么得围着老婆孩子一家人好好过日子。

曹坪站起身，用手掸了掸屁股上的灰尘，就向着白天已侦察好的洋楼围墙走去。四下瞧瞧，无人，曹坪马上提足一口气，一把搭住围墙上的落水管，向墙头攀去。攀上墙头，跃下位于围墙根的平台，凝神屏息，围墙外除了几片落叶被风吹起的窸窣声，什么声音都没有。跟着，曹坪抬起蹲着的身子，便慢慢地向紧挨着平台的屋顶爬去，紧接着，再一鼓作气，就蹿上了位于顶房一侧的白果树，哧溜滑进了洋楼的园子里。这时候的园子里，与一墙之隔的马路一样，静极了，只是花园里还有一小片一小片耐寒的花草隐隐散发着残香。曹坪顾不上浏览院子里北美人颇为得意的庭院布局，就像一只田鼠似的倏地往洋楼的地下室里钻去。曹坪知道，从地下室里进洋楼，绝对比从花园直接进楼要来得安全、从容，门不必去撬，窗玻璃不必去卸，有谁家还会把屋里连通地下室的门给锁上呢？这回，曹坪的判断没错。进入地下室，田鼠似的曹坪就像是回到了自己的洞穴，他熟门熟路地窜到了一楼。透过室外的灯光，见到一楼除了几排沙发，连张像样的办公台子都没有。曹坪就想，这一楼肯定是洋人会客用的，二楼以上才是他们的办公栖身之处。蹑手蹑脚之窜至二楼，再顺着过道往前走了几步，就见一道房门虚掩着。曹坪一喜，就从这里下手吧。

蹑手蹑脚走进门，再随手将门带上，回转过身，是一间很有些派头的办公室。这时候的曹坪已完全适应了室内的黑暗，他看到了墙上挂着一张跟他小时候家里张贴的伟人像一样大小的外国人头像，猜想，这墙上的老外说不定就是他们洋人的领袖。比屠夫剁肉的案板还要大几倍的办公桌旁，立着一杆比他个头还要高的洋人旗，办公桌上除了四五部比较张扬的电话机外，还有一尊袒胸露背，手上擎着一只火把的铜像。曹坪吃不准，这尊铜像是否就是人们常说的那个自由女神。脚踩在软乎乎的地毯上，曹坪就觉出这间办公室的主人的身份肯定非同一般。无意间摸对了门，曹坪的心里头喜啊，马上生发了一种逮着大鱼似的感觉。这时候的曹坪，满脑子里只有花花绿绿的美钞，连刚刚还有的恐惧一古脑儿地抛到了爪哇国。他鼓动自己，还等什么，还不赶紧动手。跟着，他的手就伸向了比案板还要大许多倍的办公桌抽屉。

曹坪借着室内仅有的光，在抽屉里胡乱翻找了一气，后来，干脆把硕大的抽屉抽了下来，这样翻起来利落带劲过瘾。曹坪一味埋头淘金，对周围自然也就放松了警惕。这时候，他似乎感觉到身后亮起了一线光，等转过头，他心里头跟着就是一颤，后背上马上冒出一层冷汗来。原来这气派的办公室里还有一处门，跟着他就听到了洋人们呜里哇啦的声音，这刻好像是一个女洋人在说。曹坪忙站起身，他知道，他必须在洋人喊叫声发出之前先镇住他们，否则，这后果不堪设想，他可不想成为洋人案板上的老鳖。说时迟，那时快，曹坪一个箭步，就朝着灯光亮着的房间冲去，当然，他手里这时候多了两样东西，就跟洋楼外墙橱窗漫画里的瘦小男人一样，右手握枪，左手持剑。

见房里突然间冲进了持枪握剑的歹徒，那女洋人跟着就尖叫了一声。曹坪虎眉一抖，声色俱厉地吼道，再喊，老子就送你们上西天。说着，很是夸张地把右手里的手枪朝女洋人的脑壳子上指了指。这时候男洋人开口了，好汉，咱们有话好说，千万不要舞刀动枪，那会伤人的。曹坪一愣，随口问道，你们会讲汉语？女洋人扯着被头挡着前胸，缩着身子说，我们在中国工作有些年头了，都能讲一点汉语。曹坪点点头，想想也是，住在东进路上的洋人嘛，素质自然不一般。接下来，曹坪开口了，既然你们都懂汉语，那咱们交流起来也就方便多了。男洋人点点头，曹坪接着说道，我今天的本意也就是想来弄点美钞花花，压根没有制造血案的意思，不过你们放心，只要你们按我说的去做，我保证你们无虞。男洋人立马保证，我们配合，一定配合。说着，他朝女洋人使了个眼色，女洋人心领神会地将置放在床头柜上的挎包向曹坪递了过去。

曹坪接过挎包，很利索地掏出了钱包，一看才五百美金。这时候，他的脸马上又沉了下来，他哈哈奸笑了两声，我兴师动众的，就为了这点美钞？你们以为是在打发叫花子吧？说着，自顾朝手枪的枪筒吹了口气。男洋人担心再生发出什么不测来，忙开始对曹坪说起了软话，我与夫人值钱的东西几乎都留在了美国，这五百美金你若嫌少，那边床头柜里还有我的一只钱包。说着，很是配合地为曹坪拉开了床头柜的抽屉。这回曹坪的脸上总算有了点笑容，床头柜里除了装有男洋人一千美元的钱包，还有钻石戒指、金手链、金耳环、珍珠项链不下十多件。曹坪腾出手，从口袋里掏出早准备好的布口袋，一古脑地装了进去，连同抽屉里的信用卡、名片，还有汽车驾驶证。

一切收拾停当，曹坪这才像模像样地收起了枪和剑，他在作撤离前他早设计好的善后事宜。他对男洋人说，看你们俩也挺配合的，我也不想对你们隐瞒什么了，实话跟你们说吧，我其实是从南京来海东旅游的大学生，因为钱玩完了，这肚子里饿了，我就想到了你们。毕竟朝鲜战场上，我爷爷还救过你们一名飞行员的命，用我们中国人的话说，我们还是有缘分的。男洋人一听，马上脱口说道，听你这么一说，我们是有些缘分的，请你无论如何转达我对你爷爷的诚挚问候。以后有什么困难，尽管来找我们，我的中国名叫鲁植，夫人叫鲁可明。说到这儿，鲁植吞吞吐吐冒出了一句，先生下次来访千万不能再用这种方式啊。曹坪一听，刚刚松弛下来的脸马上又冷了起来，鲁植心里一惊，可千万不要再节外生枝啊。他忙解释道，我绝对没有对先生不恭敬的意思，请先生千万不要误会。曹坪没好气地说道，少跟我来这套，我警告你们，不许报警，相信你们对中国少林功夫多少还是有些了解的。

曹坪在太阳底下尽力地使每一眼毛孔都大张着，这些日子，他感觉到整个人都充满了晦涩气，他要吸足太阳的阳气，尽快地使自己变得阳光起来，男人起来，现在好了，张阿三那头窝心的事终于了结了，剩下的等手头上那些洋货处理完，自己再设法图强，东山再起。

有鸟的啁啾声在老槐上响了起来，曹坪将目光投过去，还是前几天他看到的那对情侣鸟。那两只鸟在有些寒冽的枝头忽上忽下，东窜西突，你啄我的头，我舔你的尾，尽情地享受着大自然给予它们的恩惠，由着性子戏嬉着，调情着，颇让人眼热。曹坪的眼睛一动不动地盯着。一时间，他甚至将自己幻化成了他们中的一只。这时候，先前在他眼里奇丑无比的老槐也变得鲜活了起来，那一丛丛向空中伸出的犹如老太太手臂一样的枝桠，不正是向大自然表达传递着它们的遒劲与不屈吗？明天，不，应当说到明年的开春，它们积蓄了一冬的气力之后，会又一次毫无保留地向人们展示它一身的葱郁，奉上一大片绿荫的。

想着，曹坪嘴角边挂着笑，很是舒展地伸了个懒腰。

是该接老婆孩子回家的时候了。

第六章

父亲篇　殊途同归

一

祁家姆妈大睁着眼还没等到媳妇把儿子可能遭绑架的事讲完，一口气没转过来，便哇地叫了一声，栽倒在了地板上。

这下子媳妇华蓉知道自己闯了大祸了，现在丈夫不晓得是死是活，千万不要搭上个婆婆。

她扑地一下跪倒在婆婆身边，掐着人中，叫着娘。边上的宝贝女儿哪见过这阵势，吓得是一把抱住了华蓉的腰身，哇地一记哭出了声，妈，阿婆这是怎么啦？啊，阿婆……

这可如何是好？女儿那边一哭，华蓉这边泪珠子也跟着唰地涌了出来。

两天前的下午五点起，丈夫祁军就没了踪影。手机也不知打了多少遍，总是关机。再一个个地问公司的员工，他们眼睛都瞪得老大，总经理离开公司没有跟我们讲啊。你说祁军又会跑到哪儿去了呢？华蓉就想，这次也太有悖于常规了吧，平时祁军不回家吃晚饭都晓得给家里打个电话的，更不用说在外过夜了。华蓉睁着眼睛熬过了一夜，第二天一整天，她整个人都像是丢了魂，走马路上还险些被汽车给撞了。华蓉凡能想到的关系户也一个不落地找过了，更不用说是他们沪上的亲朋好友了。回到家，婆婆看到华蓉的脸色有点不对头，再想到儿子彻夜未进门，就想，两口子闹矛盾哩。也就没往心里去。这一夜，看儿子又是彻夜没进门，再看看媳妇两个黑洞洞的大眼圈，等到日上头顶，老太太终于憋不住了。起先华蓉还是有点不想说，娘毕竟靠八十的人了，万一受了惊吓那可不得了。华蓉越是不想说，这边的老太太越是想知道他们到底怎么了？问急了，华蓉心一横，是福不是祸，是祸也躲不过，她就说，娘，这两天您就没发现祁军有点反常吗？上午十点多，他莫名其妙地给我来了个电话，说是让我准备好一百万。还没等我问清他要这许多钱做啥，那头的电话便断了。我琢磨着祁军可能遭绑架了。老太太听到这，眼睛一下张得老大，整个身子就像是狂风大作中的老树摇晃了起来。

婆婆半晌缓过了气，她眼一睁，骨碌从地板上坐了起来，嗓门比平时也高出了许多，蓉儿啊，快，快把娘扶起来，咱们找警察去！

二

两个小时前，华蓉搀着年迈的婆婆，一步三晃地来到辖区的派出所。

还没等到踏进接待大厅的门，婆婆便放开了嗓门哭开了，警察同志啊，你们一定得救救我儿子啊！值班民警赶紧迎上去，阿婆，你慢慢讲，到底怎么回事？婆婆一手抹着眼泪，一手紧紧攥住民警的衣袖，我儿子祁军被人绑架了！

华蓉这边的话刚刚开了个头，挎包里的手机就叫了一记。她慌忙掏出手机，调出短消息一看，印着黑眼圈的俏脸唰地变得煞白，几日的担忧还是成了铁定了的事实。短消息是这样的写的：祁先生在我们这里，请放心。我们也是出于无耐（奈），三天内准备好一百万赎人。

虽是聊聊数字，却是砸地有坑。祁军遭绑架无疑。

重案队长郑啸剑带着侦查员在近大同路的一条弯弯曲曲的胡同里，总算是找到了祁军注册的海东方圆房地产公司。与时下那些敢把天吹破的公司一样，门面没有半点出俏的方圆房地产公司竟然很有气魄地同它们站到了一列。说它是房地产公司，充其量它也只是跟地产业稍沾了点边，它的真正主业是房产中介。走进公司，十二三个平方的底楼小间内，放着三张办公桌，先近窗户的那张桌上摆着一部电话，而且还是部带来电显示的，这些就是公司面上的全部家当。

郑啸剑他们的问话是从华蓉怀疑祁军失踪的那天下午开始的。

公司的两位工作人员，一名是中年妇女，有些发福的身子看上去略有点臃肿。还有一位是年纪约莫二十七八岁的青年男子，他薄薄的嘴唇很容易使人联想到他的嘴巴子功夫了得。果然，他近二十分钟的描述，几乎是一气呵成，利利落落。

薄嘴唇把华蓉来公司找他们问祁军的去向，到他们几天见不着总经理，心里头是如何如何地着急与担忧，作了好一番的铺垫之后，这才开始将话题切入正题。

他说，大前天吧，我们总经理没有理由心情不爽啊，这天的生意可以说是我们低迷了一个月后的一次强劲的反弹。从上午十点开始，赵师傅一口气谈成了两笔生意，而且租期都是一年的。说着，他指了指身子有些发福的中年妇女，她的脸上立刻变得笑咪咪起来，她在为自己的作为得意。薄嘴唇继续道，后来，我这边也开始有了动作，先是说动了一位并不急着租房的客人签了合同，接着一周前那位嫌房租费过高的客人又摸上门来，一进门他就问我上次谈的那套房子出手了没有，我一听有戏，那还不吊吊他？于是，我佯装一番为难后，还是答应让他下午再过来一趟，我呢这就去帮他调剂调剂去。你们也看到了，像我们这样的小公司，一天谈成四笔生意，那是个什么概念？说着，他自个儿也乐了起来，这做生意就跟人似的，顺起来喝口水都得长肉啊。这不，一直乐呵呵的总经理，到下午四点多钟的样子，又接了只电话，又有人要看房子。这回咱们总经理说了，这一天你们两位都很辛苦，这单生意就由我亲自出马了。到四点三刻的样子，总经理跟我俩打了声招呼，口哨一吹，包一夹，径自走了。

他没告诉你们去哪里看房吗？郑啸剑问。

这个嘛……薄嘴唇作思索状，眼睛极快地瞥了一下郑队，最后目光落定在了身子略有点的臃肿的赵师傅身上。赵师傅的目光与他一碰，还是有点吃不准地说了总经理可能去了绿地公园地区。

也许他俩并没想到这个看似简单的问题还会难住他们。总经理出门说是去看房，当时他并没说去哪里看。

薄嘴唇有些不太苟同地摇了摇头，说，会吗？又像是在自言自语。

见薄嘴唇吃不准的样子，赵师傅反倒坚持起了自己的观点，她说，怎么不会呢？你看吧，绿地公园那边的租住房一向都是总经理亲自过问的，假如是去我俩分工的方向，他能不跟我俩索要些资料？

说得也在理。薄嘴唇听了点点头。

郑啸剑问，绿地公园方向的几处出租房的资料，你们现在能提供得出来吗？

薄嘴唇说没问题啊。随后他在搁置电话的那张办公桌上找出了一本记录簿，他翻了翻，径直捧到郑啸剑跟前，说资料全在这里，一共有五套。郑啸剑看了看，接着，随行的侦查人员将这些资料全录在了笔记本了。

按照薄嘴唇提供的时间段，郑啸剑通过电话的来电显示，很快确定有手机的确打过公司的座机，而且通话时间与薄嘴唇反映的几乎一致，是五分半钟。再问薄嘴唇与赵师傅，两人对这部手机均感到陌生。

离开方圆房地产公司，郑啸剑让随行的侦查员去调查那五处出租屋，自己则去追踪那部神秘的手机。

三

华蓉不光人长得光鲜，在街坊邻居里人气指数也极高。她的老家在吉林的松花江畔。祁军参加高考的那年，身上的血一热，大笔一挥就填了个东北的师范大学。四年的高粱碴子非但没废了他的胃，相反倒成就了他一身东北汉子高大威猛的好身板。毕业后他选择了留当地教书，教棒没挥多少日子，华蓉便进入了他的视野。华蓉叙起来跟他还是校友，不过他俩是同级不同系，当时的华蓉在市财政局工作，因为人长得俏，再加上硬梆梆的文凭，又供职富得流油的单位，上门提亲的人自然不少。两人接触没几趟，华蓉就跑去告诉介绍人，就是他了。华蓉话这么一搁，接下来结婚生子，再后来又双双顺利调来海东。同绝大多数东北姑娘一样，在华蓉的身上倒是很难看出她的矫揉与做作来，相反勤快与孝道倒是她的原色。这时候你若是问起她与祁军的关系，街坊邻居的老阿婆们会咂巴着有些干瘪的嘴，人家这闺女好着哩。

其实给华蓉发短信的那部手机也没啥好查的，那是祁军自己的手机，只不过眼下它已落在了绑匪的手里罢了。现在握在郑啸剑手里的主要线索，就是紧紧追踪的那部神秘手机了。

郑啸剑可是费了好大的劲，才挖出了神秘手机的原始出处。

这部神秘手机登记的是与海东毗邻的皖省一个叫胡云的人。当地警方反馈来的信息，说是胡云在海东一家大卖场工作。再找到胡云工作的大卖场，郑啸剑找到了大卖场的经理，经理查了查员工登记，说我们这儿是有个叫胡云的员工。经理把郑啸剑带到卖场正在货架边理货的眼镜姑娘跟前，道明了来意。眼镜姑娘回道，胡云她不在，她上个月就回家了。听眼镜姑娘这么一说，郑啸剑有点儿急了，知道她在海东的租住屋吗？眼镜姑娘想了想，径直走到跟她同样戴着眼镜的中年妇女身边，耳语了几句，中年妇女马上投过来疑惑的目光，在郑啸剑身上睃巡了一遍，这才拿起笔写下了胡云的租住屋地址。

摸到胡云家，还真巧，生了女儿的胡云出院已两个多星期，人也开始下床活动了。郑啸剑说了一番恭喜的话之后，才道出了此行的真正用意。果然，就见胡云脸憋得通红，她摇摇头，赧然地笑道，真是抱歉，我手机一周前被我老公去菜场买菜时给弄丢了。想想，旧手机也值不了几个钱，丢了也就丢了。看来胡云这里的结果也就这样了，来之前，郑啸剑就有种预感，可能收获不会太大，果然如此。

回到重案队，郑啸剑又将一干人召集在一块，说下步的行动还是分两步走。第一步，就是引蛇出洞。既然绑匪的目的是为了钱，祁军现在在他们手里，他们必然会主动与华蓉取得联系。但是绑架案又不同于其他刑案，侦破时间拖得越久，人质的危险系数就越高。与其被动地被绑匪牵着鼻子走，还不如主动出击，就让华蓉给祁军的手机发短信，说钱已筹集好，让他们提供交割地点。至于辅助的第二步，还是立足传统的战法，那就是顺藤摸瓜，顺着祁军这根藤，排摸他的关系人。

四

方圆房地产公司的那个薄嘴唇不光嘴皮子闲不住，脑袋瓜子也好生厉害。他是在赌场上被带回重案队的。

那一刻，在密不透风的地下室内，瞌睡虫似的白炽灯下，他薄嘴唇上叼根香烟，眯缝着右眼，满是血丝的左眼大睁着，手指头在捻着一张急于自摸的白板。当重案队一干侦探冲进赌场时，他的第一反应就是这帮从天而降的警察是冲着自己来的。他表面上倒是非常的冷静，冷静得不差分毫地按照警察的指令，把手抱于头顶，再转过身去，蹲在墙角。身子蹲了下去，他就有些埋怨那个身子略有些发福的赵师傅了，老赵啊，老赵，我从没亏待你啊，这回你可把我给害惨了。

郑啸剑决定逮他前，办案人员已对他作过一番秘密的调查。这不查不知道，一查他的嫌疑数可不得了，你别看他平日里面上板板正正的，私底里就好这么一口。按说到了他这个年纪，手头上的积蓄多少也有一些，但凡与他交往过的人都知道，三四年前他的积蓄就像是扔进了冰窖里的温度计，早已跌破了零度线以下，据说外头的欠债少说也有三十多万。这几年，几路债主为了找他，腿都跑瘦了几圈，他倒好，就跟没事人似的，你们想怎么咒我就怎么咒我吧，这钱我是还不上了。

他过去的一位钱姓朋友在给郑啸剑谈起他的为人时，说着说着，眼泪就流了出来。

钱姓男人说，这个人性缺失的家伙，当初向我借钱时心口拍得嘭嘭响，说什么一个星期保证完璧归赵。哪想到，一个星期又一个星期，就像流水似地过，再寻他要钱，哪里还寻得着他的影踪。后来，一位朋友告诉我，他借我的钱哪里是去垫货款啊，都拿去翻本了。

说着，钱姓男人还从口袋里掏出了张十三万元的欠条，对郑啸剑道，周围三万五万的，他借得多了，而且理由都是垫付货款。

钱姓男人说，到这时候了，我都不愿意相信朋友的话，他不是做房地产的老板吗，还在乎我们这点小钱？哪想到朋友鼻头嗤了一下，就他那小样？这下子我才真正感觉到了事态的严重性，十三万啊，父亲下个星期还等着这笔钱换肾，这可如何是好？父亲那些日子大概也看出了我们兄弟在为钱的事情奔波发愁，他的倔脾气上来了，说什么再也不肯配合医生的治疗，跟着又吵吵着出院，回到家里，一家人气还没喘匀，夜里头父亲就急匆匆地走了。

对薄嘴唇有了基本认识，郑啸剑又带人摸上了位于城郊结合部的他家的门。一听是警察登门，薄嘴唇的父亲是长吁短叹，一张满是沟壑的老脸一下憋得通红。他啐道，孽种啊，孽种！我这张老脸被他磨搓得已不成个脸了。

郑啸剑无意间瞥见墙上那张已经发黄了的“劳动模范”奖状，再转过来看老人的脸，这时候，他发现老人的脸上已挂上了些许的老泪。

老人说，看着一张张或愤怒或哀求的脸，我多少次劝说他，这种丧天良的事在我们这样的家庭里是不可以做的啊，甚至他的白发亲娘都跪下来求过他，你说有啥用？听过之后，他该干什么干什么。尽管他这个样子，我们还是没有放弃对他的一线希望，之后，逢有人上门讨债，我们一看只要是他打的欠条，就二话不说给还。我们老俩口都是退休职工，积蓄有限得很，二十多万还下来，可登门讨债的似乎比先前的还要多。我们实在是忍无可忍了，两个月前，我一气之下，说出了与他一刀两断的话。这孽种倒好，听我们这么一说，倒像是卸了个大包袱，说什么以后再没人来烦他了。

说到这儿，老人抖动着的手直搓，这是人嘴里吐出来的话吗？我们知道他这是出去躲债了，这样也好，我们是眼不见心不烦。

郑啸剑不解，他怎么就染上好赌这个恶习了呢？

老人叹了口气，说还不是中了那个叫明君的邪了。我们也早劝过他，命中八升，不要去求那一斗，她不适合你。听自家老头这么一说，一直坐在床沿上抹泪的老伴也搭上了腔，要说坏就坏在那个明君手上，不是她我儿子也不会走这么远。老头瞪了她一眼，苍蝇不叮无缝的蛋。说完，他转过头，直直地盯着郑啸剑的脸，说警察同志，这回我也不再顾及什么面子了，求你们无论如何帮我们老俩口收拾收拾这个孽种。说着，老人就要给郑啸剑下跪。

在水天一色美发美容中心，郑啸剑带着手下找到了明君。这个明君的确漂亮得很，雪样的肤色杏仁般的脸，纤纤细腰上，配着热力四射的皮短裙，再加上脚上蹬着的那双颇为抢眼的麂皮长靴，在这不算冷与不算热的季节里，总能给人一种恰到好处的感觉。说到薄嘴唇，明君不屑地哼了声，说这样子的人我怎么可能同他结婚呢？我们分手快两个月了。郑啸剑问，是他人不好吗？明君老成地笑了笑，这倒不是，这年头你口袋里没钞票，哪个姑娘会跟你瘦身？郑啸剑想想也是，明君虽不足以代表时下大多数的姑娘，但起码她的想法还是有点儿市场的。明君从手袋里摸出一根薄荷烟，眼里流波一闪，说，当然了，我也不是没给他机会，可他就是个扶不起的阿斗。那么，他就这样认了？郑啸剑问。明君吸了口烟说，分手时他倒是给我留了句狠话，他说就是玩绑票也得给我弄回大笔的票子来。这人平时就喜欢吹牛，我就说那你千万不要让我等得眼生皱纹啊。现在怎么样，还不是穷光蛋一只。说到这儿，明君很优雅地弹了弹烟灰，钱要是这么容易挣，那联合国的难民署早就给撤销了。郑啸剑马上又旁敲侧击地问，依你对他的了解，他会不会为了钱弄出些什么偏激的动响来？明君微微抬了头，骨碌碌眨了眨她那对好看的大眼睛，这个我说不好。

在审讯室里，还未等郑啸剑开口，薄嘴唇就抢先说开了，我知道你们找我并不是因为我赌博的事。郑啸剑不置可否地看了看他。薄嘴唇依然不歇他的薄嘴唇，说你们肯定是为了我老板被绑票的事。郑啸剑打量了他一眼，薄嘴唇正了正身子继续道，我也不知道赵师傅究竟对你们说了些什么，当然了，即便我是办案侦探，也没有理由不对老板公司的每一位成员怀疑。郑啸剑微微翘起嘴唇，这家伙鬼得很，他在套话哩。郑啸剑没有说出他想要的答案，决定还是先从侧面来震震他。

说说赌资都哪儿弄来的？

朋友那儿借的。薄嘴唇说。

是吗？就凭你现在朋友圈内的诚信？

郑啸剑的话无疑像是一支射中他软肋的箭，薄嘴唇一下子失去了底气，终于耷拉下了他灵活的嘴皮子。其实，他赌博的钱是从哪儿挤出来的，他知道赵师傅肯定能感觉出一丝半毫来。再说了，这些日子他对她还是施以不少小恩不惠的，现在看来这个老赵把什么都掏了出来。罢了，还是老实说了吧。

薄嘴唇复又抬起头来，重新活动起了嘴皮子，首先，我得声明一下，我没有参与老板这起绑架案。我用来赌博的钱的确如你们所怀疑的，它确实是从公司那里弄的。其实我也挺难的，恋人跑了，整日被债主追着。要打破这种僵局，一条路，也只有翻本。翻本要本钱，可谁肯借钱给我？于是我就想到了借鸡生蛋，借梯登高。用老板公司的名头在外头悄悄做成了许多笔生意。这赌资自然也就成了自来水，龙头一拧也就来了。

郑啸剑若有所思地听着，还记得你给明君说过的话吗？

薄嘴唇想了想，哦，那是我急乱中夸下的海口，那还不是为了捍卫我们男人的尊严嘛。其实我老爸说得对，命中八升，就别去求那一斗了，她的确也不适合我。

说到这儿，郑啸剑站起身来，径直给薄嘴唇递上了纸和笔，把你这段时间的活动轨迹都给我们写出来。薄嘴唇抬起头，问，是从老板失踪的那天下午到今天被抓的这段时间吗？郑啸剑朝他看了看，心想着这家伙脑瓜子倒也不次于嘴巴子，跟着还是朝他点了点头。

五

祁军身上那种喝水也跟着长肉的快感还未完全释尽，跟着他就饱尝到了喝水也跟着塞牙的痛楚。冰火两重天，这一切，似乎太突然了，突然得容他转过脑筋的工夫都没有。

那天离开公司，他的确如薄嘴唇跟郑啸剑他们说过的，他是吹着口哨，夹着皮包走的。走出不长的弄堂，祁军这刻的心情比宽乏舒展了的视野要爽得多。他瞥了眼弄堂口自己那辆忘了加油的尼桑车，还是很快抬起了臂，扬招了辆出租车。

来到绿地公园大门口，祁军朝四周看了看，顺手从兜里摸了根香烟，正点着烟，这时候就有两个男人朝他走了过来。其中一个中年男子热络地叫了声，祁大经理！随后伸出手很是 客气地朝祁军伸了过来。祁军下意识地朝左右看了看，疑惑地盯着男人，你是……？中年男子咧着满口黑牙的嘴笑道，怎么，不认识了？刚才我们通了电话呢。

哎哟，祁军夸张地拍了拍脑袋，随后很是夸张地同中年男子握了握手，是老顾啊，你看我这弄的，不好意思，不好意思啊。

放下手，祁军给这位的老顾递了根烟，跟着又微微侧过身，将视线停在另一位年轻人的脸上。

这位小兄弟是……？祁军问。

老顾赶紧凑上话，他啊，我外甥，叫小侯。随后他拍了拍小侯的肩膀，叫祁老板。

小侯有些怕人的目光与祁军撞了一下，赶紧避让了过去，他有些中气不足地叫了声，祁老板好！

祁军也跟老顾似的拍了拍他的肩膀，好家伙，这家伙身上的疙瘩肉还挺发达的哩，嘴上还是一连串说出了几个好好好来。

老顾抽了几口烟，接着主动将话引上了正题。他说，祁老板啊，是这样的，这段时间呢我急着用钱，中兴路那边我正好有套闲置房，六十个平方不到一点，朝南两居室。这几天我脑子转来转去，一下子呢就转到了你头上，反正咱们也是老交情了，我相信你的为人和办事效率，你看看能不能在尽快短的时间内给我办妥贴了，至于租金我听你的就是了。祁军听得脸上笑咪咪，嘴上客气地说道，你老顾啊，也真是太抬举我了，不过，你放心，你的事就是我的事。说着，祁军看到老顾又像是巴结似的朝自己笑了笑，看来这个老赵还真的没忘了自己，他夸自己办事效率高倒是不假，至于为人嘛，怎么说呢，生意人嘛。祁军心里头自嘲地一笑。

五年前，祁军倒是真的接过老顾一单生意。当时的老顾也不知道是通过哪样的渠道就寻上了他。老顾说，我想买套两居室的公房。祁军就说，房源不成问题，不晓得你看中的是哪块地段？老顾眨巴眨巴眼，说最好是火车站附近吧。祁军给他点根烟，说你等着，径自走向资料柜，很快就给他扒拉出一叠房源资料来。祁军说，你先看看吧。嘴上这么说着，还是急不可耐地说起自己认为价有所值的几处房子。老顾手里翻着资料，耳朵却是竖着在听。祁军一看，这笔生意能成，而且大有赚头。祁军公司的门开着，哪天都少不了进进出出的客人，时间一长，各色人等一应心事，几句话一号，自然便能分辨出个一二来。他断定，老顾是真心想买房子的，不过还不太懂房经。果然，老顾就说了，我相信你的话。那次老顾自然免不了被狠斩了一把，祁军按照市面价多收了他三十多万。老顾接过房产证，倒过头来还说，多亏了你祁老板的帮忙。其实老顾不会知道，当然祁军也不会告诉他，那套房子的真正主人就是他祁军。那几年，大家伙还不知道往后的房产市场会变得今天这般的火爆，祁军便开始收购起了二手房，特别是打听到可能将要动迁的地块，那里的危房简屋，他更是连眼都不带眨地吃。钱转起来生钱，手头的房子玩转了同样也生钱。祁军没有不发达的道理。那次，老顾的话虽然是这么说的，不过心里头多少还是有点小小的遗憾，自己掏了大把的银子，房主却不是他的，房产证上写的是他女友的名字。当然了，想到马上就可以跟比自己小十四岁的女友共居一室，房主不房主的也就显得瑕不掩瑜了。

祁军笑过之后就说道，老顾啊，咱们还是先去看看房源吧。

老顾猛吸了一口快燃尽的烟头，顺手一扔，再用脚掌辗了辗，忙说道，好好好，咱们这就去。于是他抢步上前，在马路边扬招了一辆出租车。关车门的瞬间，老顾极快地朝跟祁军坐在后排的外甥扫了一眼，四目相对，外甥那目光亮是亮，但就是有点儿他妈的怯。而祁军呢，眼里头却藏不住笑，这会儿说不定正算计着怎样再从自己身上多割出几两肉来呢。老顾心里哼了声，对司机说，去小马路。

六

祁家姆妈这会感觉到头顶上的天像是完全地坍塌了。

回到家，她话不说，水不进，一对昏花的眼珠子一动也不动。两眼早肿成桃子似的华蓉这会儿已不再流泪了。她对自己说，这刻你就是家里的顶梁柱，再难也得顶着。她拢了把头发，不信那些个遭天谴的就真的能压得住正。

她按照郑啸剑的策略，每隔上半个小时就给祁军被抢的手机发上一条信息，而且其言之真之急之切之迫，让人丝毫不会怀疑女主人为了保全自家丈夫的性命，绝不在乎一切从头再来。

华蓉是这样写的：朋友，我们虽未曾谋过面，但请你相信我的诚意，我也不希望警察搅在其中，我只希望我的丈夫早日平安回来。还有，因为筹钱，让你们多等了十多个小时，这都是我的错，现在钱已备好，请告诉我交钱的地点。

华蓉身上固有的冷静与韧性，与整个案件的侦查完全合上了节律。她相信绑匪会很快与她联系的，没有目的绑票她没听人说过。

试想，当绑匪打开手机，那源源不断的短信犹如一阵阵哗哗涌来的潮水，声声句句中充溢着忧戚与不安，他们见了会作何感想？羡慕，抑或还有嫉妒。当然，跟着的还有他们最想得到的那份狂喜，嘿嘿，这娘们儿重情分，够意思呢。

几百条的短信终于换来了回报。这天傍晚时分，绑匪回话称，我们被你弄得大大地感到（动）了，明天晚上六点在太平洋百货见。

陪着华蓉在家等候绑匪信息的几位侦查员看着短信，高兴得也是击掌相庆，绑匪终于要现身了。而且可以断定，至少目前他们还未觉察到华蓉这边已报了警。一边的华蓉早已是泪流满面。

消息反馈到重案队，郑啸剑连晚召开案情分析会，对明天的抓捕计划作了番详尽的研究。从道具的准备，警力的布置，华蓉角色的指导，现场瞬息出现的变故，凡能想到的细节，一条不落地细细斟酌了一遍。会议开到晚上十点多，郑啸剑说，鉴于目前祁军的信息还不明朗，深挖薄嘴唇的力度还要加大，此外，还要深挖胡云丢失的那部手机的最终持有人。郑啸剑宣布散会，大家伙分头行动去了。

案情分析会前，郑啸剑就已接报，给方圆房地产公司座机打电话的那部手机有了线索。

那天，走访完胡云，根据她提供的信息，郑啸剑就让人盯上了菜市街一带的扒手。这天，队员在菜场现场捕获了一名佯装成腿部残疾的惯偷。据他供述，他们在这一带活动的扒友，顺来的手机大都送去日晟手机店处理。

日晟手机店，门脸掩在菜场背面的一条弄堂里，门店的业务，就是收购二手手机，再转手销售出去。这天晚上也真是巧，当侦查人员敲开手机店的门，说明了来意，再出示胡云的手机号码时，店内一位二十来岁的男小工翻了翻登记薄，笑了起来说，这本手机一周前就是我亲自收购的。登门的侦查人员听了心里一喜，快说说，这部手机你们最后又处理给谁了？这时候，小工面露起难色道，这得问问我们店的徐老板了，他这会儿在太平桥地区的家里。

等侦查人员摸到徐老板的家，大腹便便的徐老板也刚刚应酬完回来。提到这部手机，徐老板忙说是有这么回事。侦查人员就问他，还记得购买手机的人都有哪些特征吗？徐老板摸摸肥硕的双下巴，咂了嘴，说这个嘛，怕是有点说不好。不过，这个人肯定是个男的，这两个月来我店里买手机的都是清一色的男人，他们就跟商量好了似的。徐老板说着自嘲地笑了笑。侦查人员便提示道，徐老板你再想想，比方说那个男人的身高体貌啊，讲的是不是海东话啊什么的。徐老板捏着双下巴，思忖了一会儿，说，人肯定是本地人，个头嘛就跟我这样的差不多，当然他比我苗条得多了，这面部太模糊了，大概也就四十郎当岁吧。

离开徐老板家，侦查人员站在夜风中的星光下，眉头打上了重重的结，根据徐老板的描述，光海东市一千三百万常驻人口中就有何只是成千上万啊。

七

这时候，已被刑拘的薄嘴唇吵吵着非要见郑啸剑队长，他说他要检举，他要立功。

薄嘴唇在恨过老赵，恨过与他有过瓜葛的所有人之后，这才感觉到了事态的严重。这家伙的小脑子还是转得快，他想，要早点离开铁窗，唯一的手法就是将功补过。可是立功也不是件容易的事，你得有由头啊。忽然间他就想，既然自己栽在祁老板身上，最有效的办法还得从祁老板身上来挖。这翻来覆去转了几个圈子，他脑子灵光一闪，还真他妈的有哩。

说吧。郑啸剑坐定后发话了。

薄嘴唇努了努嘴，说，我敢保证，这事不是姓孙的做的就是那个刘胖子。

郑啸剑怔了一下，你接着说。薄嘴唇像是得到了鼓励，那薄嘴唇上也像抹上了油，呱啦呱啦地讲开了。

薄嘴唇说，我先说说那个姓孙的吧。十月中下旬的一天午后，天上下着细雨，我带着一个顾客看完房往回赶，回到公司，见一位中年男子在跟祁老板理论什么。从他的表情上看，他很激动，脖子里爆起的筋一根一根的就像附着的蚯蚓。我听了听，很快也就知道了原委。你们知道我们祁老板是搞房屋中介的，也收购了不少旧房子。那个姓孙的意思是说他的房子出手价比周围几户都要低，是祁老板骗了他，要求追加三万块钱房款。我们祁老板当然是寸土必争，他的理由很硬当，我们是有合同的嘛。姓孙的就回击，你的合同纯属欺诈，你不让账，咱们就法庭上见。祁老板不阴不阳地笑了笑，那好吧，咱们就不见不散。听了这句话，你们猜那个姓孙的怎么着了？他那张刀条脸一下变得煞白，十个手指头也像是在抖索，悻悻地离开公司时嘴里还放出了话，说你等着，我会让你吃苦头的。望着姓孙的背影，祁老板冲着我摇了摇头，说，现在的人啊，为了钱连他妈的脸都不要了。现在想起来，我觉得那个姓孙的很有可能是绑匪。

郑啸剑听了点了点头，你说的那个刘胖子是怎么回事？

薄嘴唇噎了口唾沫，说，刘胖子与我是赌友，手气跟我差不多，也是一屁股的债。一天，他问我，好像听你说过你们的祁老板手里头有不少钱，我不屑地回了他一句，问这个干什么，想打劫啊？刘胖子听了哈哈一笑，要说我这只干巴巴的口袋啊，这会呢我还真想找个冤大头试试。我就朝他瞪了一眼，就凭你这个智商？刘胖子脸微微红了红，我的智商怎么了？说不定哪天我就给你放颗原子弹。我轻蔑地摇了摇头，说就你？其实呢我与刘胖子结识了两年多，在赌场上基本没见他赢过，我就说，你是智商不高热情高啊。刘胖子也不恼，打着哈哈，说我是重在参与嘛。

说到这儿，薄嘴唇眼珠子骨碌碌一转，郑队长啊，我提供的这两条至关重要的线索算是立功了吧，你们打算什么时候放我出去挣饭吃啊？郑啸剑白了他一眼，说说这两个人的地址。

薄嘴唇脸上挤着讨好的笑，那个姓孙的我们公司有存档，那个刘胖子嘛，住我家隔壁的小区。

薄嘴唇是否立功暂且不论，不过他提供的线索倒是不可以小觑的。

把刘胖子从被窝里请出来，一番询问，刘胖子气得是破口大骂，这个薄嘴唇血口喷人，他总以为别人都跟他一样，以前我是喜欢小来来，现在我跟我的大姐夫在松江开了家塑钢厂，忙得放只屁都得挤时间，我连市区这边的家都快记不起来了。

侧面再一查，刘胖子很快释尽了嫌疑。

倒是那个姓孙的查起来颇费周折的。考虑到这刻已是更深露重，第二天天一大亮，郑啸剑他们便揉着惺忪的眼，摸上了孙家的门。走进家门，屋里只有两位老人，一问，那位自称是老陆的老人叹了口气，说完了，这个家算是彻底地完了。老陆说，儿子儿媳结婚十多年，这姻缘说散就散了。这几年，特别是儿子丢了工作之后，也不知道他是不是真的脑子有病，他打跑了老婆，也打跑了我那宝贝孙子。你们这会要找他，老实说吧，我们也三四天没见着他的人影子了。

再到周围一了解，居委会里一位老阿姨指指自己的脑袋，说这人这里像是有毛病，很怪异，也没听说过他有什么朋友，一幢楼里他没同人家吵过架的怕是找不出一家来。郑啸剑就问，他会不会找他的前妻去了呢？老阿姨说，他要有这个心，他那个不错的媳妇也不会带着儿子离开他。看他三天两头把人家打的。说着，老阿姨不屑地哼了声。

郑啸剑他们从姓孙的前妻娘家人嘴里问出了他前妻的现居住地。这天恰逢她调休，当问及姓孙的情况，她眼泪止不住地一个劲地往外流，她哭诉，跟这么个遇事爱走极端的人过了十多年，现在想起来那些日子真是让人后怕。你说要是脑子真的有毛病我也就忍了，可他不是人家说的有病，多少年夫妻做下来了，我还不了解他吗？成天琢磨钱不是坏事，要知道这世界上真正有钱的又有几个啊？我说了，劝了，他也打累了，我们的缘分也算是到头了。郑啸剑又问，他平时不来你这里看看？比方说想儿子了。她抹了抹泪，他还会想起我们？钱才是他真正的儿子呢。那么，你知道他都有哪些要好的朋友？她摇了摇头。

莫非还真是这个姓孙的让祁军吃上了苦头？无论从他的气质，还是祁军遭绑架的时间上看，姓孙的都有重大嫌疑。难道他就是徐老板提到的那个一米七十五个头、体态中等的海东男子？

八

冬日的太阳总是缺股男子汉们的雄性，五点不到，便悄无声息完成了一天的劳作。这太阳一退位，街头的灯马上便忙碌着上起班来了。

在郑啸剑的带领下，一干人按照预定计划，设伏的设伏，负责跟踪的则装成逛街人似的，他们连后脑勺都像是长出了副眼睛。身材单薄的华蓉站在太平洋百货店门口，在进进出出的人流中显得有点儿羸弱和孤独，她的左手里握着旅行箱的手杆，这刻很难让人想象她不是个旅行者，而是正在与警方通力合作营救自家男人的小媳妇。

出发前，侦查员们几乎花了一整个白天的辗转，最后还是在浦江找到了那个姓孙的。在春申江边的一条个体运输船上，那一刻，姓孙的正呼呼大睡。郑啸剑等他穿好衣服，才问他，这几天你都到哪儿了？姓孙揉了揉眼，说我在工作啊。

在哪里工作？再问。

姓孙的满脸疑惑，说，就在这条船上啊。再问到船队的老板，老板很大气地笑了笑，是这样的，三四天前，我领儿子从芜湖来海东的儿科医院看病，走出火车站，正为如何去医院发愁着呢，这时候老孙出现了，他说去儿科医院应当如何如何走，只听得我云里雾里的。因为我是第一趟来海东，对海东还真的不熟。看老孙不厌其烦地讲，我心里头就有些过意不去了。大概老孙对我的表情产生了一些误会，他就说，你别以我们海东男人小算盘打得精，这样吧，老孙心口一拍，我反正闲着也没啥事，今天我就让你见识见识海东男人其实还是很仗义的。老孙就真的把我带到了儿科医院。当时我感动的啊，就想，自己的船队几天后就要来海东，要是有个熟悉海东的人当当帮手多好啊。老孙不是说他没事做嘛，于是我就对老孙说出了我的想法，老孙一听，又是心口一拍，说没问题，等给你儿子看好病，我就跟你走。这不，老孙就在我这儿干上了嘛。

几下里再一核实，孙姓男人嫌疑很快被排除。

时间在静静地流淌，郑啸剑看了看表，这刻已过了六点，而且不远处的华蓉也从开始的平静转向了急躁，她不时地东张西望，这会儿她自然不会想到这是绑匪惯用的伎俩，她想的是绑匪一旦失约，肯定是自家丈夫遇到了麻烦。这个想法一露头，她再想驾驭内心的平静就有点儿难了，丈夫肯定被他们撕票了。这样想着，泪就无声地淌了下来。

其实世界上的好多事往往总是这样，你是有心栽花它花不开，无心插柳了，反倒成了荫。

却说郑啸剑带着一帮兄弟守候到八点多，这会儿，在小马路住着的一对新婚小夫妇，突然间被五楼对门的一声嚎叫吃了一惊，赶忙调小电视音量，小俩口敛声屏息，又听到一声长嚎，救命！是男人的声音。小俩口还算沉着，稍一合计，就拨打了报警电话。

处警警察赶来了，男人的嚎叫一声短似一声，无论你怎么敲门，门就是不开。用消防斧头砸开门，室内立刻冲出一股呛人血腥味，不大的客厅四处随见喷溅状的血迹，像是浸入血水的木质地板上躺着两个男人，除嚎叫着的裸露男人还有点鼻息外，另一个男人像是死去了多时。

留下一人保护现场，另两位处警警察赶紧将还有口气的男人送入附近的铁路医院抢救。

医院急诊室的大夫们看着像是刚从血水里打捞上来的病人，也顾不上设法给他取下左腕上耷拉着的铁链子，就立刻为他施行手术。他的伤也的确太重了，左胸离心脏一公分处被刺了一刀，脾脏被扎了两刀，最深处有一指深。

郑啸剑接到讯息后，将抓捕现场快速交由姚副队长指挥，他驾着车就往小马路赶。

在小马路的现场，勘查人员很快发现了祁军的身份证，还有他被人抢夺的手机。死者被指认为陈思和，同时目击者还提供了与陈思和同居一室的还有名青年男子，好像是他杨浦地区的一个外甥。消息很快从医院方向反馈了过来，被送医抢救的伤者叫祈军。

现场初步断定，陈思和与他那位还不知道名姓的外甥绑架了祁军，殊不知，右手挣脱了铁链的祁军在与陈思和拼死相搏中，将陈刺死，自己也身受重伤。

现在问题是，陈思和那个外甥人在哪儿？他在这场绑架案中又扮演着怎样的角色？

九

祁军打死也不信，这辈子还会遭人绑票。

祁军在陈思和的那两间小屋里转了转，脑子里还没盘算出此番能挣出多少辛苦费，人就像一只脚踏空跌落到黑咕隆咚的地狱里。稍前的那一瞬，祁军的心跳不慢，那是兴奋的。陈思和与外甥的心跳也不慢，那都是因为他们紧张，还有就是有些许的胆怯。

陈思和讨好似的给祁军递了根烟，祁老板，你看这房子能值多少钱阿？说着，贼溜溜的眼还是飞快地瞥了下外甥，这目光一撞，外甥自然心领神会，虽然其后还是有半刻的迟疑，不过他还是很快趁着祁军低头点烟的一瞬，悄没声息地转到他的身后，突然两手向上一提，一只空面袋子就套住了祁军的脑袋，接着一个大背甩，就将一百五十来斤的祁军狠狠地砸在地板上。

这时候的陈思和脸上马上一改几秒钟前的巴结相，连声音也变得狰狞起来，他死死压住祁军扭动着的大腿，吼道，识相点，再闹老子就剁了你。早已骑在祁军身上的外甥，接过陈思和递上的尼龙绳，三绕两绕就将祁军捆了个结结实实。这时候，被罩着面口袋的祁军，早已是魂不附体，他不知道他们为什么这样对自己。他也只是象征性地反抗了几下，他知道，单凭他的力道，外甥想怎么拿捏他都不在话下。

祁军判断不错，捆好了他，外甥就像提小鸡似的，几乎没听他喘一下，就将他从地板上提起来，这时候，陈思和又朝他的大腿狠狠地踹了一脚，往前走！祁军顺着陈思和的外力踉跄着往前趔趄了下，接着，外甥就一把抓起他的肩头往前拉。他们这是让我去哪啊？祁军刚要想，像是摸透了他心思的陈思和就替他作了回答，到里头的房间去。被外甥拖进里间，祁军就隐约听到了铁链声，没错。陈思和在门框上沿镂空里穿过铁链后，就熟练地用铁链的两端锁住了他的两只腕，祁军的双臂就被吊了起来。

把他的衣服都给我扒了。陈思和恶狠狠地命令道。

外甥问，全部？

陈思和不满地瞪了他一眼，上前三下两下把祁军扒得是精光精光。这时候，头上已被摘下面口袋的祁军终于看清了陈思和的脸，他黑瘦的脸上的肌肉都在散发着奸笑，两只不大的眼都快眯成了条缝。祁军两条腿本能地抖了起来，这架势看得出他们瞄上自己已不是一两天的事了，看来自己是遭了绑架了。一想到绑架，祁军的脑子里马上又想到了血腥气弥漫的撕票，人要是变成了兽，那是比兽要恶煞上百倍的啊。

祁军就带着哭腔，老陈啊，我们以前合作得还是不错的啊，你今天为何这般动怒啊？

陈思和听了眼睛向上抬，他挤着笑，走上前，啪地就给祁军一大嘴巴子，祁老板，别紧张，莫害怕，兄弟我也没别的意思，只是手头上有点儿紧。说着他又像是亲昵地拍了拍祁军的已印着他手指头的右脸颊，你给我竖着耳朵好好听着，马上叫你老婆去准备一百万，否则，你们就等着阴曹地府里相会吧。说完，他又哈哈地奸笑起来。祁军的心里苦了，原以为他们此番动作是因为上次他在陈思和的那套房子上动了点手脚，出口积郁着的恶气也就算了，自己这边再稍微意思意思，哪想到，他们竟玩起了绑架。看来，要活命，也只能按这狂人说的去做了。

老陈啊，我老婆一个妇人家，一下哪能弄出那么多的钱啊？祁军哀求。

陈思和手一挥，这个我可不管，我只要钱。告诉你，我是说到做到的，我给你三天时间，如果你老婆弄不出钱来，那你们的夫妻缘分也就到头了。

祁军再抬头看了一眼外甥，这时候，外甥盯着他的裸腹，一把长柄尖刀的刀背在手掌心拍得啪啦啪啦地响。祁军头一低，说，把我的手机拿来吧，我这就给我老婆打电话，让她赶紧弄钱来。

一番折腾过后，陈思和也感觉到了有点儿倦意，他吃了盒外甥拎回来的外卖，脸一抹，独自上床睡了。而那边的外甥则眼睛一刻也不离电视，好像门框那边压根就没有被铁链锁着的祁军。

夜深了，冻得实在扛不住了的祁军哀求了，好外甥，求你让我披床被子吧。

外甥眼珠子朝他翻了翻，径直走到床边，轻轻拍了拍陈思和，手朝着冻得牙床直叩的祁军一指，陈思和嗯了一声，翻身下床，同外甥放下祁军，重新锁好后，朝地板上扔了床被头，祁军啥话不说就迫不及待裹住了发抖的身子。陈思和重又上床睡了，外甥还在看着电视，不过，这时候，他手里又多了把让祁军胆寒的长柄尖刀。

这一夜，祁军一闭上眼双脚便游走在被人追杀的现场，几次从噩梦中惊醒。迷迷糊糊挣扎到天明，他能觉出这一夜妻子是怎么挺过来的。这会儿他多想同妻子说上几句宽心的话，可惜在歹人的手里。

这一天，祁军就蜷缩在薄被里。他只能在心里头盘算太阳这会儿已升至楼顶，接下来又是怎样的蹒跚着下山去了。

下半天，他不知道时间应该停留在那一刻，妻子那边的信息来了。陈思和打开他的手机，惊叫了一声，对他说，好家伙，这么多的短信啊，看来你老婆还真是重情重义之人。他对祁军说，这几天你配合得也不错，我们也不想为难你，等钱到了手，我们立马放人。祁军知道，一定是妻子的诚意打动了他们，妻子这人就是这样，为了自己性命，你就是叫她去死，她都不带眨下眼睛，更不用说倾家荡产了。这时候，他突然间萌生了一个念头，一定得设法逃出去，一定要在家人面前好好活着。

有了这样的念头，这一夜祁军再没有游走在被人追杀的血腥现场，当然换来的又是一夜的无眠。

这天，祁军发现陈思和与外甥似乎放松了些对他的警惕。到了中午，陈思和依然开始了他的午休，不过这一觉直睡到室内的光线都暗了下去，仍是觉犹未尽。他就对外甥讲，好外甥，我的胃不太好，求你能不能上街给我买点粥喝？外甥想了想，说，不过你在这得老实点，我这就去。外甥出了门，祁军感到脱身的机会来了，因为就在外甥出门前一刻，他发现左手腕的铁链不知咋的有点儿松动，在被窝里他不动声色地活动了几下，原来固定的锁头出了问题。

祁军轻轻爬了起来，蹑手蹑脚向房门走去。就在这时，他听到了身后陈思和的吼声，你给我站住！

陈思和是声到身至，这时候的祁军哪还肯放弃这难逢的逃命机会。祁军上前拉门，遗憾的是手还未搭上锁把，陈思和就冲到他身后，一把攥住铁链，使劲往后一拉，祁军的身子趔趄了下，还没等到稳住身形，就见陈思和臂一送，刀尖便扎进了祁军的后背，血跟着呼地涌了出来。跑肯定是跑不了，除非将陈思和制服了。祁军的血往头顶一涌，求生的本能使他反转过身来就要夺刀，哪想到，刀柄都没碰着，肩胛上又挨了一刀。陈思和红了眼挥舞着尖刀，祁军赤手空拳哪里是他的对手。躲闪中，祁军想到了外甥那把掖在床下的长柄尖刀，便不要命地朝囚禁他的里间蹿。陈思和显然也看出了祁军的意图，刀子挥得更密了。祁军还是快了一拍，就在他的胸腔、脾脏连挨两刀之后，他手里的刀子也出手了。血在喷溅，祁军知道自己肯定活不过今天。不过他不甘心就这样轻易地倒下去，他要让绑匪陈思和也尝尝流血的滋味。祁军像只受伤的狮子，咆哮着向陈思和扑去。也许连陈思和自己都感到纳闷，像是从血水里爬出来的祁军竟有如此强盛的生命力，一个闪念，他身上也连连中了数刀。祁军的脾脏再次遭受重创，他感到眼一黑，腿一软，人随后轰然坍塌。

也不知道过了多长时间，祁军缓缓睁开了眼睛，他发现自己竟然还活着。再艰难地转转头，陈思和就倒在离他不远的门边。求生的本能再一次占据了他的大脑，他试着爬起来，可全身除了思想还能驾驭，仿佛一切都不属于他自己了。于是，祁军放开喉咙，用尽所有的力气，呼救。

十

不是所有脚底抹油的人都能溜掉。特别是身上负着重案，头上顶着天网的人，你能往哪儿溜啊？流着清泪的外甥苏培青无限沮丧地说。

祁军被送往医院后不久，郑啸剑很快查明了外甥的真实身份，其实这个叫苏培青的外甥，他跟陈思和半点血缘关系都没有。牵强一点，他只能算是陈思和的徒儿。一年前，陈思和灰头土脸卖保险，后头跟着的那个大小伙子就是苏培青。

这晚，在郑啸剑的领头下，抓捕人员直扑苏培青的住处。遗憾的是人去床空，这小子溜了。到凌晨两点，再找到他的对象小萍姑娘，小萍姑娘瞪着惊诧的眼睛，说我们已经三四天没见面了。培青他怎么了？跟着眼里就噙满了泪。他俩的关系到现在她父母那边还悬着，这节骨眼上千万不要再惹出什么是非来。

郑啸剑就直说了，我们怀疑苏培青参与了一起绑架案。当然，我们很想得到你的帮助。小萍姑娘听着听着眼泪就流了出来。小萍是个明事理的姑娘，很快，她拭掉脸上挂着的泪，朝郑啸剑点点头，说，你们需要我怎么相助？郑啸剑接着就如是般地作了安排。

惊魂未定的苏培青这时候躺在润阳火车站附近的民富旅社内辗转反侧，想想几个小时前那惊险的一幕，他后背上就禁不住冒出虚汗来。

他答应给祁军买粥后，在街头饭店里看了看菜谱，就坐下身子要了三四个热炒自个儿喝上了。这手上一粘上酒杯，时间概念很快就扔到了脑后。待他吃饱喝足，提着粥走到弄堂口，一下就发现了那里停着的几辆警车。他一惊，到底还是事发了。真他妈的悬啊，幸亏自己走出了屋。想着，他转过身，提着粥又重回到了马路边。还等什么？赶紧逃。他手一扬，粥一抛，倏地钻进出租车。司机问他去哪？是啊，去哪呢？家，肯定不能回，说不定警察就在家的周围候着呢。到小萍那儿也不行，周围人谁不知道他俩的关系。那么，也只有逃离海东，躲得远远的才最安全。想到了逃，他本能地摸了摸口袋，是的呢，离开海东没钱咋行。现在最紧要的就是弄钱。

于是他就说，师傅，就到长江路码头吧。

他很快找到了好友张佳，一见面就伸手借钱。张佳问他急吼吼地要钱干什么？他说他得赶去杭州一趟，他大伯病危。张佳问他要多少？他一笑，当然多多益善了。张佳颇有些为难地说，真不好意思，我只有三四千块。苏培青接过钱匆匆道了声谢，头也不回就往火车站赶。接着他就坐了上最近一班发往南京的火车。车至镇江，他想都没想，就鬼使神差般地下了车。眼下情况还不太明朗，自己草兵皆兵慌张得不行，往大里说，我充其量也就是个随从。罢了，等情况探探明，再往远处跑也不迟。

他想到了小萍，也许从她的嘴里最能探听到自己想要的消息。因为此刻的警察说不定已找过了小萍。于是，毫无睡意的苏培青索性一骨碌跃起来，打开手机给小萍发了则短信：我想你了，你现在好吗？

很快，小萍姑娘回信了：你这几天去哪儿了？没有你的消息，我好担心的啊。

看了短信，苏培青心里也有几秒钟的内疚，他相信小萍的话，交往的这些日子，小萍对他的痴情他还是能体味得到的。不过，这会儿他不想卿卿我我地缠绵，他想从小萍那边了解些海东方面的事态，于是脑子里灵光一现，算了，还是主动出击吧。他又写道：萍，我遇上了点麻烦，其实我也知道警察来找过你，我也不想迷失我自己了，我现在人在外地，你能否赶过来看看我，咱们商量商量，我好回去自首？

小萍马上答道，告诉我到底发生了什么事？我被你弄糊涂了，你现在在哪儿？在我们没有见面前，你千万不要做出糊涂事来。听话，啊？

苏培青一看，嘴角禁不住漾起几丝笑来，看来警察还没有发现自己，这样更好，凭自己跟小萍的感情，她肯定答应跟自己远走高飞的。这样一想，苏培青又发了封短信：天雨路滑，出门当心，我在润阳火车站等你。上车前给我短信。

信发出了，苏培青反倒有点心安理得起来，从此让小萍跟着自己东躲西藏，这日子是有些罪过，不过，自己这趟能走这么远还不是为了她吗？

陈思和是自己的师傅不假，不过跟了他几年，师傅俩一直在小康的围墙外转悠，他连做梦都想着能一夜暴富，倒不是为了别的，最主要的还是想在未来的泰山大人面前摆摆谱。

师傅陈思和在情感上也陷入了危机，不过离了婚的他还算幸运，很快又结识了位比他小十五岁的枫姑娘。枫姑娘对师傅倒是情有独钟，可她的父亲却容不得他，你到底图他什么？要钱没有，要长相一般。枫姑娘也力争过，可她父亲像是滴水不进，他吼着嗓门，没什么好商量的，除非我出门被车撞死。枫姑娘红润的脸上开始少了笑容，陈思和自然也就跟着唉声叹气，他知道准丈人说得没错，自己四十大几的老光棍，都有些什么啊？这年头，想一夜暴富，除了去偷去抢，还有什么呢？这想法一露了头，他自己也禁不住吓了一大跳。可是再一看枫姑娘凄凄戚戚的泪眼，他最后还是狠下了心，就冒他娘的一次险，富贵险中求。决意已定，他马上想到了自己的徒弟苏培青。徒弟一听，两眼顿时放出光芒来，师傅，我听你的。其实，这时候的苏培青为了钱，也像只没头的苍蝇似的，四处乱撞。既然决心已定，接下来就是选择目标，还得准备开工时的工具。陈思和说，这些都不是问题。我认识个有钱的主，他曾为自己买过房。之后，师徒俩又如此这般地运作了一番，祁军很快上了套。乍动起手来，还是有点儿心虚，毕竟是大姑娘上轿子，头一趟嘛。还好，这些有钱主真他妈的怂，你这边稍稍加点压力，他那边就吓得是屁滚尿流的。

想到这儿，苏培青多少还是有点儿失落，这都煮熟的鸭子了，它咋就飞了哩。琢磨了好一会儿，他还是琢磨不出究竟是哪个环节出了差错。

这时候苏培青手机的提示音响了一下，他打开一看，是小萍的短信。小萍说她乘坐的列车二十一点准时进站，让他来接。苏培青抬腕看了看表，离接站还有一个来小时。苏培青索性起床，他想，这时候逛逛润阳的夜景也是不错的嘛。

苏培青恐怕连做梦都没想到，他的一只脚已深陷在了图圄当中。

当郑啸剑一声令下，抓捕队员几个方向同步合拢，苏培青就插翅难飞了。那一刻，他就跟敌军投降似的，还主动朝头顶举起了双手。被押上警车前，他本能朝偌大的车站广场四周看了看，随后是一声苦笑，他一定是在寻找他那位可爱的小萍姑娘呢。

他能感觉到小萍就在广场的某个角落，他举手投降的那一刻，她肯定惊恐得大张着眼睛。一切都晚了。他记得有一个成语，意思是说通过不同道路却走到了同一个归宿地。师傅陈思和先一步而去，自己却紧随其后。想到这，他摇了摇头，又一声苦笑，是啊，这就叫殊途同归啊!

第七章

郑铁锤讲述的故事 之四

五

这年的春节，秋月是在慌恐和不安中度过的。年关年关，它在富人的眼里充其量也就是增添生活乐子的佐料，可它在穷人那儿，就是一道模陈着的迈不过去的坎，是让人止谈又让人犯愁的关哩。

迎新的炮仗总算是响过了，秋月悬着的心终于在炮仗的余音中缓放了下来。她最担心也最害怕的讨债面孔总算没在家里出现过。弄睡了女儿，这当儿，秋月才抽出身来，拿出一天来断断续续储蓄起的心劲，仔细打量起房门上曹坪自以为很了不起的楹联：东山再起找乐，大块吃肉思疼。贴楹联的那刻，曹坪还跟她调侃，怎么样？自编自书自赏，整个海东怕是找不出第二份像我这样有思想有深度有寓意的对联了。秋月白了他一眼，道，这都什么时候了，你还有心情孤芳自赏呢。曹坪不知道秋月讲的是真心话，秋月这时候手里头虽忙着屋里的活，可两房敞开门的耳朵却一直盯着天井里的动静。什么叫一心两用，秋月体会到了，这感觉就像是把自己一根根紧绷着的神经裸露着，随时得对着别人手头里白晃晃的屠刀。曹坪不屑地白了秋月一眼，身在神中得会享，屋里无鬼你偏心慌，自找的啊。秋月重重叹了口气，等你真剔除了缠身的小鬼，我这不吃不喝不睡身上都会长肉的。被秋月噎了下，曹坪苦笑笑，摇摇头，没吱声。

东山再起找乐，大块吃肉思疼。秋月盯着这文不对题的楹联愣了好半天，再想到这年过得出乎意料地平静，秋月罩着阴霾的心绪里总算是透进来一丝丝的光亮。尽管也就是那么的一丝丝，秋月就像大漠里的迷路人，就在她精疲力竭准备放弃徒劳的求生，猛然间，就听到前方一声吆喝。秋月就想，也许自己的男人真的醒了。不管怎么说，这噩梦醒来是早晨，天亮了，相信他还会如同过去一样，在属于自己的路上走着，心无旁骛的，肯定还会回到衣食无忧的那时节。对自己男人的能力，秋月还是有信心的，否则，她又咋会讲出拼着父母不要，也得嫁给曹坪的狠话哩。

在外人的眼里，曹坪就是因为能干，才接二连三地吃上狱里的八大两的。大伙说他能干，其实说的也就是他的脑子比一般人来得活泛。一九八八年曹坪剃着光头从大牢里出来时，离而立之年也就仅差两三步，可就是这两三步里，他曹坪就抓住了别人得花几十年，甚至一生的机会，摇身一变，成了一巷子人眼热的阔老板。

曹坪就是那时候走进秋月视线里的。

那时候，秋月才二十岁，比曹坪整整小十岁。高中毕业闲赋在家里头，除了给还上着班的父亲母亲洗洗衣裳做做饭，剩下的时间里就捧着琼瑶的小说抹眼泪。这天，秋月挎着半篮子的鸡蛋往家里走，谁想到，斜空里就蹿出一条狗，这条狗足有秋月的腰身高，瞪着眼咧着嘴龇着牙，半尺长的红舌头凶巴巴地散发着腥臭气。秋月哪见过这样山一般的大狼狗。秋月一惊，失声跌倒在还留有夜雨的石板街上。大狼狗从她的身边一惊而过，秋月望着身边一地的蛋清，眼睛里委屈的泪就控制不住地流了出来。这时候，夹着公文包，手里头还剔着牙的曹坪正好路过石板街，显然曹坪刚从市场街的早点摊上填过肚子。见到秋月，曹坪便停止了脚步，说，你这小姑娘怎么搞的嘛，怎么就摔了一跤哩。曹坪不说倒罢了，这一说，秋月的心里头就委屈得要死，哭声也就不觉间从喉咙里窜了出来。曹坪就说，不哭了，不哭了，姑娘家不兴在街上哭的。说着，就伸手拉秋月。秋月被曹坪不费力气地拉了起来。

本本他们的故事到此该结束了，可是没完哩。

秋月站起来，可还没站稳，身子一趔趄就向前栽去。曹坪一见，马上本能地伸出臂，两个身子就紧紧地挨在了一起。秋月闻到了曹坪身上散发出的男子气，她还感觉到了男人身上雄性的力量。曹坪胸脯子里有力地弹跳着，那里多像是一座山坳，不，真是一处栖息的港湾，充满着阳光，充满着温馨，它使人感到踏实，感到了一种从未有过的归宿感。秋月的脸热了，身子就控制不住地软了下来，有些儿羞涩的脸上陡地现出了一层红晕，呼吸急促了起来。你没事吧？她闻到了曹坪传来的鼻息。秋月心一惊，忙睁开眼，红着脸推开了曹坪。这回曹坪的臂还没完全松开，秋月又一个趔趄差一点跌倒。曹坪笑了笑，都伤成这样子了，还逞能。说完，搀着秋月就往东南医院走。

一路上，曹坪跟秋月调侃，看我们扶手相携的，多像是一对让人羡慕的老来伴啊。秋月一听，红着的脸就低得更深了。本来就担心一路上会碰上熟人，曹坪的话显然说中了她的心思。秋月一言不发慢慢挪动着步子。曹坪倒不像她藏着心思，一脸的秋阳。在医院里，曹坪也不避医生护士们的打探，曹坪点着头，说她是我的女朋友。秋月也几次向他露出不满的神色，见曹坪大大咧咧的，压根没把她的不满当回事。这样，秋月就不自觉地拿曹坪与自己梦中的白马王子那么比了几回，这不比倒没什么，这一比，心里头的那个模样就越发地清晰起来。面前的男人，英俊，热心，幽默，为人不失阳光，真诚，再看他的外表，多少也像是个成功人士。她问自己，你秋月到底想找个什么样的男朋友啊？现在他不正站在你的面前嘛。心里头一认可，这面上就轻松了起来。待再听到曹坪说她是自己的女朋友时，秋月的脸上竟升起了幸福的红晕。

直到那次夜不归巢，父亲才一脸严肃地跟秋月长谈了一次。父亲的话是客观的，也是实在的。父亲说，按说儿女恋爱，做父母的不应当干涉，可你对他了解几分，抛开他比你大十岁不说，你对他的过去了解吗？秋月低着头，说爸，他的过去我了解，不过，请您放心，既然我已决定委身于他，我就有信心驾驶他这匹曾经野过的马。女儿都这么说了，做父母的也算是尽到了责任。

父亲亲手把她送到了曹坪的手里。婚后的日子家人还是相当满意的。曹坪的生意也是做得十分的红火。秋月知道，倘若最后不是碰上那个小人张阿三，他们的日子不定已跃升至和平饭店的楼顶。想到那个小人张阿三，秋月又一次感到做妻子的失败。她想，那时候，要是自己多长个心眼，多帮着自家男人看住家，守住院，也不至于到最后家不像家，连女儿喝点牛奶都成问题。

秋月想着，这些日子都在一个劲地责备男人，暗地里也不知道诅咒了男人多少遍，就是一丁点儿也没想过自己的责任。想着，秋月不觉长长地叹了口气。听秋月还在叹气，曹坪转过身来，巴结地说道，又想到了什么不开心的事了？不至于吧。秋月站起身，掩饰似地往门口走了去，说，我去灶间看看水，忙乎了一天了，咱们今天就早点儿睡吧。听秋月这么一说，曹坪还真的犯起了困劲，连忙附和道，对，对，今天咱们就早点儿睡。

宽衣上床，夫妇俩自然少不了一番温存。事毕，曹坪发现秋月眼角涌出了泪。秋月有些羞涩地朝他笑笑，这日子我们多长时间没过了？曹坪挠了挠脑勺，歉意地说道，是有段日子了。秋月帮男人抹了抹鼻尖上的细汗，说咱们往后日子可不能再窝窝囊囊过了。男人朝她点点头，说从哪跌倒，就从哪爬起，我不会让你失望的。秋月显然相信了男人的话，从这个安稳年上，她还是看出了希望，男人也正朝着她所希望的方向跑着，现在虽然还只是个起点。她相信，不出几年工夫，他们以前一样的日子会很快回来的，自家男人的能力，她信。

秋月想着，又像只可人的小鸟深深地扎进男人宽阔的怀里。

六

经过一冬的调息，街道两侧的梧桐醒了。

这天，从午饭后开始，一直阴着的天便扬扬洒洒地撒出雨来。秋月在灶间里喊，快把天井里的尿布片子收回屋去。曹坪嘴里叼着烟，走到天井，眼睛里顿时放出绿光来。院墙外那棵鸟们嬉戏的老槐，也不知从何时起，皴裂的皮肤竟泛起了一层淡绿来，原先在寒风中挥着的遒劲的枝，这时候也是一串一串地拱出生命的芽来。

老槐醒了。

老槐活了。

曹坪这才意识到春真的来了。而且离自己是这么的贴近，曹坪没有为春的气息的逼近而弹起点点兴奋来。相反，一种难以言说的痛，这时候又在心里头隐隐腾卷起来。

收起尿布回到屋内，心里头的那份隐痛却是越发地加剧起来。这是怎样的一种痛呢？他没对人提起过，更没有对同床共枕的秋月讲起过。自从上次在洋人那做了那单子事，他心里头也曾多次地告诫过自己，见好就收，这毕竟牵涉到吃八大两的事。后来，秋月被接回了家，当然他也从秋月的眼睛里读出了秋月对他还未彻底失望的眼神。赌债虽被他处理了，但钱哪来的，他没敢对秋月说真话，也只是说是过去一位朋友欠他的旧账。秋月越是原谅了他，他心里头越发地愧疚。于是，多少回，曹坪也就言不由衷地说出了一番一切从头再来的誓言。曹坪知道，他的这番誓言是从嘴里随意吐出来的，压根就没经过大脑的过滤。从头再来，话说得轻巧，可这个从头再来的“头”字，到底指的是什么？曹坪真的没想过。当然，曹坪对秋月说过的话也没担心过，曹坪想，大不了，就再去弄它几票。心里头有了这个底，连他自己都相信会一切从头再来的。

春天来了，秋月的话曹坪就不能不当回事地抛在一边了。每次看到曹坪煞有其事地准备走出家门去开创事业，秋月总是少不了一番温存，不急。干大事也不在乎一天两天的。等开春再干不迟。现在花开了，草绿了，老槐的老枝也发新芽了，他曹坪总不能再在家里守着老婆孩子了吧。做事手头上得有本钱，现在家里头就连后来他悄悄让张阿三帮他处理掉的那些洋货，换回来的三千块钱也快见了底。曹坪在屋子里转了几圈，想来想去，还是想不出个绝妙主意来。都说天无绝人之路，曹坪这刻却是深深切切地感到了生活的冷酷与无奈，我曹坪到底该何去何从，难道真的抛却自己的诺言，再跑去洋人那儿干它一票?

天上的雨渐渐大了起来。曹坪闻到了一股从灶间散发来的肉香。曹坪知道秋月正在灶间煨着蹄膀。曹坪感到身上像着火了，便三下两下除却身上的毛衣毛裤，一头扎进雨罩着的天井里，任冰凉的雨往身上浇。显然，曹坪的举动把正煨着蹄膀的秋月吓了一跳，她手里的铲子咣地掉在了地上，你……你这是干什么啊?疯了吗?她一头扎进雨里的天井里，匆忙中将曹坪推进了屋里。

曹坪也被自己无意中的举动吓了一跳。他抹了抹脸上身上的雨水，咧着嘴冲着秋月傻笑，说这身上像着火似的，爽快爽快。秋月不解地白了他一眼，有你这样爽快的吗?你这是拿自己的小命在开玩笑哩。曹坪咧着的嘴这时候就变得十分的难看。曹坪想，我这不正是拿自己的小命在开玩笑吗?还好，他很好地控制住了想往外窜的泪珠子，没让秋月瞧出半点异样来。

这夜里，曹坪做了一个梦，这梦连他曹坪自己都觉得有些儿怪怪的。

这梦不知道从哪一刻开始的。曹坪提着从洋人那弄回来的钱和洋货，正欲跨进自家天井，这时候他就听见了四周爆起的嘈杂声。曹坪四下里转了转头，声音是从老槐那边传来的。曹坪放下手里的袋子，就往老槐跟前走。老槐底下挤着黑压压的人头，他们的目光都朝着一个方向在看。那人充血的眼就跟金鱼似的已凸出在眶外，像狗一样伸出的紫红色的舌头附着下巴耷拉着。风在刮着，雨在下着，那人就吊在枝椏上晃晃悠悠地荡着。曹坪听到了女人凄厉的哭声，细听，像是秋月的声音。曹坪心里头一惊，目光再盯着吊死鬼看。这一看，不得了。曹坪三魂吓掉了两魂，那吊死鬼不正是他曹坪吗？曹坪吓得啊地大叫了一声。

听到叫声，秋月啪地拧亮了台灯，见曹坪满头是汗，忙问他做梦了？曹坪睁开眼，还好，是梦。他有些不好意思地朝秋月笑了笑，说，做梦了哩。秋月轻轻拍拍曹坪的脸颊，好了，别去想那些没用的了，睡吧。说罢，拧灭了台灯，屋里又盈满了黑。

秋月又轻声打起鼾，曹坪是睡意全无。曹坪的思绪还在刚才的梦境里打转转。曹坪不明白，这梦到底预示着什么。你曹坪咋就好端端地被吊死在刚刚发芽的老槐上呢？曹坪张着像是猫头鹰似的眼，在这黑黢黢的屋内，一直忽闪到天亮。

起床后，曹坪还是一副心事重重样。秋月忽然就想起了夜里曹坪做梦的事。曹坪没敢对秋月讲真话，曹坪打了个岔，说怪不怪啊，我竟梦到自己跌出了湍急的河水里，那河水浑浑浊浊，我无论使出多大的劲，这身子就是一个劲地往下沉，就像是坠上了得物似的。我能感觉到岸边站着不少围观的人，这时候我多想他们中哪怕是一个人，能伸出援助之手啊。可是，我的嗓子喊不出来，一张口，就听到水哗啦啦地往肚子里灌。秋月一听，忙笑盈盈地对曹坪说，这是好事啊，水是财，这就是说，你掉进钱堆里了。曹坪马上现上一副不解的神色，那我咋就差点被淹死呢？秋月亲昵地用纤指点了下曹坪的额头，拉长声音道，我以前咋就没发现你这么笨呢，梦是反的。秋月的解释倒是让曹坪心里听得很是舒坦，但曹坪知道他跟秋月说的是假话，自己被吊死在老槐的事咋能跟秋月说呢，秋月听了不被吓死才怪呢。不过假话归假话，但秋月刚刚的一句梦是反的的话，曹坪觉得还是很受用的。既然梦是反的，就说明自己没被吊死嘛。既然鸟事没有，那不就是平常的一个小梦而已嘛，不值得大惊小怪的，自己吓唬自己了。渐渐地，曹坪的心里头也就阴转晴起来，他感受到了天井里洒下的阳光。

吃完早饭，曹坪对秋月说，你看这外头花红了，草绿了，春天也来了，我琢磨着也该出去找点事做做了，都说一年之季在于春啊，这头开好了，一年的好光景不会少。秋月听听，说是这个理哩。现在曹坪自己提出来出去找事做，她秋月不但不能拦，而且还得给他打气才是。就说，凡事不要太急了，出去做事悠着点，日子长点呢。

曹坪抹抹嘴走了，望着曹坪走出天井时的背影，秋月的眼睛里还是禁不住地漾起了一股喜泪。看来曹坪的心里头还装着她，还装着这个已现颓势的家。曹坪能这样，自己也该知足了。什么是男子汉，自家的男人得算一个，从哪跌倒，就在哪爬起，一蹶不振，整日里唉声叹气，那样的男人，她秋月才不会看上哩。

收拾完屋子，秋月抱着女儿，挎着菜篮，又去了趟菜场，秋月想她得买点山竹笋回来，曹坪最喜欢山竹笋炖鸡汤了。

第八章

父亲篇　万家火案

一

吃罢晚饭，起风了。凤英收拾完碗筷，抬头望天，就见乌糟糟的天上已堆积起了浊浪般的云团。凤英在围裙上抹了抹手，有些不悦地冲楼下的丈夫高声嚷嚷，天要下雨了，紧着点把门口收拾收拾，关门打烊算了。丈夫听了懒懒地欠起身子，就往门口走去。

凤英家经营的是小百货生意，她家居住着的这条街在头桥镇上被人称作为市场街。不足五百米长的街道，两侧清一色盖着一幢挨着一幢的两层小楼。楼下是房主做生意的店面，楼上则是主人栖息的居所。走进市场街，吃的，青菜萝卜，鲜鱼大肉。用的，大到冰箱空调，小到针头线脑，还有那些阳光底下泛着五颜六色的廉价时装。总之，物尽所需，应有尽有。在这条热热闹闹的市场街上，凤英跟相邻着的三家，就做着小百货生意，而且镇子上做百货生意的，也只有他们四家。

男人不很情愿地走出门，天墨擦擦地黑，风喑着嗓门在叫，男人利落地收拾完门口，转头就看见邻居万博家一大堆的拖鞋草席还在门口裸着。男人知道万博去市里批发日用品还没有回来。还有五六天就五一长假了，按照以往的经验，这段日子是供销两旺的黄金期，这资金进进出出的，浑身上下都透着舒坦。万博两口子能吃苦，在生意上舍得下力气，自然也不愿意把这么段黄金周给荒废了。他老婆张兰也不晓得在忙些啥。男人就朝万博家的门口喊了一嗓子，张兰，天要下雨了，你门口的货得用油布遮一遮啊。屋内无人应声，男人摇了摇头，径直从自家的门口扯起一块油布就往货堆上盖。

这时候，就见张兰抱着儿子一路小跑回来了，见男人在帮她家的货盖上油布，脸上紧张的表情马上就松弛了下来。她放下儿子，抹了抹脑门上沁出的汗，喘着粗气道，嗨，儿子发烧呢，抱他去镇上医院看医生，这一等就耽搁了个把小时，可把我给急的。说着，帮着男人一块往货堆上扯油布。盖好油布，张兰对男人说，真难为你了，大哥。男人笑笑，说邻里邻居的，有啥好难为的。说罢，搓搓手，径直往自家的屋子去了。男人没想到，张兰对他的一声道谢，竟成了她对他最后诀别的话语。

二

市场街的这场大火是凌晨两点烧起来的。

此刻的市场街在经历了刚刚过去的惊恐和惶惑之后，已渐渐平静了下来。整个市场街，除了还红着眼的路灯，还有一两店铺偶尔泄出的灯光外，街上已少有人走，唯有火场这边隐隐浮着的袅袅焦糊味，还在向人们诉说着几个小时前，这里曾经发生过一场火灾。

火场的确切地点就是张兰家。据初步勘查，大火先是从她家门前的货堆上烧起来的。接下来，大火烧穿了她家的卷帘门，之后又发疯般地向室内蹿去，室内店铺里的货物突然间遇上了大火，跟着也就噼里啪啦地燃烧起来。张兰家除了被大火吞噬掉的近十多万的百货外，她自己也在这场突发其来的大火中被活活烧死。

整个过程虽然也只有个把小时，但它留给万博一家的则是挖心肝般的痛。万博抱着三岁的小儿，脚踩着和着污水的灰烬，望着像是被黑漆涂抹过的废墟，垂着泪哀号着，惨啊！他的哀号扯着不歇息的夜风，在黑的夜传得很远很远，让人听了心尖尖都跟着发颤。

万博也搞不清是被自家女人给推醒的，还是被外面的风声喊叫声给弄醒的。他一睁眼，心里头跟着本能地一哆嗦，窗外面一片火红，已欠起身子的女人两只眼睛瞪得溜圆，失火了，像是咱家的货堆着火了。男人一惊，一骨碌跃下床，朝早已吓得魂不附体的女人吼了声，赶紧抱儿子出去。说着套了件衣裳就往外冲。

男人冲下楼梯，先是被浓烈的烟呛了一口，接着就看到了疯了似的火魔已穿透了卷帘迎面扑来。男人一下慌了手脚，这时候想冲出去，显然已不太可能，火已挡住了去路。室内堆得如山似的竹席扫帚拖把，沾上了火，借助风，已噼里啪啦地烧了起来。空气灼热，男人觉得就像是被人猛然间扔进了火炉，浑身炙热得生疼。这可咋办啊？冲不出去，无疑就得被活活烧死的啊。男人心里头一急，提了一口气，侧着身就往门口冲。这时候，正燃烧得起劲的火头岂肯给人让出一条活路来，一个火团袭来，男人就像迎面被人重重地砸了一拳头，身体踉跄着往后一倒，等他爬起来，再退回楼梯口，这时候他从鼻翼周遭散发的焦糊味上才发觉，自己的头发眉毛已被燎掉了大半，这脸上就像是被人剥下了一张皮，痛得有点儿揪心。男人想，完了，没想到老婆孩子跟着自己最后竟葬身于火海。自己死了也就死了，只是可怜了女人和儿子。

男人沿着楼梯缓缓地后退着，这时候就听到女人啊地大叫了一声，这声音听上去虽有点恐怖，还有点儿歇斯底里，可男人一点儿也没往心里去，这会他的心思就在眼前蔓延的火里，他听到了他的百货在蔓延的火里叫得比女人更惨更烈。你快退回来啊。女人跟着又尖叫了一声，这回男人听到了女人的惊叫，他本能地扭转了下脖子，他看到自家女人打着赤脚，还看到了她手里抱着的儿子。男人忙撤退至二楼，他对脸已惊得变形的女人说，大门已被烧穿了，咱们逃出去还是有希望的。女人听出了男人没有多少底气的话，她拖着哭腔，怎么个逃法啊？又是烟，又是火的。被女人这么一嗓子，男人想，是啊，该怎么个逃法呢？木生火，水克火，男人马上就回了一嗓子，把毛巾被子快搞搞湿，被子顶在头上，毛巾捂在鼻子上，我抱着儿子在前头冲，你跟在我的身后跑。主意打定，男人女人开始了求生行动。还好，火团未蹿上楼梯，男人女人就这样顶着滴着水的被头，凭着对自家的熟悉，心虽跳得厉害，腿肚子也还在打颤，总算磕磕碰碰冲出了想取他们性命的热焰。

等男人女人掀开了被头，早在一边颤抖成一团的邻居凤英忙跑过来，从男人手里接过孩子就往自家屋里跑。风丝毫没减弱的意思，给更深的夜更添了一份寒意，孩子单薄的衣裳湿漉漉地贴在身上，凤英三下两下就为孩子换上了一身她自己儿子的衣裳。等她重新回到火场，就听到万博受伤似地唤着自家女人的名字，兰子，兰子啊！现场认识张兰的人也都纳闷了，刚才明明看到她跟她男人一块冲出门来了嘛，咋一不留神就没了踪影了呢？

这时候处警的消防队员已架起水枪灭起了火，万博的声音就在水雾四周高一声低一声地叫着。火势渐渐被压了下来，还未等到余火完全扑灭，万博便挣脱了邻居们的拖扯，疯了似的冲进了自家已面目全非的小楼。他能预感到一分钱恨不得掰两瓣花的张兰，肯定是惦记着他们床底鞋盒里的三万块现金。冲进二楼的卧室，男人一下惊呆了，预料中的事情还是发生了。他冲了上去，一把抱起卧倒在地板上的女人，兰子，兰子啊！女人双目紧闭，鼻息全无，三万块现金被她死死地搂在怀里。男人长嚎了一声，便失去了意识。后来男人听人说，他是被凤英男人余长锁用一盆水给泼醒的。

整个过程就这样饱裹着痛苦，深嵌在了万博不堪回首的记忆里。男人抹了把脸上滚下来的泪，说孩子突然间没了娘，往后的日子他心里头能承受得住吗？

三

警方很快排除了货堆自燃和电线短路的可能性，系人为纵火。至于纵火的动机似乎也非常的明显，纵火者也只是想烧掉万博家门口的存货，而绝非想加害万博一家人的性命。理由嘛，非常的简单。现场起火点与店面之间的距离为两米，如果纵火者没有先天之明的话，绝不会算计到这把火最后能烧穿万博家关着的卷帘门，再直涌店内，虽说外头的风还如晚饭时一样在吼叫着。倘若纵火者乃一介俗夫的话，其行为必定是将火种扔进万博家铺子里头了事。

纵火者为何要烧掉万博家门口堆放的货物呢？是完全出于泄愤，还是另有所图？假如抛开泄愤这一推断，纵火者的动机就非常直白了，无非就是想让万博一家人做不成生意。而奔深处想，想让万博夫妇做不成的生意的又会是怎样的人？是市场卖猪肉的屠夫，还是开门卖冰箱彩电的家电商？显然，他们在生意上可以说与万博家风牛马不相及，也不存在一丝一毫的竞争。离了竞争，又何谈嫉恨？都说同行是冤家，让万博一家做不成生意，最终的受益人这不就明摆着了嘛。

万博在报出了郝东海、李吟生的名字之后，脸上便多少有些不自在起来。重案队长郑啸剑看在眼里，他知道万博这刻肯定还有一个非同小可的名字，在脑子里不停地转着，他在犹豫，犹豫要不要将此人的名字说出来，不讲吧，他又担心这条线索断了，愧对自己逝去的女人。

郑啸剑站起来给他倒了杯水，说不急，慢慢想想再说。

万博抬起头，嘴巴翕动了几下，又闭了起来。

郑啸剑见状就给他打气，别犹豫了，想说就说出来，你这头不说，万一真的是他，你能对得起你尸骨未寒的妻子?

万博叹了口气，有些拿捏不准地说道，我是怕说出来万一再弄错了，反倒更加对不起我死去的女人啊。

那人是谁?

他叫郑辉，也可以说是我的宿敌。

接下来，万博就慢慢地说开了 。

四

在浙江温岭的西官村，这天村里三户人家有两户添了男丁，另一户人家添了个女孩儿。这两个男孩，一个叫万博，另一个就叫郑辉。那女孩的名字就叫张兰。

西官村不大，一支烟的工夫就可以绕村转一圈。虽说村里人的条件没法跟城里人比，可是山里人得天独厚的自然环境还是让城里人神往不已的。二十年过去了，姑娘出落得俏模俏样，亭亭玉立，小伙长得也是有棱有角，只是还差点儿成年男子的刚性。这时候，郑辉向张兰表白了，跟我吧，我这辈子不会让你吃半点苦的。张兰红着脸，轻轻地摇了摇头，说我已经有人了。郑辉一听急了，快告诉我，他是谁? 张兰说，你认识的。郑辉脑子里马上迸出了万博的影子，他暗自啐了句，这狗日的，别看他平时不吭不哈的，原来竟背着自己打起了兰子的主意。郑辉急转过身，狠狠地说，我得找他去。

你回来! 张兰望着郑辉的背影，急得泪都快涌了出来。

郑辉是个愣头青，仗着村长爹溺爱，从小就天不怕地不怕的，他想要得到的东西非要得手不可。

最后万博倒是没有让张兰失望，别看他平日里挺自悲的，但他捍卫起爱情来倒是一点都不含糊。郑辉冷笑地对他说，别看你书读得比我好，人就等着吧，我会让你输得很惨的。郑辉的话说过不久，溺爱他的爹也帮着他一起发起了攻势。媒婆走进张兰的家自然使她老实巴交的父亲激动不已，媒婆说合的不是别人，那可是村长的儿子啊，这样的亲家不结，方圆大几十里，还想让女儿嫁个什么好人家？张兰的父亲也没有征求女儿的意见，就对媒婆说，就这样吧，听你的，立秋就办事。结婚的日子越来越近，张兰急得嘴角上都起了燎泡。万博说，我们跑吧。张兰想了想，看来也只能出此下策了。就在郑辉家高朋满座喝着喜酒的那天晚上，万博牵着张兰溜了。这下子不光是郑辉大光其火，就连他当村长的爹也感觉是遭受了奇耻大辱。当下，郑辉扯掉了胸口上的红花，疯了似的跑到张兰家大闹了一场。之后的郑辉整日喝得醉醺醺的，比过去更霸道了。

一日，外乡一位收生猪的来到西官村，郑辉感觉到这个外乡人不长眼色，竟敢跑到自己的地盘上抢食。他一怒之下折断了收生猪人的秤杆，还把他刚收来的十多头猪崽统统扔进了河里。这下子外乡人不干了，平日里西官村的人让郑辉让惯了，可外乡人并不知道郑辉的底细，三两下就把郑辉给打趴下了。郑辉哪吃得了这个亏，他爬起来，抹了抹鼻头的血，说你等着。他这一回去，就操着杀猪刀杀了回来，这回外乡人是半点便宜没沾上，便倒在了血泊中。

村里人见事情闹大了，忙将外乡人抬到乡卫生院，最后，外乡人的命是保住了，可也落了终生残疾。郑辉最后因为故意伤害，被判了有期徒刑十三年。押上警车的那一刻，他看到了黑压压的人群中的万博他爹，他冷笑笑，说君子报仇，十年不晚，你们都给我好生等着。这话听得万博父亲禁不住起了一层鸡皮疙瘩。

去年秋上的一个雨天，万博刚打开店铺不多会儿，就见一个浑身湿漉漉的络腮胡子来到了铺子前，万博也没太在意。络腮胡子冷笑了起来，怎么了，几年不见不认识了？万博起先一愣，盯着络腮胡子足足看了半分钟，越看心里头越冷，他嗫嚅着，你……你咋这么快就出来了？

屁话，你想让老子死在里头啊。络腮胡子恨恨地说，告诉你，老子足足提前了六年出来了，你惊讶吧？

那你今天来……？万博不敢将话说出来。

几年牢狱之灾，并未洗涮掉郑辉过去桀骜不驯的作派，他说，没啥，今天就是过来认认门。

那……那就进家里坐会吧。万博虽然万分的不情愿，但还是有些结巴地说了出来。

不了，今天没空，等我有空再说吧。说着郑辉自顾点了支烟。望着郑辉明显的老相，万博马上心生起怜悯，还真是可惜了，倘若不是因为我们夫妇，他怎会遭这么多的罪啊。想着，万博便脱口说了句，往后想做点啥，钱呢我们可以给你点支持。哪想到，郑辉一听，马上露出凶相，你以为老子这些年吃的苦，你一个钱字就可以摆平的吗？这时候，就听到楼上有女人在说话，万博，你这是在跟谁说话呢？郑辉听出了是张兰的声音，他气咻咻地对郑辉说，你们好好给我等着，老子这口气不出掉，这辈子你们别想安生。说完，头也不掉地走了。张兰走下楼，问万博，刚才跟你说话的是谁啊？万博马上换上一副轻松的表情，说来人是跟我们谈生意的，我给他打发走了。

郑辉的突然到访，张兰一直蒙在鼓里，可万博此后的心里头就像是被人扎进了一根长长的刺。

五

郑啸剑听到这，思忖了会，那郝东海、李吟生是怎么回事？

万博舔了舔嘴唇，道，那个郝东海是我表姑的小儿子，这家伙不是个东西。这些年，我看在表姑的份上，对他的资助不下十多万，可他生意上一点没见过有什么起色。后来，我回老家一了解，表姑流着泪跟我说，以后你就别再给这个孽种帮忙了，这些年，你给他的钱全被他赌光了。当时我就来火了。我找到郝东海，先是将他大骂了一通，接着又跟他说了一刀两断的狠话，让他以后永远都不要往我跟前凑。上个月呢，他又跑来海东，说这回无论如何再支持两万块，等自己这趟生意做完了，连以前的钱一分不少还我。我定定地打量了他老半天，心想，难道说是自己把他骂上了正道，他要真学好了，这回的忙肯定得帮。于是，我就告诉他，这几天手头上的钱都压在货上，你过几天再来取如何？郝东海一听，脸上马上活乏了起来，他头点得像小鸡啄米，连声说好。郝东海一走，我马上给表姑拨通了电话，表姑一听，一下在电话那头哭开了，这个赌棍啊，这几天债主缠上了他，他又打上你的主意，我怎么会生出这么个没出息的东西啊。我当时也气坏了，安慰完了表姑，就坐在一边生起了闷气。第三天上午，郝东海屁颠屁颠来了，一见他我就气不打一处来，说咋样，拿完钱是去还赌债，还是去翻本？郝东海一听嘿嘿直笑，哪能呢。我忿忿地说，你就别在我面前演戏了，告诉你，钱我这里是一分没有，你还是别寻他路吧。见我突然间变了风向，郝东海眼珠子骨碌碌一转，说我知道了，肯定是瞎老婆子又跟你讲我的坏话了，这些年，我这手气就是被她那张臭嘴给叨咕坏了。我一听，肺都快气炸了，手往门外一指，你给我滚！郝东海站起身，眼睛使劲地瞪着我，嘴角边荡着冷笑，我滚，我这就滚！

他后来再没找过你？郑啸剑问。

万博说，他不恨死我才怪呢，还找我？

那李吟生呢？

李吟生是街上的小痞子。万博道，一个月前我请人拉货，货车蹭了他妈一下，当时我就将他妈送进医院包扎了下，还买了营养品，当时他妈不挺感激我的哩。哪想到，李吟生不干了，三天两头到我铺子上揩油。前天，他又来了，说他妈被车撞了之后，身体越来越差，得好好补补。我问他怎么个补法？他说你就给两万块钱吧，从此咱们两清了。这不纯属敲诈嘛。像他这种人，你今天给了他两万，过两天他还会再来要两万的。我就说，这事我们不是早处理完了吗？你这么胡搅蛮缠的什么时候是个头啊？李吟生一下火了，我胡搅蛮缠？他吼完，一把就将货架推倒了。这下我也动气了，就说钱我没有，你再闹也没用。我这边话还没说完，胸口就挨了他一拳头，他扭着脸，说你等着，有你哭爹喊娘的时候。这不，才多少天啊，就碰上了这么桩伤心的事了。

郑啸剑将郑辉、郝东海、李吟生三人的名字在脑子里过了个遍。从目前掌握的情况看，纵火者纵火的真正动机还不很清晰，从万博对三人的描述中，他们似乎都有泄愤报复的可能。

六

张兰被一把天火烧死的说法在市场街迅速蔓延开了。不过此种说法得以迅速蔓延，并非借托了像昨夜里的那场大风，而是全仗了人的口舌。

市场街上专做紫砂壶生意的，一向自恃能掐会算的胡半仙捋着他的一大把白胡子，煞有其事地对好事人说，我爷爷辈啊，他们年轻的那会，我老家苏北里下河地区的一场天火，一口气烧了好几个庄子，那是三九天的一个夜里，风很大，火借着风助，风仗火势，那半边天啊都烧红了。现在，既然胡半仙都说了有天火，那么市场街逢上了一场天火也就不足为奇了，只是苦了张兰一家子了。

凤英的男人听在耳里，他是越听越觉得心寒，整个身子骨就像是透进了一股子寒气。他发现自家女人这话说得最多，有些好事的人借来购货看热闹，自家女人总会不厌其烦地把胡半仙的话一字不落地叙述一番，直听得好事者将信将疑的。凤英男人站在一边，心里在骂，全是他妈的扯谈。骂过之后，就冲着自家女人发愣。他记得昨晚临睡前，女人突然间冒了一句，说你不是懂周易嘛，你帮着算算看，那帮子警察能不能查出真正放火的人。他想都没想就回了一句，什么叫遭报应，谁听说过干了坏事能逃过处罚的？不是说躲得了初一，躲不过十五嘛。女人听他这么一说，整个身子就僵住了，那双好看的眼睛也一下失去了往昔的光鲜，变得空茫起来。他就说，哎哎哎，你这是怎么了？女人一下回过神来，朝他笑了笑，哦，没什么，走神啦。

这夜里，男人起床小解，无意中发现自家女人眼珠子泛着窗外的光，男人就关切地问，怎么了，失眠了？女人叹了口气，说睡不着，想到兰子这心里头就透不过气来。男人说，睡吧，别想那么多了，明天还得做生意哩。女人在床上像烙饼似的，最后，她还是推醒了鼾声复起的男人，说家里万一我不在了，你跟儿子该如何生活啊？男人迷迷糊糊睁开眼，借着窗户透进来的光，他看到自家女人满脸是泪，他知道她又触景生情了，就劝道，别太伤感了，这样的事轮不到咱家的。说着还用枕巾帮自家女人擦了把脸上的泪。

早上一开门，男人就觉了自家女人有点儿反常，她怎么能把张兰的死往天火上引呢？而且还说得这样起劲。自家女人可不是这样的人啊。

六年前，也是这个季节，是一个黑黢黢的晚上，正躺在四壁透风的屋里看书的他，被怯怯的敲门声敲下了床。打开门，他惊叫了声，凤英！凤英眼泪汪汪，可怜巴巴地看着他，说我爹已应下了让我为我哥换亲，我可怎么办啊？说着，又嘤嘤地哭了起来。他说，什么怎么办啊？你知道他是怎样的一个人吗？他比你大多少岁吗？这肯定不行。她哭着道，我知道你一直喜欢我，你快请人给我爹提亲啊。他回转过头看了一眼他四面透风的墙，他不是不想请人向她爹提亲，连做梦都想，可他家没这个实力啊。她爹早也没出过风来，没有十万八万的彩礼，莫谈。

其实他也早看出来了，她爹早将她哥的宝全押在她身上了。他重重地叹了口气，事情到了这份上，还能咋办，唯一的能做的，他又没勇气说出来。两人站立了一会儿，凤英袖口一撸眼泪，说你跟我走，咱们现在就走。就在那上黑黢黢的秋夜里，连他一块布料也没受过，凤英就自说自话地当上了她的新娘。女儿出走，儿子继续着光棍的日子，凤英她爹无疑受到了一次重创，从此便卧床不起，半年后便绝了气。凤英听到消息后只一个劲地痛哭，她说她心里憋屈，但她不后悔。

凤英男人被自己的想法吓了一跳，莫非自家女人……？倘若真的那样，自己该怎么办？

七

郑辉、郝东海的纵火嫌疑很快释尽了。李吟生失火前的一天，就不知了去向。

跟万博家处得最近的数凤英家了，平日里，凤英跟张兰家好得就跟亲姊妹似的，谁家今天买了什么好吃的，到了开饭时间，另一家人家的饭桌上肯定少不了这道小菜。谁家乡下来亲戚什么的，张兰和凤英肯定会同时撸起袖口烹鱼炖肉，把半条市场街弄得清香四溢。大概因为有过同样逃婚的经历，所以两个女人对于幸福的理解比一般人要深刻得多，她们过起日子来就跟土里刨食似的，既执著又不缺韧性，市场街四家同样做百货生意的，最后做得最好的也就数他们两家了。

这会儿，凤英怀里搂着额头上还缠着纱布的张兰儿子对郑啸剑说，这几天，我们夫妇俩也嘀咕，我们是实在想不出这几年万博跟谁家闹过矛盾啊，除了前几天街道上那个李吟生的小痞子来闹过一次。莫非还真的像外头说的是天火？凤英说着，眼睛扫了下旁边坐着的自家男人。这回两人的目光刚撞上，男人便飞快地耷拉下了眼皮子。郑啸剑不动声色地看在眼里，他说，李吟生我们正对他加紧查，当然，天火之说是从哪儿起来的，我们也在加紧查。说完，目光直逼凤英两口子，就见凤英男人马上强挤出几丝笑，那是，那是，说天火那不纯属扯淡嘛。凤英男人又偷偷地瞄了一眼自家女人，凤英的脸上倒显得平静，只是眼里微微漾起了常人无法读出的忧郁。

凤英对自家男人说，我去菜场买点菜回来，中午就留警察同志在家吃饭吧。

郑啸剑一听忙摇着手致谢，今天这顿饭就免了吧，你们要是有这个心意就多给我们提供点对案情有用的线索。凤英男人又在不太活乏的脸上强挤出几丝笑来，说一定，一定的。

在红村家，红村两口子倒是快人快语。红村说，你们说我们几家之间不存在竞争那是假话，都说同行是冤家嘛，做生意本来图的就是个钱，假如说到我们给人使绊子，这个我们是做不出来的。

那平日里你们两家交往如何？郑啸剑问。

红村说，我们两家基本上没什么来往，当然也谈不上说什么知己的话了，要说两家关系好，凤英家跟他们倒像是穿连裆裤子的。

你们家隔壁的范大华家跟万博两口子的关系如何？

红村笑了笑，我感觉到他们两家关系也一般般，也许这只是表面吧，到底怎样，你们还是问问范大华好些。

正谈着，郑啸剑的手机响了。侦查人员向他报告，说李吟生有下落了。郑啸剑问，在哪儿？对方回道，在顾村。有目击证人反映，李吟生在顾村的一家建筑工地现过身。郑啸剑挂完电话，对红村两口子说，咱们今天先谈到这儿，有什么情况还请你们多多提供。说完，带着随行的侦探走了。

八

在顾村，郑啸剑他们寻到了群众反映的李吟生现身过的水都花园，工地上费老板说，李吟生跟我的几个手下在对面的浪琴饭店喝着哩。费老板面露喜色，说这几天还多亏了李吟生，否则我这个工地还真是开不下去了。郑啸剑问何故？费老板解释说，这几天工地土方出得紧，这周围的老百姓说工地影响了他们的正常生活，非得运出去一车土得贴补他们五块钱。我当然不干了，他们就组织些老头老太太带着马扎坐在马路上拦。这个李吟生还不赖，他一亮相，这些个老头老太太都乖乖地夹着马扎回家了，再没人提这贴补的事了。

在浪琴饭店，李吟生学着东北大汉也吆五喝六地划起了酒拳。当郑啸剑他们亮出了身份，李吟生倒是愣了一下，警察同志啊，我可没胡来啊。显然，他还以为郑啸剑一行是冲着工地的事来的呢。

把李吟生带进警车内，郑啸剑马上开始了询问，三天前，市场街着了场大火你知道吗？

李吟生打了个饱嗝，说知道啊，不就是做百货生意的万博家嘛。

知道得还蛮细的嘛。郑啸剑揶。

李吟生哼了声，这种人家利欲熏心，迟早得出事。

说说你的见解。

李吟生一梗脖子，道，还要说理由吗？他们家卖出去的拖鞋，有几双是合格产品，穿不到一周这鞋子必定分家。还有那些锅，嘴上说是钢制的，可在液化气炉子上用不了半年就得透底，这样的人家能不遭报应？

就这些？郑啸剑问。

李吟生自顾点了根烟，不屑道，多了去啦。

郑啸剑问，前天夜里，也就是着火这天的凌晨，你都在哪里？有谁可以证明？

李吟生一听，眼睛马上瞪得溜圆，这说来说去的，你们原来怀疑是我放的火啊？实话跟你们说吧，我大前天的下午就来水都花园工地了，当天晚上我带着兄弟们在工地四周巡逻，一直折腾到下半夜三四点才去吃的夜宵，不信你们可以调查嘛。

那你砸了万博家的铺子是怎么回事？郑啸剑接着问。

李吟生马上气不打一处来，还说呢，万博拉货，车子把我妈给撞了，他把我妈领到医院包扎包扎就算了？我妈的身体本来就不好，落下个后遗症谁负责？别以为他有两个小钱就忘了姓什么，这事我跟他还没完哩。等这头的事忙完了，我还得找他算账去。

虽说李吟生没有作案时间，那么他会不会暗中指使人纵火呢？

返回的路上，郑啸剑说还是得把与李吟生有联系的狐朋狗友的关系摸一摸。

这一摸，情况马上来了。跟着李吟生一块儿混的黄建说，这几天他发现李强倒是神神秘秘的。郑啸剑就问，说说到底怎么个神秘法？黄建说，火案发生的前一天，就没见着他的影子，平时市场街上少块砖头，你只要一问他准知道是谁干的，他一天到晚就在这街上混。

那他跟李吟生的关系如何？郑啸剑问。

黄建说，虽说我们都在李吟生的屁股后头转，可在李吟生的眼里自然还是有疏有亲的，李强算是李吟生的心腹吧。我怀疑这把火说不定就是李吟生指使他干的。李吟生阴得很，按照他平常的脾气，他妈被车撞了，他肯定不会轻易咽下这口气的。

知道李强现在在哪吗？

黄建摇了摇头，说我真的不知道。

这日凌晨两点钟的光景，在市场街东侧跃进桥附近蹲守的郑啸剑几人，见一骑车人从市场街方向驶来。郑啸剑忙迎了上去，骑车人是一中年男子。郑啸剑向骑车人道明了情况，骑车人听后哈哈一笑，没啥，你们要问啥情况就问吧。郑啸剑就问他，你每天都是这个时间段路过市场街吗？骑车人笑笑，我在厂子里上中班，下班差不多都这个钟点，快两年多了吧。骑车人手指头指了指，道，我就在镇西头的狮头加工厂做钳工，这在前头不远的洪渡村，以往每天下班都从市场街前头的跃进路上过，偶尔也会在市场街上走。

市场街着火的那天夜里你也是在这个时间段路过市场街的吗？

骑车人一听，爽朗地笑道，那天倒是走的跃进路。

你再细想想，那天下班的途中有没发现啥异常？比方说见到了什么形迹可疑的人。郑啸剑提示。

骑车人想了想，没发现有啥不对的地方啊，那夜风大得狠，我担心天会落雨被淋着，所以车子骑得飞快。骑车人说着突然想起了什么，是啊，那天我从跃进路快骑到跃进桥的时候，倒是看到一个小年轻从市场街方向骑车上了跃进路，那小年轻车骑得比我还要快，他下了跃进桥，车把向左一拐，就上了跃进河的河堤。

后来呢？郑啸剑问道。

我先是听到了市场街上的嘈杂声，再后来就见着市场街上腾起的大火。说到这儿，骑车人面露愧色，其实我当时倒想着折回去救火的，只是心里头惦记着八十多岁的老母亲，这两天她老人家高烧一直不退，哪想到这场火会出了人命啊。说着，骑车人长长吁了口气。

郑啸剑听到这，心里头紧了紧，这是不是也太巧合了点，从着火点到跃进桥，骑车快一点也就四五分钟，难道说这把火就是折向跃进河堤的小年轻给放的？想到这儿，郑啸剑问道，你有没有看清小年轻的长相？骑车人摇摇头，说没有，倒是看清了小年轻上身穿了件带方格块的休闲装，好像还留着跟女人一般的长发。

单从时间判断，小年轻明显有纵火的嫌疑。那天夜里，他骑车折向跃进河堤的用意是什么呢？

谢了骑车男人，郑啸剑与几名侦探沿着跃进河堤向前走着。跃进河，顾名思义，乃大跃进年代的产物，河宽约二十多米，它不光承担着境内排涝泄洪的重任，也是境内一条航运要道。河堤下是成片成片的果园，还有菜农家搭建的蔬菜大棚。郑啸剑他们向前走了一华里，就见前方有隐约的灯光。郑啸剑一下明白了，那灯光处不就是年轻人的落脚点嘛。紧步走过去，就见新辟的沙石场河边泊着一条运输船，运输船上瞌睡人的灯光，似乎在告诉夜行人，主家已睡了。

为弄清年轻人的真实身份，郑啸剑他们重找了黄建。黄建听了对年轻人的具体描述，想都没想，你们说的这个年轻人不就是李强嘛。李强留着一头长发，这段日子的确穿的是件带方块格的休闲装，肯定错不了。

李强是在运输船上被郑啸剑他们拖起来的。在他的枕套里，抓捕人员还搜出了四五串金项链，还有五万多元的人民币。

知道为什么进来吗？审讯室里，郑啸剑严厉地问道。

李强低着头，说知道。

那好，说说你为什么纵火？

那把火不是我放的，真的不是我放的。李强紧皱着眉头，急急地分辩道。

是吗？那你说说市场街着火的那个夜里，你都干了些什么？你人刚离开了市场街，那把火就烧起来了，会那么巧？

李强嗫嚅，也许真的是巧合吧，反正那把火不是我放的。那夜里，我把做水产生意的大老板吴涛家给掏了。

撒谎！吴老板家丢了钱物，他能不报案？

李强抬起头，眼巴巴地盯着郑啸剑，小声地说道，我在他家留了张纸条，上面写着：最近手紧，弄点小钱，如果报警，当心小儿。字是电脑打印的。我就想留着张条吓吓他，谅他为了宝贝儿子的性命，也不敢报警的。

九

太阳经过一夜的休整，又打足起了精神跃出了地平线，整条市场街醒了。

胡半仙开门迎客，店里走进来一位帅气的男子。胡半仙捋着他花白的胡子，请问老板是问前程还是问两情之事。青年客气地掏出警察证，他自我介绍，我叫郑啸剑，是干刑警的。胡半仙就问，郑同志来敝店有何贵干？郑啸剑说，这样的，今天来你这主要是想了解下外头风传的天火一说，是怎么从你这儿传出去的。胡半仙看了看郑啸剑，说郑警官原来是为了这事，这我就有点儿纳闷了，昨天也有人跑过来问我这事儿。郑啸剑马上警惕起来，问那人是谁？胡半仙干笑了笑，还能有谁呢，就是市场街卖百货的凤英男人呗。

能给我说说咋回事吗？郑啸剑说。

胡半仙习惯性地捋了捋花白胡子，说，是这样的，你听我娓娓道来。

胡半仙有个习惯，吃完午饭，雷打不动，得午休一个小时。这时候，门被推开了。

胡半仙眼也不睁，说，谁啊？有事一个小时后再谈。

胡半仙的话刚完，男人已进了屋，他手里头还提了一盒龙井茶叶。男人自称是凤英的老公，胡半仙说认得，认得的。男人有些歉意地说，打扰先生了，真是不好意思。

看在熟人的面子上，胡半仙就说，有啥话你就尽快说吧。

男人沉吟了半刻，才木讷地说道，我想问下先生，你说张兰是被天火烧死的，这话怎么个讲法呢？

男人这么一问，胡半仙心里头明白了，于是他将外头风传着的天火一说又复述了一遍。见男人听得云里雾里，胡半仙又说，这话我对你们家凤英也说过的。男人像是心事重重地走了，胡半仙掩上门嘴边浮起了笑，他想这秘密天底下也只有他一人知道，不足为外人道也。不过他也有些纳闷，这两口子为啥对天火这般的感兴趣呢？

张兰被烧死的第二天上午，去菜场买菜的凤英路过胡半仙家店面，便顺脚走进了店里。凤英说，胡半仙啊，你神通广大的，你说烧死张兰的人能查得出来吗？莫非是着天火了吧？胡半仙一听，灵感大发，随口接道，是啊，我小的时候倒是听人说起过天火的事，至于警察能不能破了这起火案，目前还很难说，起码不会在近日内见分晓。胡半仙说着，又捋了捋胡须，一脸的高深莫测，天火啊，天火。

于是，胡半仙又把民国那年，我爷爷辈如何如何碰上了天火，又煞有其事地说了一遍。

当时，胡半仙看到凤英听了像是愣住了，不过，她很快脸上就露出了轻松的笑容。凤英后脚一迈出店门，就听她跟熟人神神叨叨唠开了，说张兰是死于天火。

胡半仙一听就乐了，只要警察一天不破案，凤英这样一传十十传百地做广告，自己的名声不就与日俱长了嘛。至于警察最后真的把案子给破了，自己还可以为自己辩护，就说我压根没到过现场，也仅仅是一种猜测而已嘛。

十

离开了胡半仙家的门，郑啸剑就想，胡半仙的动机是有点儿不太纯，但这里面会不会还存在一个凤英假胡半仙之说，来混淆视听之嫌呢？这几天，他们对于天火一说，调查了不下百十来人，但最后都指向凤英和胡半仙。

这会儿，郑啸剑的脑子里又腾开了昨天在范大华家走访时的情景。

范大华介绍的情况与红村两口子说的基本上没什么二致，只是自己快告辞时，范大华老婆突然间冒出了一句，这年头啊，知人知面不知心啊。郑啸剑正欲开口细问，就见范大华凶巴巴地朝自家女人瞪了一眼，忙你的去，乱嚼什么舌根子。老婆被自家男人这么一骂，也没再回嘴，真就站起身忙自己的事去了。凭直觉，郑啸剑知道范大华肚子里肯定还有话没吐出来，是他吃不准，还是怕说出来日后遭人数落？

郑啸剑手遮眼罩，看看日头，离午饭的时间还早，索性朝范大华的店铺走去。

范大华见郑啸剑突然间到访，正忙碌着的手一下僵住了。

郑啸剑故意打哈哈，怎么样，到你家蹭顿午饭，不欢迎？

范大华一听，马上回过神来，咋不欢迎你，请都请不来哩。说着，他朝二楼扯了一嗓子，老婆啊，去弄几个好小菜，中午我跟郑队长在家喝两盅。老婆在楼上回了声，好嘞。

郑啸剑忙说，别弄复杂了，咱们随便些。接着，郑啸剑又东一榔头又一棒子地说了一通生意上的话，范大华的目光总是躲躲闪闪的，好半天才反应过来。郑啸剑一看范大华的模样，就想发笑，心想着，老范啊老范，看来今天不把你逼到墙角，你是不会痛痛快快跟我道出隐情来的。唠着，郑啸剑将话题不知不觉地绕到了张兰身上。听到张兰的名字，范大华马上又表现出了不安的神色，就见他挺挺的鼻梁上沁出了密密的细汗。郑啸剑朝他笑了笑，你肚子里有啥话就说出来吧，掖在肚子里别憋坏啦。范大华搓了搓骨节凸出的手，说，郑队长啊，我们不是不想说啊，我们是怕万一弄错了，对不起人家啊。郑啸剑就鼓励他，你听说过我们查案件冤枉过好人吗？当然了，我们也不会轻易放过一个坏人。范大华抹了下鼻梁上的汗，最后像是下了很大的决心似的说道，我们夫妇俩也仅仅是猜测而已。

范大华说，着火前的头天下午，我听老婆叨叨，说东头的凤英像疯了似的，我就问咋了呢？老婆说他们家儿子玩耍时被别人家的小孩推了一把，脑门上蹭了块皮，包扎一下不就得了，何至于弄得像遭了奇耻大辱似的。我就说，平时凤英不是这样的人啊。老婆就说，我也纳闷着哩。这不，当天夜里就着了场大火。听说张兰被火烧死了，我们夫妇俩都吃了一惊。因为头天下午的事还在老婆的脑子里转，她就悄悄跟我说，张兰说不定就死在门口的地摊上。我当时也一惊，随后朝老婆低声吼了一句，别瞎猜，这可是人命关天的事。外头的人家都说张兰跟凤英好得像对亲姊妹，其实这都是表面现象。我们知道，自从今年年初，张兰家在门口摆起了地摊，凤英的心里头就不自在起来，凤英要强起来可一点也不比张兰差。

郑啸剑插问，这地摊是咋回事啊？

范大华说，过去我们做生意时，都喜欢将门店里的货搬到门口擂个地摊，这样，路人想买什么货，一眼便明了了，生意自然比在店里做起来要好得多。年初，市场管理部门搞整顿，沿街地摊一律进店铺。不过，市场管理部门也留了个活口，说你们四户人家是做百货的，他们也不想搞一刀切，允许一户人家在门前设摊，但条件只有一个，要竞标。我们四家一听，马上就私底里达成了共识，说要摆摊大家一块儿摆，竞标的事坚决不能干。竞标的日子到了，最后我们三家谁都没想到，万博竟然以每月七千块钱拿下了门口的设摊权。当时，我们谁家都没说什么，只是私底下觉得万博两口子做得有点儿不地道。万博家地摊上的音乐喇叭成天介地叫着，叫着叫着，我们渐渐发现凤英往日活泼的脸上慢慢变得冷峻了起来，要知道，凤英与张兰家隔壁邻居，万博家生意变得红火了，损失最大的自然是凤英家了。

范大华继续，这几天我们也觉出怪怪的，凤英逢人就说张兰是被天火烧死的，而且还有根有据地说是胡半仙扳着手指头算出来的，你凤英瞎起个什么劲啊，说是天火，那不纯属扯淡嘛。

十一

接触凤英的计划还未实施，就像春雨中发节的杨树枝不觉间又拱出了新芽，郑啸剑接到镇派出所的电话，称凤英的男人余长锁来所里投案自首了。

郑啸剑一听，带着人直奔镇派出所。

余长锁面色黑黄，神情忧郁，失神的眼里布满了血丝。他十指插在发丛里，作痛心疾首状，慨叹，鸟为食亡啊，怪都怪自己利欲熏心啊。

余长锁交代，点火的那一刻，他也未料到事情会发展到如此不可收拾的地步，本来也就是想泄泄心中的郁闷，可怜了张兰，还有她那个没了娘的孩子。

还是先说说你是如何纵火的吧？郑啸剑道。

余长锁道，那晚上我躺在床上不久，便听到了楼下货车的声音，我知道，万博家一车货又拉来了。这心里头就莫名地难过起来，想想今年的生意，做得跟往年没法比，这根子说到底还是万博门口的地摊抢了自家的风水。妻子凤英在床上叹息着，我知道她心里头比我还要难过。凤英这人有个特点，不高兴的事情都喜欢闷在心里。大约半个来小时，货车卸下货走了，楼底下也渐渐平复了下来，唯有呼啦啦的风还在一个劲地吼着。我想接下来，万博两口子肯定又在做他们的发财梦了。我是越想心里头越不平衡，嫉妒的小虫子就像是彻入了我的骨髓，啃噬得我烦躁难安，我索性爬了起来，点了根烟，打火机的火头在眼前一晃，一个罪恶的念头马上蹦了出来，妈的，我这就把你们家门口的货给点了，看你们五一节拿什么做生意。到了凌晨快两点的样子，我怕惊动了熟睡的妻子，就蹑手蹑脚下了楼，潜入万博家的货堆旁，一把火给它燎了。

你点火用的是什么工具？

余长锁一怔，沉吟了一小会儿，有气无力地说道，是用打火机点燃毛巾引的火。

点火是在货堆的哪一侧？

南侧吧。余长锁答。

肯定？

肯定。

郑啸剑与陪审队员对视了一眼，对余长锁说，你再好好考虑考虑，我们一会儿接着谈。

余长锁被押走了。郑啸剑复又陷入沉思，余长锁供出的着火点与现场勘查明显有出入，这就是说他的背后还隐藏着不可告人的案情。于是，郑啸剑决定，震一震凤英！

这会儿，凤英正在家给孩子喂饭，见郑啸剑他们走了过来倒也没表现出过多的异常，郑啸剑面色沉重地对凤英说，告诉你一个不太好的消息，案子我们破了，你知道纵火者是谁吗？大概凤英预感到了什么，她张着惊恐的眼睛，问谁啊？郑啸剑说，是你们家的男人，余长锁。凤英一听，喂孩子吃饭的小勺咣地脱手掉在了地板上。她全身哆嗦着，连忙说道，不是他，肯定不是我男人。郑啸剑看在眼里，说你男人已经自首了，而且还交代了他是怎样放的火。凤英眼泪一下就涌了出来，说，他就是承认了，他也说不清火是怎么放的啊。郑啸剑进一步问，你能说得清楚吗？凤英哇地一声长嚎，声音凄厉，她放声高叫，你们放了他，火是我放的啊！

凤英的交代，与现场勘查的如出一辙。说到纵火的动机，正如范大华两口子猜测的一样，完全是出于生意上的嫉妒。凤英哭得像个泪人，她说她也就是想烧掉张兰家门口的货，真的没想到火能烧穿卷帘门，取了张兰的性命。事后，她真的很后悔，也很害怕，我怎么就变得这般的凶残恶毒了呢？

凤英交代说，年初本来准备大干一场，就从自家表弟那借了十五万，钱投进了生意，哪想到，生意最后竟被张兰两口子给搅了。前几天表弟来电话催钱，可我们手头上哪有啊。心里头本就湿答答的，放火前的一天下午，儿子又被人弄破了头，我都快气疯了，真是一处不顺处处背，再看看张兰家欢天喜地火碌碌地忙着，我就失控了。

说着，凤英又是一阵的嚎啕大哭。

十二

这天，郑啸剑给余长锁亮出了从他们家搜出的用于作案的打火机和白色手套，他问余长锁，你怎么想到了顶罪呢？余长锁叹了口气，孩子不能没有娘啊。

那你想过万家火案的后果吗？

余长锁点点头，怎么没想过呢。我欠她的真是太多了，当年，她为了我，连家里一条裤子都没拿，就跟我跑了。说着，眼泪就从男人的眼窝里涌了出来……

第九章

郑铁锤讲述的故事 之五

七

曹坪是在第二天日头偏西的时分走进他那间不太见阳光的小屋的。

走进屋，曹坪给正为孩子喂奶的秋月递过去一叠三千块的票子，便爬上床倒头大睡。这一睡，直到天井外传来新闻联播开播前的音乐，曹坪这才睁开眼角还粘着眼屎的睡眼。

伺候好曹坪吃了饭，秋月这才问起那三千块钱的事。曹坪不屑地冲秋月一通抱怨，看你这双像是警察盘问人的眼睛，倒好像这钱真有了问题似的。曹坪抹了抹油汪汪的嘴角，拖长声调，说，好了，告诉你吧，这钱没什么问题。至于哪弄来的，还不是帮朋友联系一大笔业务的提成嘛。曹坪叹口气，脸上一副受伤样，唉，都怪自己开了小差啊，要是放在从前，这笔业务少说也能赚个八千的，现在好了，人家吃肉，我曹坪也只好眼巴巴跟着喝汤了。听曹坪这么一说，秋月悬了小半晌的心总算是放了下来。秋月安慰着曹坪，说不急，只要咱们记住了教训，相信车子会有的，你的老板还是有得当的。见秋月打消了怀疑，曹坪暗地里乐了起来，心想，这女人啊也真是怪，你兜里没钱吧，她在你面前哭哭啼啼的，等你给她弄来了钱，她又担心这钱的来路。真是的。想着，自顾摇了摇头。还好，幸亏自己多了个心眼，倘若那些洋货不送去阿三那儿，秋月不刨根问断筋才怪哩。

昨夜里，曹坪是如法炮制地进了洋人那儿。时间还是选择在了夜里的十二点。不过这次较之上次来，曹坪自我感觉准备得还是充分的。身上除了地摊上重新买回来的塑料手枪和塑料剑外，曹坪又特地买了副女儿家穿的丝袜。买丝袜，曹坪是临时起意的。上次在大鼻子洋人面前露了回真容，有那么几个小时曹坪心里头是害怕的。曹坪怕大鼻子夫妻出尔反尔，出来报案指认他。后来曹坪躺在床上想了想，自己在大街上也见过不少老外，你要让自己说出此老外与彼老外都有啥区别，这还真的不好说。清一色的大鼻子，清一色的蓝眼睛，最大的分别无非也就是男或女，个头的高或矮，余下的，又是清一色，没什么分别。反过来，老外看咱中国人不同样一个理嘛，他们也不见得就多生了一副慧眼，能在清一色的人流中，一下就甄别出他曹坪来？算了，就别自己吓自己了，人吓人会吓死人的。现在既然能想到了这点，罢了，为了稳妥起见，就买副丝袜套上吧，也为了躺在床上能睡个安生觉。

这回的东进路上还像年前的那次一样少有行人，唯有一位不知倦意的清扫工还在非常敬业地扫着马路。曹坪百无聊赖地在周围转了几圈，回来时见清洁工竟坐在马路牙子上抽开了烟。曹坪没有惊动清扫工，更没有让清扫工知道自己的存在。曹坪悄没声息地折回到三角花园内，曹坪在耐心地等待着清扫工离去。曹坪这一等，就是半个小时。待曹坪步出花园，清扫工不知道什么时候已转到了马家子河路上。扫帚的沙沙声，在空寂的马路上响着。还等什么？曹坪朝自己的掌心吐了口唾沫。一提气，利索地跃上了围墙，跳平台，爬屋顶，上树，进院子，一鼓作气，整个流程就如同车间里的流水线，没半点儿打顿的地方。

曹坪熟门熟路来到洋楼跟前。大门同上次一样锁着。曹坪转过身就向着办公楼西侧与滨海新村毗邻的小通道走去。曹坪记得这条通道通向地下室。走到通道尽头，曹坪这才发现，通往地下室的门也反锁上了。曹坪暗自不满地骂了句脏话，就蹲下身来。曹坪琢磨着究竟采用什么办法进入楼去。很明显，上次得手之后，洋人肯定对大楼加强了防范。你防也好，不防也罢，今夜里我曹坪花了如此一番工夫，总不能两手空空而归吧。曹坪还在琢磨着，这时候就觉得有些冥色的思绪里像是透出一缕光来。忽然间，曹坪像是想到了什么，对啊，上次进入地下室时隐隐见到过天光，那天光不是从外头灌进来的，难道还是地下室自生的？想着，曹坪就躬起身，兜着墙脚打量起来。在大楼的西北角，曹坪果然就见墙脚有两扇踢脚窗。曹坪心里头一热，血就快速地涌动起来。他又朝四下里望了望，有一块半拉子砖头。曹坪捡起砖，扬手就要敲踢脚窗的玻璃。玻璃没受到撞击，曹坪扬起的手就一下停在了空中。曹坪想，不行，这砖头下去声音小不了，得想个办法来降降音。想着，曹坪便除去了身上的黑皮夹克，三两下裹住了砖头，咣咣两下，玻璃恰到好处地被砸了个拳头大的洞。曹坪穿好衣服，伸进手去，就打开了踢脚窗的插销，人又像田鼠似的敏捷地钻了进去。

在中国雇员的休息室，曹坪趁着黑，又翻出了一把旋凿和一只手电筒。待曹坪想直接去往一楼，真他妈的邪门了，那边门也反锁着，曹坪气不打一处来，返回地下室，曹坪决定还是依靠落水管爬至二楼，再敲开二楼的窗玻璃进入。这回手里多了件顺手的工具，曹坪没费多少力气就窜进了电脑零件仓库，接着再撬开底楼的餐厅，通过旋凿撬开餐厅的缕窗玻璃，神不知鬼不觉地潜入大楼的行政区。翻箱倒柜，窃得美金三百元、港币二千元、外汇兑换券一千四百余元，人民币三千元，以及TDK、柯达卡、万胜牌录像带六十余盒，手提号码箱三只、外烟两条、计算器两只、镀金变色眼镜两副，国内外邮票两百余张。

这趟可谓是收获甚丰。黑暗里，曹坪禁不住笑了起来。他仿佛看到了自己西装革履，正拥坐在和平饭店的露天餐厅享用着佳肴。还好，曹坪没有在这种感觉中过多地缠绵。曹坪知道，眼下，这些东西充其量也只能说是刚握到手里，要变成自己口袋里的东西，还得尽快撤出这个院子才行。撤时，曹坪一点不比来时容易。曹坪像蚂蚁搬家一样一点点地把窃物往围墙旁边的平台上运。等一切都停当了，曹坪这才爬上平台，跃上围墙，再将这些物什一一移至院外。

这次，曹坪没有急于离开。曹坪提着盗来的物件，一头扎进了三角花园内。下步该如何办？他倒是要好好想想。毕竟这么多的东西，换句话，那都是钱呐。除了三千块人民币他无需找人帮忙，余下的哪项都离不开人帮忙。否则，它即便再有价值，也难变现。变不了现，也就是一文不值的垃圾。头顶上的那颗寒星还在，曹坪径直掏根烟抽了起来。曹坪又想到了张阿三。虽然曹坪心里头一万个不愿意让他帮忙，但这事还非他办不可。对于张阿三的嘴巴曹坪倒不害怕，大不了再用些钱塞塞紧。上次给了他几千块的酒钱，这阿三的嘴巴真的没给他作乱。曹坪吸完了灼手的烟，丢下烟蒂，又用脚尖使劲地捻了几下，这才站起身来。曹坪决定这趟还是找了阿三去。

离开三角公园，曹坪没有打的。曹坪靠着一双脚先跑到了淮海路，这才叫了部出租车向火车站的方向驶去。下了车，曹坪在夜排档要了碗馄饨，三下两下吸溜完，嘴一抹，又提着东西跨上了公共汽车。在成都路下车后，曹坪又扬招了部出租车，径直向虹桥方向驶去。

阿三家就住在离机场不远的七宝镇上。别看阿三年迈的父母有生之年没能给他说门媳妇，可他们将祖上传下来的独门独院还是非常完整地交到了阿三手里。这时候阿三的独门独院深睡了。曹坪轻轻叩了叩门环，见半天没动静，曹坪索性爬到院墙外的一棵槐树上，跃上院墙跳进了院子。张阿三眯眯盹盹打开门，见曹坪手里提的臂弯里搂的，马上知道有好事来了。阿三脸上堆着笑，忙将曹坪让进屋内。又是倒茶又是递烟，活脱脱一副孙子相。曹坪也没过多地跟他啰嗦，把掳来的物什往桌上一摊，说，都在这儿了，给个话，什么时候兑现？白炽灯下，阿三眼里满是光芒，脸角边的涎水都快淌了下来。曹坪瞪了他一眼，有屁放啊。阿三这才意识到自己的失态，他朝曹坪淡淡地笑了笑，你知道的，现在这些货处理起来目标太大，我怕担当不了你这个重任啊。曹坪不满地白了他一眼，鼻头哼了哼，你小子不就想多挣两个跑脚费吗，放心，少不了你的。

那是，那是，曹老板的为人没得说。阿三说完，又屈着腰巴结似地朝曹坪笑了笑。

两人不咸不淡有一搭没一搭扯着闲篇，这扯着扯着，阿三就把这闲篇扯到桌上的物什上来了。阿三给曹坪递了根烟，说，曹老板啊，能告诉小的吗，这些洋货都从哪挖来的？

曹坪警惕地瞪了他一眼，低声吼道，想干什么，道上的规矩忘了？

没忘，没忘。小的也只是有点儿好奇。张阿三连连解释道。

曹坪长长地吐了口烟，说，好啦，今夜里我就在你这将就一宿，明天啊，给我把脚放勤快点。

没问题。绝对没问题。阿三拍着胸脯，就把曹坪往自己的热被窝里引。

一觉醒来，鸟儿们早已在枝头闹腾了半天。曹坪揉了揉红肿的眼爬起床，跟阿三去镇上的小店吃了点豆浆油条。曹坪说他得出去办正事去了。最后还没忘记叮嘱阿三紧着点。

曹坪走了，今天上午他得跟一位姓金的老板碰头。金姓老板是搞运输的，他从朋友的嘴里得知曹坪手头上有不少的顾客，三绕两绕就找上了曹坪，想请他出山，在自己手里头屈就当个运输管理员。金姓老板对曹坪的开价应当说还过得去，刨去中午一顿工作餐，每月再给曹坪开一千块工资。今天上午曹坪就是给金姓老板回话去的。曹坪想，自己在家闲也闲着，不如就先在外头混混。钱虽然不多，好歹也可以贴补家用。

曹坪披着阳光走着，心里头不觉也亮堂明朗起来。此刻曹坪的心里头还装着个小九九，有这么一份工作做掩护，偶尔再打打牙祭，这日子过起来自然比一般的工薪阶层要逍遥得多。

这刻儿，在自己不太见阳光的屋子里，曹坪还在想，一天下来了，还不知道阿三那腿跑得怎样？还好，现在手头也不急等着钱花，催急了阿三，反倒弄不出个好价钱来。罢了，耐着性子等几天再说吧。

这时候，就听秋月小鸟般地在耳边呢喃，等咱们有钱了，你都打算做点什么？曹坪望了望秋月，是啊，有钱之后做点什么呢？他曹坪还真的没想过，他得好好想想。

八

就像是走过了漫长的雨季。曹坪一家乌蒙蒙湿答答的脸上又现出了金色的阳光。

街坊邻居在不经意中又发现曹坪臂弯里多了只公文包。秋月走出天井大门也少不了描眉搽粉一番。周围的目光是惊羡的。曹坪走起路来，胸脯子无意中又挺拔了不少，有钱的日子就是好过，钱这玩意儿，它能使人沮丧，更能使人硬朗，自信，兴奋。曹坪从菜场走过，络腮胡子屠夫大老远就朝他亮起了大嗓门，曹老板啊，有好事不忘招呼一声啊。曹坪过后，络腮胡子显然还没从能结识个有钱主的欣喜中拔出来，络腮胡子像发布小道消息一样神秘地对周围一样的屠夫说道，你们都说说，这人怎样才能称着是有本事？络腮胡子指了指曹坪的背影，看看，人家那才叫做本事呢，把家输精光了怎样，大不了喘上几口气，马上又咸鱼翻身了。络腮胡子的话直听得周围一向自我感觉还不错的屠夫们一脸的茫然，跟着他们又不声不响地剁起了案板上的肉骨头，这人跟人没法比，还是耐着性子卖自己的肉吧。

周围的目光曹坪是能感觉到的，特别像他这样急于在公众面前重塑形象的人，那感觉就像是多日不见荤的猫，对腥气特别的敏感。其实曹坪清楚着哩，自己也只是空徒外表，其实内瓤子也只是替人打工的仔。每天从家门口过，也就是那么一阵，感觉还可以，可是一旦离开了熟悉的人群，曹坪的内心又灰暗了起来，谁还把你当老板待啊。老实说，有那么好长一段时间，曹坪还是随遇而安的，他想既然是命中注定了的，也就不必非得与命运强扭，有个老婆孩子热炕头也就足了。

让曹坪改变想法的，还是缘于他老丈人生了一场病。

老丈人六十出头，面色红润，身子骨也很是硬朗，每日两餐小酒必喝无疑，倘若不是一样年岁的老丈母娘叨叨咕咕，老丈夫早上喝餐酒的心思都有。这一天，老丈人说不行就不行了。那天一大早他出门散步，没留神，脚底下一滑，人就再没爬起来。等到相识不相识的人把他抬回家，老头的嘴就歪了，眼睛里也是白多黑少，手脚也不听使唤，嘴角边还流起总是擦不干净的涎水。后来，医生说话了，这是中风，得住院治疗。丈母娘心里头就慌神了，她悄悄地问正写着处方的医生，老头子这病得花多少钱啊？那位胖乎乎的女医生打量了丈母娘好一阵，接着就埋下头说，你们把钱准备好了就是了。

老丈人在医院里住了半个月，丈母娘眼睛里憋着的泪终于像开闸的水，铺天盖地地冲了出来。她哭着说，这些钱扔到水里还能听到响声，可这往医院投，何时是个尽头啊。丈母娘哭归哭，可往医院里投钱的手倒是没闲住。接下来，老丈人这边又犯起了毛腔，他嘴里听不清在嗷嗷叫着什么，喂进他嘴里的药他高低不肯下噎，那个胖医生也过来劝过一阵，最后无奈地摇了摇头，说他不肯配合治疗啊。丈母娘一听，没辙了，连医生的话老头子都不肯听，这老眼里的泪不知不觉间又流了下来。大概因为都是女人，胖医生就说不妨这样，反正病人眼下也没什么大的危险，我这里就给你们开点药，你们回家治疗去吧。胖医生为啥这般说，这根子她没跟丈母娘讲，当了几十年医生，像老丈人这样的病号她见多了，不愿配合治疗，无非也就是一个“钱”字，怕花钱罢。其实啊，这回的胖医生也只是猜中了个大概，老丈人的心思非她拿捏得那么准。老丈人何许人也，他是个怕花钱的主？

他其实是个把命看得比谁都重的人。那年的一个雪夜，老丈人躺在床上看报纸，报纸上说一个艺人因为劳累过度，突发心脏病死了。看着看着，老丈人就觉得自己的心脏也有点儿隐痛，他有点儿怕了，莫不要睡下去明早上一口气上不来啊。老丈人是越想越怕，那情绪一下子悲观起来，眼泪鼻子也就有点儿控制不住了。丈母娘看他那个凄惨状，说，我这就陪你去看医生。黑咕隆咚的，老俩口深一脚浅一脚来到了镇医院，挂了个急诊，医生一番检查，说是你晚上吃多了不易消化的食物。丈母娘眨巴着眼想了想，可不嘛，晚上那六两多酱牛肉全被他一人给解决了。

此类如被牛肉撑了的事在老丈人身上不胜枚举，总之一句话，老丈人是个怕死的人，这回他又为啥一反常态，是哪根筋搭牢了呢？

秋月有个弟弟，人很聪明，书也读得好，高中毕业那年参加高考，总分在全校拿了第一。按说像弟弟那样的高分，清华北大不敢说，最起码，复旦交大还是绰绰有余的。可就是这么个高分的弟弟，最后不光复旦交大没念上，就连本埠的专科都没能读上。不是弟弟品质上有什么问题，坏就坏在弟弟那双生过小儿麻痹症的腿上。大学没念成，婚总得要结，邻里间扶手相携，好歹给弟弟在淀山湖那边说了门亲事。亲家上门看了看，说家境还行，这门亲事就这么定了。还有两个月弟弟就结婚了，现在家里头突然间添了副药罐子，老丈人他心里头能安生？

这天夜里，秋月的脸上一点也没因为窗外的满月而明亮起来。秋月躺在曹坪的臂弯里，满面愁容，你说我该怎么办呢？我就这么一个亲弟弟，他的婚事我这个做姐姐的总不至于不管吧？现在就连爸都不愿配合医生治疗了，他还不是怕因为自己耽搁了小弟的婚事啊。说着，一股清泪顺着眼角流了出来。曹坪看看憔悴的自家女人，这心里头一点都不比秋月来得轻松。老丈人被进医院的那天，他就有种预感，他们一家刚刚建立起来的平静就此破了。老丈人那不能不管，小舅子那也不能不管。一句话，凡秋月家里的事，他一件都不能不管。要管，就得手头上有钱，没钱一切空谈。

可问题是钱从哪而来，总不至于屋前的老槐能摇下钱。除此，没路可走，唯一一条就得重操旧业。想到过去洋人那犯下的事，曹坪还是禁不住打了个寒噤。不怕，那是假话。所以，这些日子，他多多少少还是有种如临深渊，如履薄冰之感的。

秋月还在无声地抽泣着，他想不出用什么宽慰的话来安慰秋月的心。生活就这么现实，行便行，不行，即便说破了天，最后还是不行。他欠起身，径自点了根烟，在这黑黢黢的屋内抽着，他也在下最后的决心，看来为博自家女人一笑，自己也只能再铤而走险一把了，但愿老天能再一次成全。

曹坪揿灭了烟蒂，很是心疼地拍了拍身边的秋月，好了，把泪擦了吧，天总无绝人之路的，明天我就出去找钱。秋月有些感激地望了曹坪一眼，说你也不要弄得太累。曹坪就笑笑，没事的，放心吧。这夜，天上的明月知道，与秋月相拥的曹坪一夜无眠。

第十章

父亲篇　第八个是真凶

一

刘海青在忙着焊接防盗门时，妻子红粉正插进钥匙拧转着防盗门。所不同的是，刘海青这会干的是别人家的活，而红粉拧转的是自家的门。在制衣厂里做了一天，红粉接下来雷打不动的任务就赶紧地进门给还忙着的老公和女儿准备晚饭去。防盗门开了，接着的顺序是开启铁皮木门，这套固有的顺序红粉不知重复了多少遍，连稍稍的想都显得多余。钥匙在手里头一阵叮当响，推开房门，红粉的眼里马上映出一片血红，她顾不上骤起的惊悸，便疯也似的冲向还响着流水声的卫生间……

刘海青扔掉焊枪，急吼吼地从离家十多里地的海头湾配电器厂往家赶，他那只前脚刚迈进小区的门，后脚跟着就软了。刚刚门房的老头只是在孤光四溅的车间里嚷嚷着他家里出了事，一路上，他什么都设想到了，就是没想到自家楼底下会停着三四辆闪着警灯的车，楼洞的周边还被处警的警察拉上了警戒带。

刘海青拖着脱力的腿往家里跑，马上就被不远处的邻居徐冬华俩口子给架住了。冬华媳妇拖着哭腔，大哥啊，你得挺住啊，茜茜她……刘海青也拖着哭腔，茜茜她咋的啦？你们快说啊！冬华媳妇的泪马上又涌了出来，茜茜她被人祸害啦！

刘海青眼前一黑，差一点栽倒在地上，他马上本能地吼了声，不可能，这绝对的不可能！

冬华心痛地用手指了指黄昏中他们同住的那幢楼，说大哥你没看见吗，警察在忙着勘查现场呢。

就见刘海青早已脱了色的脸被痉挛的肌肉突突得一下变了形，他从腔膛子的深处又吼出了声，这绝对不可能！吼完，人就昏死了过去。

二

早春的夜清冷又静谧，几颗寒星在发芽的枝头上无力地眨巴着忽明忽暗的眼。病床上，红粉失神的眼盯着窗外，她实在想不通，夫妻俩人前一向恭谦有加，心里头也像是一弯湖水，清澈见底，他们也没招惹恶人啊，更不用说做过些不便示人的丑事了。再说家里头的那点儿家底，明摆着夫妇俩就是听人吆喝的仆，想充阔也没那个底气。她颠来倒去地想，越想越觉得迷茫，她实在想不出仇家是谁，余下的，也只能一任无法控制的拳头在脑袋上使劲地捶着，她的心被剜了啊！

这夜里，重案队长郑啸剑带着一帮子侦探也在绞尽脑汁刻画着红粉家的仇人。

现场的惨状红粉是目睹过的。客厅里四溅的血，浴缸里被人祸害过的女儿茜茜，还有就是顺着茜茜的脚背哗哗流淌着的水。当然，红粉的记忆里的图像只是整个案发过程的某个片断，是一种静态，而在郑啸剑他们的眼里，它便很快复原成整个连贯的动态，一个实施犯罪的全过程。

郑啸剑不得不承认，现场是他自担任重案队长之后见过的最残忍的一个现场。

从勘察情况来看，小姑娘在死亡之前至少遭受过五次打击。第一次打击，是在受害人带好房门，正准备锁防盗门之际，她的头部突然遭受长方形钝器的敲击，顿时倒地。从门框的上沿、铁房门外侧、防盗门内侧溅状血滴，皆可以证实。第二次打击是在疑凶利用门上的钥匙，快速打开房门将倒地的受害人拖至室内行将强奸之时，受害人突然间苏醒，反抗中被疑犯卡脖，这从受害人已断裂的喉骨可以证实。也许连罪犯都未曾想到被害人竟有如此强盛的生命力，于是他一怒之下，实施了第三次的打击，即用菜刀加害受害人的脖子。也许是菜刀过钝，罪犯索性一不做二不休，掏出随身携带的匕首，在受害人的前胸后背连扎数刀。这时候罪犯见受害人气若游丝，于是实施了第五次的打击，也就是将受害人拖进了卫生间，扔进浴缸，实施水淹。

会议室内烟雾腾腾，众侦探的思维在郑啸剑描述的现场游走。

犯罪嫌疑人的动机是什么？

为仇？负责外围调查访问的侦查员说，宝丽药业集团人事部长反映，受害人在集团财务部任出纳两年多，工作一向认真负责，从未出现过差错，平时为人也比较谦和，没有同谁发生过不愉快，跟人结仇的可能性几乎为零。再走访被害人父母的工作单位，她父母老实巴交，只知道埋头干活，从未跟谁有过龃龉。周围的邻居也反映，这一家三口真诚老实本份，仇杀的可能性几乎为零。

为财？参与现场勘查的几名侦查员摇着头说不像，倘若为财，且不说被害人最终的结果如何，嫌犯总少不了一番翻箱倒柜，可问题是受害人家里压根就没被翻动过，床头柜里的两万多元现金还在。如果说是嫌犯见事情闹大了，干脆弃财而去，给警方留下个悬念，但细细一想，觉得这种可能性不太大。

为情？这回众侦探倒是所见略同。嫌犯的指向明摆着是刘茜茜，往深里说，她很可能就是罪犯心仪已久的暗恋者，因为再受不了情感的折腾，最终走向了极端。而且这个暗恋者对受害人及其家庭成员的生活规律乃至楼洞的情况都相当的熟悉，他选择作案的时间正好是受害人每天出门上班的时间，而这一刻，也正好是她父母离家的半个多小时后。另据报案人徐冬华的妻子反映，她从菜场买菜回家后小解，曾听到楼下有放水的声音，侦查人员为此还专门做了现场实验，报案人反映不假。法医的尸检结果也显示，死者的死亡时间应该在餐后两小时内，死因就是他们分析的大出血并窒息性死亡。

三

第一个被纳入警方视线的是丁小芒。

丁小芒与刘茜茜同在宝丽药业集团工作，不过他的工作岗位可不在办公大楼，他是腰里头吊着根警棍的厂区保安。丁小芒长刘茜茜两岁，一米八的大个头，虽然成天阳光底下睃巡，晒不黑的皮肤始终保持着一团奶油气。他追求刘茜茜快两年了，期间刘茜茜也曾动过心，待父母亲从她的举止上发觉出异样，她如实说了。父亲沉默了半晌，说他好像不太适合你。她有些疑惑地问，就因为他是苏北乡下人？母亲叹口气，茜茜啊，爸妈就你这么个宝贝女儿，将来天各一方，我们在床上喊人递个药倒杯水都没人应啊。茜茜撅着嘴说，我可以让他嫁给我嘛。父亲一听，脸憋得通红，那都成什么样子，不妥。

听话的刘茜茜这头打起了退堂鼓，但它却丝毫没影响丁小芒追求爱情的激情。丁小芒说我是穷，但我有一双手，嫌我没技术，我可以学嘛。后来丁小芒还真的跑了一趟市区，抱回来一大摞经济管理方面的书籍。对丁小芒的举动，刘茜茜始终是不言不语，因为她在父母亲面前是个乖女儿。

就在前天下班后不久，与丁小芒同做保安的小伙阿黄说，他见到过两人站在棕榈树丛里说话。前来访问的郑啸剑问，都听到他俩在说些什么了吗？阿黄笑了笑，我才不会打扰人家的兴致呢，不过……

不过什么嘛，你快说说。郑啸剑追问。

当时我看到丁小芒像是上前抓住刘茜茜的手，刘茜茜在一边躲闪着，她的脸通红通红的。阿黄说。

你没见着丁小芒的表情？

阿黄说，他当然是一脸的愠色了。

郑啸剑再一了解，丁小芒前天晚饭后就跟保安队长请假回江都老家去了，说是家里的老娘生了重病，得回去一趟。走时几个同事都看到了他脸上的不快。但他们知道，他脸上绝不单单是因为母亲生病而显出的担忧神色。

丁小芒突然离去，不管他母亲病重与否，在时间上都有作案的可能。郑啸剑当即决定派人去江都调查，并着手调查集团销售部顾炳同的情况。

四

这天，郑啸剑带着侦查员摸排镇上劣迹人员时又获得了重要线索，镇西头的李阿炮对刘茜茜觊觎已久。提供线索的是镇上做杂货生意的宗雄。

宗雄说，李阿炮叫李全发，别看他长得人高马大的，可就是脑子里缺根弦，这几年跟不三不四的朋友一起混，打打杀杀总是冲在最前头，让人当猴耍了，他还自我感觉很不错，渐渐地李阿炮就代替了他的真名字。

你跟李阿炮是怎样结识的？

宗雄说，我俩是初中同学，又做了十几年的邻居。

你说李阿炮觊觎了刘茜茜很久，根据呢？

宗雄说，我家虽说跟他家做邻居，可这几年，我也是很少见着他的面。大约上个月吧，对了，是个雨天的早上，我打开店门不久，就见李全发来了。

见了他，我揶揄道，全发啊，这些日子都跑哪儿去发财啦，今天来我小店有何贵干啊？李全发一点没显出窘态，他憨憨一笑，给我来盒烟。我递给他一盒红双喜，他掏给我十块钱，我说你这是干啥嘛，不就是一盒烟嘛。两人不咸不淡地谈了半个小时，这时候，李全发接了个电话，合上手机后他对我说，宗雄啊，你现在混出息了，自己给自己封了个老板，这样吧，晚上老同学得敲你一顿，别忘啦。说完他急匆匆地走了。当天傍晚，我将他约到了镇梢的麻婆海鲜店，这回他带了个自称是小七子的男人，长相凶巴巴的。三人杯觥交错，谈天谈着，就谈到了女人身上。李全发是酒意朦胧，他问我知道不知道，咱们镇有两件宝？我笑了笑，他得意地说道，一个是咱们杯里的神叹酒，一个是宝丽药业的刘茜茜。说着舌头舔了舔油光光的厚嘴唇，嘴角边还浮上一层邪笑。我马上回了句，还刘茜茜呢，你就别做梦了。说完我还哈哈一笑。边上的小七子不满地瞪了我一眼，李全发紧跟着说，你不信？我李全发是说到做到，你就等着看好，她敢不从，老子我就剁了她个小娘们。

那次的酒后他没再跟你提起过刘茜茜？郑啸剑问。

宗雄说，之后我就再没见过他，不过这小子的话不能不信，他可是个愣头青。

最近都听说他跟谁一起混？没听人提到那个小七子？

摇头。

见过他身上带着什么凶器了吗？

还是摇头。

五

一提起丁小芒，顾炳同的脸上马上露出仇恨与不屑来，这个乡巴佬，也不撒泡尿照照，癞蛤蟆想吃天鹅肉。

郑啸剑他们是在顾炳同他家那幢他常在人面前炫耀的别墅里寻着他

的。

郑啸剑扫了他一眼，先说说你眼圈上的乌青是怎么回事？

乍见到顾炳同，郑啸剑激灵了下，顾炳同左眼圈上的乌青块青得晃眼。郑啸剑不提倒罢，一提顾炳同差点跳起来，他破口大骂，这个乡下瘪三，再见到他我非得废了他。郑啸剑不满地瞪了他一眼，示意他好好说。顾炳同下意识地摸了摸眼圈的乌青块，还有啥好说的，还不是那个瘪三打的。

这个你得详细说说。郑啸剑口气严肃。

顾炳同稍作思忖便说道，集团的人几乎都知道我喜欢刘茜茜，可这个刘茜茜不知道吃错了什么药，就是横竖不理我这个茬，她家的门我也登过，她父母那边我也保证过，一辈子对她好，我甚至下贱到都向她跪求过。郑队长您也看到了，就凭我们家这套别墅我还讨不回一个小出纳？我追急了，她说她父母那边不答应，之后我们家又托人找到她父母，她父母倒好，说孩子的事他们不管。后来倒是有人提醒过我，说是你这头黄发，再加上平时穿着匪里匪气的，人家能放心把女儿交给你吗？我想不通，这都什么年代了，还以貌取人？后来我暗中留了下心，这症结还是被我发现了，原来我遇上了竞争对手，就是厂区内那个黑狗子丁小芒。我马上气不打一处来，这个瘪三哪点能跟我比？一个乡巴子，做了今天还不知道明天在哪吃饭呢。我气鼓鼓地找到刘茜茜，可她刘茜茜竟然说我就是比丁小芒差劲。再后来，我又听说了，刘茜茜可能真的跟丁小芒处上了，人家是有感情基础的。我一急，问这又从何谈起。跟 我说话的人淡淡地笑了，人家丁小芒对刘茜茜可是有救命之恩的。

顾炳同喝了水接着道，听人这么一说，我猛然间想起来了，前一阵子刘茜茜可不请了有两个月的病假吗？说话的人继续着，那天公休日，刘茜茜来集团加班，天墨墨黑才往家返，等她蹬着自行车到了四奉路的拐弯处，偏巧就跟辆轿车撞上了。小车一提速溜了，这下就苦惨了刘茜茜，她捧着骨折了的左小臂，疼得在地上打滚。这时候，进城买书返回集团的丁小芒就给碰上了。于是乎，二话没说，背着她就往医院送，直折腾得刘茜茜打上了石膏方才回去。你说这笔账刘茜茜能轻易忘了？我是越听越失控，发狠道，刘茜茜我得不到，别人也休想得到。

顾炳同说，这些日子我对丁小芒留意是多了些，前天下班我又故意稍作了推迟，就见到丁小芒在棕榈树丛里对刘茜茜拉拉扯扯。等到他们两人分了手，我截住了丁小芒，质问他刚才对刘茜茜做了些什么？丁小芒不满地白了我一眼，说我有义务向你汇报吗？我一听，多少天压抑着的火焰终于腾开了，你以为有恩于刘茜茜就可以胡作非为？丁小芒不甘示弱回敬了我一句，你管得着吗？我挑衅他，我就是不许你纠缠刘茜茜。说着，我的拳头就送了出去。哪想到，这个丁小芒拳脚还真有一套，他头一偏，避过了我的老拳，紧接着就朝我眼圈上回了一拳头。我捂着金星四溅的眼，这时候杀他的心都有。就听丁小芒正色道，我警告你顾炳同，再多管闲事当心你的右眼圈。悻悻地回到家，这时候我连带刘茜茜也恨了起来。我发誓，一定要毁了她的幸福。昨天早晨起床，我一看这乌青的眼圈，哪还能上班去啊，倘若同事们知道都是因为刘茜茜，他们不笑闪了腰才怪呢。

听到这，郑啸剑笑了笑，说得还够详细的。我问你，昨天上午十点左右你都在什么地方？

我在家里啊。顾炳同一口咬定。

谁可以证明？

顾炳同翻了翻眼珠子，除我之外，没人可以证明。

你的那把匕首呢？

听郑啸剑提到了匕首，顾炳同身子一哆嗦，这些个警察真神啊，连我私藏着的一把匕首都知道。看来他们摸上门来并不是听你摆龙门阵的。他很快又恢复了平静，说匕首三个月前就丢了。

在哪丢的？又有谁可以证明？郑啸剑再问。

顾炳同黯然地低下了头，印着乌青的脸上已透出丝丝的细汗。

六

这天下午三点来钟的光景，郑啸剑他们终于在同里古镇的街头发现了李全发。李全发双手抱于胸前，嘴角叼着一支已燃烧过半的香烟，看样子他在等着谁。

李阿炮！郑啸剑吼了一嗓子。

李全发本能地掉转过头，妈啊，瞧来人身上的正气，肯定是来逮自己的主。李全发心里一凛，忙扔出口袋里的约五克的海洛因，撒腿就跑。

站住！

郑啸剑他们边追边喊，李全发哪里肯接他们的茬，这脚底下是呼呼生风，钻民巷窜马路，三五公里跑下来就是甩不脱尾巴。眼见着前面有块绿化带，李全发想都没想就一头钻了进去，脚下不敢稍歇，前面横着一条十几米宽的古镇河，李全发心里头一喜，看你们怕不怕冷，接着他扑嗵跳下河奋力向对岸游去。这回还没等他接近河堤，他发现自己的想法不光错误，而且是愚蠢至极，追他的警察其实个个都是不惜命的主，这冰冷的河水能奈何得了他们?

他是被郑啸剑他们拖上岸的。一上岸，他顾不上抹把脸上的水，很是配合地向郑啸剑他们伸出了手腕，嘴里还在哆嗦着，我交代，我全都交代。

七

这会儿，在当地派出所的配合下，郑啸剑他们很快找到了丁小芒的家。

这是片不算大也不算小的村庄，丁小芒的家就湮没在其间。红砖青瓦是整个村子的主色调，丁小芒的家与周围有点格格不入的味道。墙是单面砖，院子里除了一头和着白沫嚼着草料的黄犊，给这个颓废的家增添点生气外，家徒四壁的屋内冷清清的。这时候的丁小芒正坐在床前，给他病重的母亲一勺一勺地喂水。

派出所长朝他招招手，丁小芒会意地走了出来。所长说，这两位是海东的警察，他们找你了解点情况，你要如实回答。丁小芒的目光在郑啸剑一行的脸上扫来扫去，稍许，他说你们问吧。

郑啸剑刚向他道完来意，丁小芒的眼眶里马上噙满了泪水，他沮丧地双手抱着头，失声痛哭，是我害死了茜茜啊。丁小芒的举动，郑啸剑看在眼里，他递给丁小芒张面巾纸，说擦擦泪，慢慢讲。

郑啸剑的劝慰并未使丁小芒平静下来，他的眼里充满了两团火，他咬着牙，两只拳头使劲地捏着，肯定是他干的，你们去抓他，绝不会错。

丁小芒用袖管抹了下脸上滚落的泪，便戚戚地说开了。

丁小芒说，前天下班后，他在棕榈园去堵着了刘茜茜，告诉她我母亲生了重病，余下的日子可能不长了，你能否陪我回家看看？哪怕帮个忙也行。刘茜茜说，我陪你回去算哪门子事啊。这时候我也不想再顾及面子了，就如实地告诉她，我早在电话里告诉我母亲，说是在海东处了个对象，跟我一个单位的，还是做出纳的。茜茜一听，急了，你咋能这样呢？我什么时候同意跟你谈恋爱了啊？说着泪珠子就滚了出来。见她这样我也心疼了，就走上前一步想对她表白，难道你看不出我是真心的吗？我保证不会让你受委屈的啊。茜茜避开了我的手，细声地对我说，我知道你是个好人，我们就这样做朋友不是蛮好的吗？我知道她在家是个乖女儿，要不是她父母表示异意，她肯定能看上我。再劝还是一样的结果，我说，今天的事让你为难了，其实我也是有点异想天开。茜茜跟我说了声抱歉，走了。回宿舍的路上，我这心里头堵得透不过气来，这时候顾炳同走了上来，话没说上几句，就向我挥起了拳头，我当时也没客气，回敬了一拳头。最后他嘴里骂骂咧咧，说他宰了刘茜茜也不让我的阴谋得逞。我想肯定是我的一拳头，让他走了极端。

说到这儿，丁小芒还列举了几则顾炳同对刘茜茜动手动脚的事实。郑啸剑问他，你这些都是从哪得来的消息啊？丁小芒说都是刘茜茜跟自己提起的。前天傍晚我也没对顾炳同客气，他仗着家里有套别墅，满世界的吹，就怕别人不知道似的，再瞧他平时那个痞子相，我回敬他，只要我丁小芒呆在集团一天，你顾炳同的阴谋也休想得逞。

询问到此，丁小芒向郑啸剑出示了海东至江都的火车票，车票的确是前天夜里十一点四十五分的。但郑啸剑马上又想到了，他以前也总摆弄的，那把与现场丢弃的如出一辙的匕首。

八

马不停蹄的郑啸剑带着探员又走访了近四十位的出租车司机，终于从一位姓阮的司机口中获得了一条鲜活的线索。

据阮姓司机反映，前天上午大概十一点不到的样子，他驾驶的绿色出租车经过四奉路近金前路路口时，一位穿茄克的男子向他扬招。等他停稳车，发现该男子胸前有一片血渍，待他回过神想起步开溜时，茄克已拉开了车门。茄克上车后，说了声去前海路，之后就一直紧绷着脸。当时他怕招惹是非，开着车也是一言未发，不过他在后视镜中倒是不断提防着后排的茄克，惟恐自己遭遇不测。

郑啸剑马上着手组织人员画像。

像画完了，紧接着办案人员又将画像复印，发放至镇辖所有的村、镇居委会，并组织人员辨认。

几个小时后，有消息传来。宗雄反映，此人有点跟小七子相像。特别是他那对吐着寒气的眼睛。宗雄不无遗憾地说，要是能让李阿炮辨认一下就好了，只是目前还不知道他在哪猫着呢。

宗雄自然是不知道李全发从同里被押回了海东。

这刻，他正端坐在看守所预审台前的铁椅上，接受办案人员的讯问。

说说，前天你都干了些什么？

前天？李全发听了心里一凛，他那对贼眼在讯问人员的脸上睃来扫去，莫非他们已吃准自己是杀人嫌疑犯了？早上他与黄三通电话时，黄三还跟自己提起过刘茜茜被杀的事。老家的警察大老远地摸到同里逮自己，八成是因为刘茜茜的事。李全发就对自己说，这事马虎不得，赶紧地脱了干系再说。

李全发沉思了片刻开口了，道，我这不染上粉了嘛，口袋里的钱哪经得起折腾啊，我就傍上了阿毛，玩起了以贩养吸。你们抓我时，我正在街上寻着枪手哩。李全发挠了挠头皮，继续，这些日子我一直跟阿毛吃住在一起，可以说是寸步不离。前天我们俩睡到日上头梢才起的床，之后又做了二单生意，不信你们问阿毛去啊。

讯问人员正色，阿毛那边我们会去证实的，我问你，还记不记得跟谁喝酒时，说过的“她敢不从，我就废了她”的话吗？

李全发一听，满脸的委屈，你们问来问去还是怀疑我杀了刘茜茜吧？我李全发垂涎刘茜茜不假，也铁下心打过她的主意，后来碰上了粉，就再没那个心思了。真是可惜了那个小姑娘。说着，他还跟着叹了口气。

这时候郑啸剑走进了审讯室，他附在讯问人员的耳边低声说了几句。讯问人员向他出示了从现场取的匕首，李全发横看竖看细瞅了一番，自言自语道，我怎么看像小七子比划的那把呢。郑啸剑心里一喜，旋即又给李全发出示了模拟画像，李全发这下懵了，敢情是这小子把刘茜茜给杀了，附带把自己给捎上了。他怒火攻心，嘴里就不觉骂出了声，小七子，你这个狗日的，竟敢往老子的头上扣屎盆子。他看了眼郑啸剑，大叫，我冤啊！

郑啸剑示意他慢慢说，李全发是心愤难平，他说道，其实我早就看出这家伙迟早得出事，手腕子毒辣不说，还他妈的特别的好色。自从那天带他跟宗雄喝了次酒，之后他就常缠着我给他指认刘茜茜。给他指认过后，他色迷迷地对我说，你李阿炮的眼力不差。我怕他真的胡来，就警告他好自为之，当然这中间也有不甘他跟我夺食。

你再细看看，这家伙到底是不是小七子？

李全发鄙夷道，就他那双毒眼，人堆里我都挖的出来。

他身上还有哪些特征？

李全发想都未想，道，他后脖子上有道刀疤啊。

李全发的话，在阮姓司机那很快得到了印证，司机一拍脑门，哎哟，他下车时我是看到过他后脖颈上那条蚯蚓似的刀疤的。

知道小七子现在住哪吗？郑啸剑问。

他在海边的蟹塘帮护场子。李全发说完，脸上露出了报复后的快感。

九

犹如黄梅天里的日头，你这边还没细瞅清它的面孔，它这头马上又大摇大摆地钻进了云层里。

小七子的到案，并未使案情的大白显出生机，相反更使案件显得扑朔迷离起来。

小七子前襟的血渍源于嫖客间的争斗。特别是李全发指认的颇像是现场丢弃的那把匕首，就掖在小七子的被褥之下。而“讲不清楚”的顾炳同，最后也因为网上同人聊天得到了排除。

要说摸排工作不能算不细，就连报案人徐冬华供述的当日的走向，警探们都长了个心眼。

徐冬华是这样跟郑啸剑述说的。

他说，案发当天上午九点左右，我离开家去木器厂上班，途中摩托车跟人碰了一下，摔了一跤。两人在路上理论了一番，后来各自带着不悦走了。人啊其实也挺怪的，刚才火气旺盛时，倒没觉出身上有什么异样，待火退了，这胳膊肘子就火辣辣地疼了起来。干脆跑到镇卫生院挂了号，先治伤，余下上班的事往后推推再说。当时，在医院里，我还看到一辆公安处警车闪着警灯在院子里停着，也不知道发生了什么事。看完伤回到家都快十一点钟了，想想这天也真够倒霉的，索性给单位打个电话请了天假。一觉睡醒到天擦黑，这时候就听到楼下的红英的哭喊声，一骨碌跃起床，冲到红英家一看，我都快吓傻了，那血腥气，呛得人气都喘不过来，于是赶紧地打了报警电话。

之后，郑啸剑还专门派人跑了一趟医院，门诊记录上还真的留有徐冬华的名字，至于他提到的那辆处警车，那是因为有人在医院里闹事。郑啸剑也带人去过徐冬华的木器厂访问过，厂里的工段长也证实，那天冬华是向他请了天假。

难道说是侦查思路出现了偏差？绞尽脑汁之后，郑啸剑的执拗劲上来了，继续沿着原先的思路深挖，不怕吃炒冷饭。

这几天，刘清青的情绪渐渐趋向了稳定，他给郑啸剑提供了一个非常重要的情况。

刘清青回忆说，去年三月我带茜茜去太湖边的湖荡镇访亲，正逢上当地举办一年一度的蚕花节。茜茜执意要留下来玩几天，考虑到她平常也很少出门，我就答应了她。好像是返回海东的前一天晚上，茜茜嚷嚷着要我带她看夜景，哪想到，那天晚上就出事了。在回亲戚家的路上，正好路过一段少路灯的马路，我们就被三个小混混给围上了。他们中有两个人挟持住我，其中一个就对茜茜动手动脚起来。我一看血就往头顶上涌，无奈我不是他们的对手，三拳两脚就把我打趴在地上，不能动弹，嘴里鼻腔里都是血。接着他们三人就将茜茜往小树林里拖，茜茜吓得尖叫着救命。我一想，这下孩子给毁了，泪跟着就涌了出来。这时候，恰巧一辆警车驶了过来，我赶忙呼救，车上的警察一听原委，拔出枪就往树丛里冲。衣衫不整的茜茜获救了，可接下来的事情并没有完。在去当地派出所做笔录的路上，我看到那三个小混混眼睛里都闪着凶光，其中一个戴着粗项链的瘦条个还朝我吼了一句，看什么看，我们绝对不会轻饶你的。见他那张狂劲，一名警察同志气愤地压了下他的头，说老实点。话刚完，那痞子的头就像是按在水里的西葫芦，刚脱手，忽又钻出了水面，我知道他那是不服气啊。

按照刘海青提供的线索，郑啸剑他们一刻未停，当即开着车驶往湖荡镇。在当地警方的配合下，刘海青提供的线索马上得到了印证。再查那三个混混，他们因为之后的拦路抢劫，有两个正在军天湖农场服刑，其中一个叫大宝的至今未到案。

那么，这个大宝有没有可能来海东作案呢？郑啸剑分析，按照他们习惯于团伙作案的规律，这种可能性似乎不大。当然了，他在湖荡镇不敢露头，不能说他就不敢流窜到海东作案。

办案至此，对七个犯罪嫌疑人都进行了仔细的摸排，虽然真正的疑凶还未露出头来，但是郑啸剑隐隐中还是觉得离案情大白已经不远了，而且真正的凶手似乎离刘海青一家的生活圈子很近很近。

十

这天，郑啸剑他们又一次在居民区访问时，无意间听徐冬华老婆嘀咕了一句，她说这几天都闹鬼了，家里新买的毛巾才用了几天就不见了踪影。说者无意，可是听者有心哩。

郑啸剑装着不急不慢的样子问，怎么回事啊？徐冬华老婆脸红了红，说是丢了一条毛巾。郑啸剑再问，是哪天的事啊？

嗨，好像就是楼下出事的那天吧。徐冬华老婆说，丢了条毛巾事小，不要家里再进了人，那样可就糟了。

郑啸剑理解般地点点头，说，那是啊，屋里进了人可不得了，是得要提防点。

郑啸剑回到重案队，众干探又聚在一起分析了起来。明摆着，毛巾它又没长腿，咋说丢就丢了呢？恰巧那天徐冬华又受了伤，他也有作案时间，难道说天底下还有这么巧的事？

郑啸剑一锤定音，将徐冬华列为第八个嫌疑人，力争突破。

众警探又撒了出去。他们根据徐冬华所提供的与人撞车的地点及撞车时间，沿路访问目击群众。一天下来，六十多位路人及摊贩均反映，上午路面上没见过谁跟谁撞过车。每天这时候途经该路段的姚师傅挠挠头皮说，这就怪了，反正我是真的没见过。

徐冬华去过医院不假，这里头他会不会是虚晃一枪转移警方的视线呢？郑啸剑想了想，说，趁热打铁，秘密取证。

这下子徐冬华露馅了。居委会的丁大妈说，那天下午三四点钟的样子，她曾看见过徐冬华提了包东西走出小区的北门。郑啸剑就在想，他会不会是毁灭证据呢？顺着这个细节再追下去，又有人证实，徐冬华那天往三叉河方向去了。

这时候技术人员带来了好消息，他们从徐冬华的旅游鞋底检出了血样，与现场采集的血样一比对，完全一致。郑啸剑马上下令，拘捕徐冬华。

徐冬华到案后，倒是没让人看出他的沮丧样，相反他倒是摆出了一副委屈的面孔，叫冤，我向你们报了案也有错嘛。郑啸剑不屑地朝他笑了笑，你徐冬华也是个聪明人，撂了吧。

徐冬华脸上马上挤出疑惑相，我都不知道你在说什么？

郑啸剑马上一脸的严肃，徐冬华咱们长话短说，案发下午你到三叉河干什么去了？你的旅游鞋底又是怎样沾上刘茜茜的血的？说着，郑啸剑给他亮出了他那双灰帮旅游鞋。

徐冬华顿了一下，马上笑道，还不是给你们报案前在红粉家客厅里沾上的嘛。

那你皮腰带的反面也会沾上客厅地板上的血吗？

这一下，徐冬华脸上的笑凝固住了，他暗自懊恼，我可是什么都想到了啊，怎么就没想自己的裤腰带还能把自己给勒死？

十一

从镇子的西南梢步行四公里，有个叫幸福的村子。这天，村子南头一个何姓人家可以说给这个大治河边上的不太起眼的村子撑足了面子。老何家的女儿翠莲出嫁了，而且是远嫁到了祖国的宝岛台湾。

鞭炮炸得半个村子漾起了浓浓的火药香，一个叫冬华的小伙难过得从东家的院门里探出头来，他的手里攥着一把斧头，脸上的肌肉突突地跳着。翠莲披着洁白的婚纱，在灼灼的桃花相衬下美若仙子。他很想冲动地冲上前，再来一场婚场夺美，可目光移到脚尖，那两根已顶破胶鞋的拇指犹如戳向自己心尖的刀子，有一个声音在对他说，小子，就凭你一个连双好鞋都没得穿的小木匠，你也配？眼前迎娶新娘的是一辆比他躺着的床还要长的黑色轿车，你都有什么啊？老何也曾指着他的鼻子质问过，我把翠莲给你，你能养活她吗？是啊，自己从小就是个少了娘的孩子，家里摇摇欲坠的两间破瓦房，再就是一个早就连家都不上的赌棍的爹。翠莲的脸上荡漾着幸福，钻进婚车的那一刻，她看到了他伸出的脸。婚车载着翠莲连同她一家人的梦想扬尘而去，许久，徐冬华才缩回来他已经木了的脖子。

都说时间是治疗心痛最好的良方。之后的十多年里，在好心师傅的撮合下，徐冬华有了家，而且腰身不细的老丈人还出资让他们住到了镇上，翠莲就像朵浮云在他记忆中渐渐淡去了。这时候，楼上有个叫着他阿叔的茜茜的小姑娘，随着年龄的增长，他越发觉出她长得像他淡出了记忆的那个人。白皙的肤色，高翘的鼻梁，单薄而苗条的身段，每天阿叔阿叔地叫着，徐冬华脑子里淡出的那张脸慢慢又变得清晰起来，徐冬华失眠了，第二天起床后自然少不了对茜茜一份恰到好处的关怀。后来茜茜也感觉到了阿叔这份关怀的真正用意，一次在楼洞里相遇，阿叔见四周无人，竟将手关怀到了她的敏感部位，她懵了，阿叔咋能这样子呢？她开始有意识地回避。她不知道她能避得过阿叔的眼睛，却避不脱阿叔像网罩着的念想。

她只觉得脑袋嗡地一记，本能地掉转过头，她看到了红了眼的阿叔和他手上还滴着血的磨刀石，之后便失去了知觉。待她睁开血雾般的眼睛，阿叔这时候已褪掉了她的内裤，她在心里哭求，阿叔，我还要嫁人的啊！阿叔喘着粗气，嘴脸都有了些变形。不行！这时候的阿叔已完全泯灭了人性，他在激烈地促成自己的欲望。得挣扎，得叫喊！她听到了从脖子里传出来的飓风折断大树的声音，接着被人一把推进了幽深晦暗的崖底。冥冥中，她听到了是谁家在案板上切割着肉皮的声音，这声音如风片似的捎着自己渐传渐远，渐传渐远，最后幻化成一个小点，倏忽在空气中消失了。

十二

老实巴交的刘海青面对着女儿茜茜的遗像，再也憋不住连日积郁的悲愤，冬华啊冬华，你是看着茜茜长大的啊，她叫你阿叔，你咋就做出这般禽兽不如的事情来呢？你这个畜生啊。刘海青一家在嚎哭着，这时候铅云在上就开始飘起了细细的雨丝来，此刻的徐冬华一定也会想到，天都怒了！

第十一章

郑铁锤讲述的故事 之六

九

一九八八年的岁末，天冷得有点儿出奇，马路上多年未见到过的冰凌子在寒风中一吹，硬得生发出晃眼的光来。满大街的人缩着脖子，把臃肿的还有孱瘦的身子紧紧地裹在五颜六色的羽绒服里。

这天傍晚时分，有些昏黄的天上飘起了雪花。曹坪抬头望天，就跟自己的老板打了声招呼说是回家去了。曹坪蹬着自行车，车头一拐就往位于闸北的弟弟家骑去。曹坪决定就今晚上行动，不能再等了，还有一周小舅子就得当新郎倌了。

吃饱喝足，曹坪抬腕看表，离他预想着的动手时间还有段距离。曹坪就说，我得走了，回去迟了你嫂子她不放心。走出弟弟弟妹的视野，曹坪突然间想，反正时间还早，不如在街上逛逛。此念头一生，曹坪倒有些犯难了，到哪儿去逛呢？走着，不觉间就来到了公共汽车站。想到这里有车往淮海路方向跑的，曹坪还是很快决定，就随车去海湾逛逛算了，这些年，一直忙自己的事，海湾在自己的脑海里生份了，这雪天的海湾一定是别样的妖娆。

雪天的海湾，情人不多，颇具外国风情的路灯尽责地亮着。曹坪迎着有些彻骨的江风，漫无目的地走着，身后很快印上了一行歪歪扭扭的足印。曹坪回过头，看看，径自笑了，他想到了谁说过的，路是自己走出来的。自己这留的都是些什么样的脚印啊，曹坪细细地一打量，又自嘲地摇了摇头。在海湾的风雪里消磨了好多会儿，这刻，曹坪感到身子热了，风还有雪拂在脸上竟有股暖热气。他估摸了下时间，从海湾到东进路，个把小时也就差不多了。他对自己道了声，出发。

东进路上的三角花园内，这会儿的雪已将园内的花草树木披上了一层白裳，在暗黄色的路灯光的轻拂下，更显得其妩媚与静谧。曹坪无暇细及园内难得一见的景色，他吸完了烟，抬手拍拍身上的落雪，头也不回，便向着东进路走去。

还是一番上墙落院，这回的曹坪竟鬼使神差地走了院子内的木屋。他记得是门口那个浑身闪着彩灯的白胡子老头唤住了他。他听人说过，那老头在西方人的嘴里有个好听的名字，好像是叫作圣诞老人。他挪着步子走过去，就见老人守着的小木屋内摊放着一堆他在南京路百货大楼内见过的儿童玩具。曹坪想到了女儿，女儿都快两岁了，还没亲手给她买过一件像样的玩具。他好奇地打量了一眼，最后将目光还是定在了与女儿一样好看的那个外国娃娃上。把外国娃娃揣进怀里，曹坪这才想起此行的任务，等他后脚刚离开木屋，就听见身后有人在喊，谁？干啥？他掉过头，一看，是中国人。循着来路撒腿就跑。领馆内的那位中国人显然也被曹坪的装扮给吓着了，他不光没追，就连话也喊不出声。越过围墙，曹坪三下两下除去了头上罩着的女人丝袜，沿着东进路就往淮海路方向跑。曹坪在庆幸，多亏了自己长了个心眼，也多亏了兜里的女人丝袜，否则，肯定会被那个同胞给指认出来。

这夜，曹坪又在不见行人的大街上转了几个小时，直到凌晨三点钟才披着一身寒气回到他那间小屋。秋月没有多问，男人有男人的事，她只是轻轻地翻了个身，算是跟夜归的丈夫打了招呼，接着又续起了她那刚被曹坪打断了的好梦。

躺在床上，黑暗中失神地盯着顺来的外国娃娃，心里头是越想越觉得后怕，到这一刻，他都没想到，这脚咋就鬼使神差地跑到木屋去了呢？他越想越觉出心里头就像蹿进缕缕的寒气，人也禁不住哆嗦起来。是啊，洋人那边会放过自己吗？还有，自己留在三角花园雪地上的鞋印，警察会不会以此为线索，循着鞋印抓住自己？越想，曹坪越觉得无助，甚至觉得自己就如同一羽鸡毛，被一阵风吹进了深不见底的悬崖，越坠心里头越沉。

曹坪也不知秋月是何时起床的，他睁开眼，就见秋月朝着他笑，接着他觉得平日里就难见阳光的屋里一下亮堂了许多。秋月说，难得一场好雪，这天地都白了。听秋月这么一说，曹坪也顾不上身上单薄的内衣内裤，呼地跃下了床，朝天井里一看，雪还在飘飘扬扬下着，曹坪就禁不住自顾笑出了声，好雪，真是好雪啊。

曹坪这下可把秋月给笑懵了，她嗔责了一句，发什么神经啊。

曹坪回望了秋月一眼，嘴角上还漾着笑，他此刻的想法见不得天日，说出来，不吓坏了秋月才怪呢，就自个儿偷着乐吧。老天对自己真的不薄。其实生活中许多事情就是这样，没大不了，到头来也就自个吓唬自个儿。

那年从监狱里释放后，曹坪在家里无所事事甩了几天膀子，想重新出人头地的心一点儿也没被湮灭掉。这天，父亲给自己揣了两千块钱，说，我外头也没什么路子，你还是自己闯闯找点事做吧，记住，这次一定不能再开小差了。接过父亲塞过来的钱，曹坪有点儿犯难了，是啊，自己该做点儿什么，又能干些什么？这时候，他就像突然间被人领到了陌生的十字路口，脚还真不知道往哪儿迈哩。

这天，曹坪在西郊公园附近转悠，门口那个已跟他混熟了的卖甘蔗的男人，老远就跟他打起了招呼。他一眼溜过去，卖甘蔗的男人一手抓住剁下来的甘蔗节，另一只握着刀的手，在空中乱舞着，阳光照在刀面上，那泛着的光就像是舞台上那一闪一闪的装饰灯。曹坪走到男人摊前，男人放下甘蔗和刀把，把那双黑乎乎的手往围裙上蹭了蹭，说，曹老板啊，你托我的事有点儿眉目啦。曹坪有些木讷地瞧了瞧男人，他真有点儿想不出来托男人替自己办了什么事。他一个卖甘蔗的，命运能比自己好到哪儿呢？男人定定地看着他，脸上的笑像是僵着，也许这会儿连他自个儿都有点儿奇怪，这人到底是怎么回事啊？见男人这样，曹坪忽地笑了起来，他想起来了，前几天在他摊头吹牛，自己好像提到过想出去找点事儿做做的意思。这男人倒蛮热心的，自己也就是这么随口一说，他还真当个事儿办了。曹坪自知有些失礼了，像是安慰似的给男人递了根烟，点上，这才问起有什么好事在等着自己。男人吸了口烟，又悠悠地吐了口，这才郑重其事地开口了。男人说，他老婆家有个兄弟在浙江的嘉善皮革厂当采购员，昨晚上他来海东，无意间说起他们那个厂子黄了，现在厂长也有意让厂子转包出去。男人一听，忽然间就想到了曹坪，于是问小舅子，咱海东这边的人过去承包行不行？小舅子一听，眉头一展，说，咋就不行了呢？工厂只要有收益，他们是求之不得哩。男人就把曹坪这边的情况简单说了说，小舅子一听，说哪天他想做这单生意，你就让他直接跟我联系，我会为他穿针引线的。

男人望望曹坪，说，怎样，有这个意思吗？曹坪坐在摊前的板凳上，略作了沉思，才开口说道，你这条信息是个好消息，只是不知道对方要求的准备金是多少？听曹坪这么说，男人脸上僵着的表情活泛开了，男人挠挠后脑勺，说这个我还真的没细问，再说了，我哪懂这么多啊。两人晒了会太阳，男人后来站起身从口袋里掏出一张小纸条，说，这样吧，这是我小舅子的电话，你可以直接找他谈谈。

曹坪揣着男人小舅子的电话号码走了，男人说的承包工厂的事，曹坪越想越觉得是条路，回到家谁也没商量，他决定还是找男人的小舅子先咨询咨询。电话打过去，这会儿男人的小舅子正在东莞跑业务，客套话没说上几句，曹坪就直奔了主题。男人小舅子也是个心直口快之人，说这事做得，准备金大概五六万足够了吧，你可能还不知道，我们那厂子其实也就比小作坊稍大点，不过我们生产的女式箱包市场销路还是不错的，钱肯定有得赚。

放下电话，曹坪为钱的事犯起愁来，自己口袋里统共了只有三千块，五六万块到哪弄去啊？愁眉苦脸在家猫了两天，还算是细心的老爸看出了点端倪，他说有事就讲出来，搁在心里头会憋出毛病来的。曹坪叹了口气，于是，把这几天的心思一古脑地端了出来。这回轮到老爸叹气了。老爸说，事倒是好事，只是这五六万块到哪弄去？这事情就这么着拖来拖去，直到两个月后姐夫上门，曹坪这才感到自己其实是天底下最大的傻逼。姐夫说，你咋就没想过用厂房作抵押货款呢？曹坪说人家让吗？姐夫笑着点了点他的脑门心，就你这脑袋还办厂子？这年代啊谁还会对钱有意见，你给银行那边悄悄塞点，让他们嘴巴再严实点，这事不就悄悄成了。等厂子里反应过来，你这口气早喘匀称了。我的傻小舅子。

曹坪被姐夫说愣了，第二天一大早，他一提脚，去火车站买了张车票，就爬上了开往嘉善的火车。曹坪哪能想到，他这天的动作即便再快，你也赶不上人家昨天独悠悠的慢跑啊。脸上的肤色就跟车间堆着的还没处理的黄牛皮一样颜色的厂长说，兄弟啊，你咋现在才想起来包我的厂子啊，一觉是今天才睡醒的？他眼睛扑哧扑哧盯着牛皮色厂长的嘴巴子，迟迟疑疑道，你的意思？牛皮色厂长的嘴巴子一咧，接着就听到了笑声，那笑声是从胸膈深处发出来的，接着他就听到让他倒抽凉气的话，我这厂子已跟人敲实了，人家的保证金比我的开价翻了一番。曹坪的人就像一根木楔，一下就戳在泥地里。牛皮色厂长大概因为曹坪是卖甘蔗男人小舅子介绍来的，接下来的事做得多少也让曹坪感到有些面子。牛皮色厂长说，你一大早就从海东赶过来，肯定也非常的累，不妨就在镇上歇一宿，明儿个再走。说完，牛皮色厂长就亮开了大嗓门，一个尖头尖脑的男人就跑了过来，牛皮色厂长说，你带曹老板到镇上帮他开间房，让他好好休息休息。听完，尖头尖脑男人就忙从曹坪手里客气地抢过旅行包，往前头带路走了。

住在洪溪镇上招待所内，曹坪越想越觉得窝火，他妈的，自己都干了些啥啊？折腾了两个月，最后还是在原地打圈圈。不行，不能就这么空手走了。一赌上气，曹坪还真的没想到后果。这夜等到整个镇子都睡深了，曹坪悄悄爬起来，凭着白天对皮革厂里的印象，他三下五除二把厂子里的财务室给撬了。趁着夜色划拉了半天，这几张办公桌的抽屉里收拾得还真干净，大面额的票子没有，甚至连小的硬币他也未见着一枚。倒是厂子里的木头公章还在。曹坪想着，兴许这枚图章将来还有用，罢了，先揣起来再说。

这件事曹坪返回海东后，他对谁也没说过。当然，这事他也没觉得会给自己带来多少灾难，一枚图章，充其量也就是发发怨气，就一枚图章而已。

后来发生的一件事，曹坪还是害怕了大半年。那大半年的日子，他曹坪自首的心都有了。

厂子没包成，总不能继续摇着大膀子成天介地跟卖甘蔗男人说着梦话侃大山吧？

深秋过去了，一年中最冷的季节来了。寒风迎面一吹，地里的麦苗不光冬眠了，就连田头地坎上忙碌的身子也蛰伏进了自己或砖墙或土坯的房子里，这是一年中农人最闲的季节。农人闲了，老父亲却闲不住，这也是他一年中最来钱的季节。农村再怎么着，与城里总有一大段的距离，特别是那时候物质上还相当的匮乏，歇下来的农民大白天也最多听听半导体，让紧张了大半年的身子骨松弛松弛。老父亲也就是瞧准了这个空，拉上几个能拉会唱的，在街头巷尾就搭起了戏台子，那戏是一场一场往下演，那路也是一程一程往下走。

曹坪呆着无聊，就想到了父亲拉起来的戏场子。一打听，这会儿父亲他们已演到了苏南地区的南渡镇。曹坪稍稍合计了下，坐公交车差不多半天也就到了。跟老母亲打了声招呼，曹坪便去寻父亲去了。

汽车到了溧水，也正是红日当头照的时分。走出车站，不远处就立着县城当时算是最高的五层楼建筑。反正也闲来无事，曹坪索性向高楼那边走去。等走到跟前，是溧水的百货大楼。街上行人不少，百货大楼进进出出的人更多了。走进大楼，楼上楼下走了一遭，曹坪也没发现有什么稀罕物能吸引自己的眼球。大海东来的人，什么世面没见过。正要拔腿离去，就见一位穿着红羽绒服的姑娘迎面走了过来，这姑娘长得很是标致，其美丽的程度，曹坪后来跟人说他在海东也没大见过，没想到乡下的小县城还能出落成这么标致的女人。与姑娘走进大楼的，还有一位穿绿呢大衣的姑娘，她的年纪看上去虽比红羽绒姑娘稍长点，气质风韵一点也不输红羽绒姑娘。她俩说说笑笑就往一处柜台走去。曹坪迈不动步子，竟鬼使神差般地跟了过去。曹坪很快就弄明白了，姑娘们是来买表的，而且是绿姑娘陪着红姑娘买表。曹坪想，总不能眼睛不眨地盯着一红一绿两位姑娘吧，那样的话，人家不把你当成花痴才怪呢，给你两道冷光是客气的，不客气的话她俩那嗓子一发力，说不定就会从人群里蹿出几个好汉来，施以自己一顿拳脚。

曹坪的眼珠子就打量起柜台内陈列着的手表来，不细看还不知道，一看，这柜台内的表还真不少，有时俏的沪产钻石、宝石花、海鸥等名表，江苏产的钟山表，天津产的东风表，还有北京产的长城表，应有尽有。红姑娘选了款女式的海东表，付完款，戴上表，笑着走了。曹坪本能地一摸自己的口袋，心里陡生起自怜来。在海东混得没个人样，离开都市在乡下的县城一样还没个人样。这么一想，刚刚好的心致就跑得无影无踪了。快快地走出百货大楼，抬头看天，曹坪决定还是往南渡镇去，他觉得有些累了，肚皮也跟着咕咕叫唤了起来。

来到南渡镇，嗓子有些沙哑的老父亲没顾上跟他多聊，因为下一场次的演出还等着他。老父亲一抹嘴匆匆走了，曹坪在屋里转了几圈，甚是无聊，于是便循着演出场地的高声喇叭向戏台子走去。戏台子上灯光虽谈不上如同白昼，还算亮堂，远处的发电机跟戏台子上的父亲他们一样在尽着力吼着。戏台下，是黑压压的人头。父亲他们刚刚演完了《罗汉钱》，台底下马上又嗡嗡起了声，让接着演《陆雅臣》。父亲亲手提把二胡，朝台下鞠了个躬，就回到了自己的位置上。接下来，一阵锣鼓，父亲嗓子有些沙哑的声音便从高音喇叭里传了出来。曹坪细细地朝戏台子上打量，他看得出父亲他们演得是十分卖力的，父亲的脸上沁出了细汗，在大灯泡底下发出了阳光下湖水一般粼粼的光。父亲的脖梗上像是有条蚯蚓附着。曹坪见了就有点心痛，自己七尺男儿，空一副皮囊。父亲一把年纪，本应一壶清茶，手抚羽扇，尽享天伦，我无能啊，父亲!

晚上躺在床上，曹坪无半点睡意，他的思绪如同室外呜着的寒风，毫无倦意地窜着。曹坪想到了白天，想到了白天县城见着的红绿姑娘，接下来又想到了柜台内陈列有序的手表。想着，曹坪的心就热了，血也像点着了火，他索性爬起来，就着大茶缸，咕咚咕咚就将一大缸子凉水装进了肚子。

第二天吃完午饭，曹坪跟父亲说，我得回了。父亲看了看他，说那你就回吧，反正这乡下也没啥大的风景。曹坪跟来时一样，又两手空空返回到县城，这回他没有直接去汽车站，也没有进陈列着不少手表的百货大楼，而是围着百货大楼转起了圈子。曹坪在寻找着突破口。

太阳像麦芒一样，刺在脸上脖子上痒兮兮的，曹坪披着阳光，还是很快在百货大楼的后侧寻到了一块照不见阳光的平台。曹坪知道，拥有着平台的是一家生产化工机械的厂子，也不知道什么原因，厂子里不见忙碌碌的生产场面，甚至连个人影也没有。工厂的铁门，有一扇还算站得笔直，另一扇则像是连着根筋似的，歪歪斜斜地吊着，似乎孩子轻轻用力一推，它都可能轰然坍下。化工机械厂名还能模模糊糊凑合看清。曹坪没爬上平台，他从很快的目测中判断，从平台直接跃至百货大楼的三楼还是不会有大的问题的。

离开有些颓废了的厂子，曹坪又在县城的街道上转了转，之后进了一家餐馆，要了碗三鲜面，直吃得通体发热额头发汗。曹坪抹了抹脑门子上的汗，见天色还早，小城人入睡还有很长一段时间，干脆提脚向县城的电影院走去。那天影院放的是国产片《黑三角》，还有一部叫《羊城暗哨》。这两部片子曹坪在海东看过，索性在黑咕隆咚的影院里睡了起来。电影散场，已是晚上十点多钟了。曹坪走到百货大楼那边看了看，还是觉得这时候动手早了点。他想到了昨天下车时车站边门不远处好像有一家录像厅，踅过去，果然不错。曹坪想都没想，就走了进去。这回他一口气看了四个小时的录像，片子的确不错，是他喜欢的武打和言情片。

这回等再走到大街上，暗黄色路灯下的街头已空寂无人。一阵风吹来，马路上有几片落叶就像是受了伤的蝴蝶，向前飞了几步，又跌落了下来。曹坪缩了缩脖子，袖着手就往白天看好了的平台走去。没费多大力爬上平台，还好，三楼敞开着的窗子与平台的距离不远，伸手就可以触及，让曹坪高兴的是，百货大楼倒很像是欢迎自己来做客似的，本来曹坪想，三楼那扇紧挨着平台的窗子说什么也得把它的玻璃给敲了，他还专门准备了一把老虎钳，这回这力气都得省了。

进入店来，曹坪轻车熟路地向陈列着手表的柜台走去。店内不算黑，窗外钻进来的天光与路灯光，正好适合作案时的亮度，既容易躲避望眼，又不至于摸不准方向。哇，那些表还在呐，曹坪抑制住狂跳的心，赶忙从肩上取下有些发白了的军用挎包，海东、天津、南京、苏州、西安等地生产的各类手表计一百二十多只，曹坪悉数收进包内。曹坪挎上挎包，就觉得肩头像搁上了根粗粗的大圆木，一百多块手表，总价值六千四百多人民币哩，它得抵老父亲外出演多少场戏啊，即便父亲演到死，也不定能挣这么多的钱。曹坪正欲转身离去，早适应了店内光线的他又看到了柜台角落里有只盒子，走过去，又是一笔小钱，盒子里装着二百七十元的现金。

走到大街上，曹坪也只是作了几秒钟的停顿，便马上往火车站走去。他得连夜赶回海东，他得趁店方还没发觉失窃就离开这座小城。否则，等到天亮了，打更的发觉店里丢了东西，警察们再一上手，这时候，街上查的，路口堵的，你就是插翅也休想飞掉。

回到海东，天刚麻麻亮，曹坪这才长长地嘘了口气。那几天他蛰伏在家里，吃了睡，睡过了再吃，他有点不敢走出家门，唯恐在大街上被人指认出来。那毕竟不是一笔小数目，那年月，多少人家即便再省吃俭用，一辈子也甭想挣那么多钱来。

等到几个月过去了，曹坪觉得胸口里的风平了，他这才从床底下掏出沉甸甸的表来。货很好出手，不几天工夫，曹坪的腰包就鼓了起来。当然，那些钱曹坪最后都是怎么花的，事后曹坪也早已忘了。曹坪想，这些都不重要，关键的就是不能被警察抓住。多少年后，曹坪每每想起这件事，心里头都在得意，警察哪有自己想象的那么神，好多事都是自己吓自己给弄出来的……

好雪啊，曹坪盯着天井里扬扬洒洒的雪又说了一声。秋月不屑地哼了声，又忙自己的事去了。雪下着。曹坪偷着乐着。他想，这一夜的雪还不把自己留下的鞋印都给覆了？老天对自己真是不薄。曹坪暗道了声。

十

小舅子拖着他那条残腿，浑身上下透发出来的是热力四射。他那张平日里显得有些暗黄的马脸，这时候红得就像是初升的朝阳。他兴奋着。身下的残腿走起路来，呼呼生风，让腿好的人见了都不觉生出些许的惭愧。

小舅子的婚事办得不赖，二十多桌宴席，鸡鸭鱼肉虾，直吃得赴宴的脸上红扑扑又嘴上油光光的。小舅子那个与他手脚一样不太麻利的老丈人抹了抹油嘴，打着饱嗝对家里人开口道，前年村长家的小三结婚，酒席办得也不过如此嘛。

残腿小舅子听了心定了。秋月听了也笑了。残腿小舅子的新媳妇，羞涩地低下头，两只手在红袄的衣角上不住地搓捏，脸上露出来的全是老鼠掉进米缸里的喜悦。

晚上回到家，躺在床上，秋月也是少有的温存。是曹坪给足了她当姐姐的面子，给足了一家人的面子。曹坪脸上也漾着成功男士才有的那股子对啥都满不在乎的笑容。他轻轻拍了拍秋月的香肩，说，那有什么，这都是我应该做的，你们家的事不就是我曹坪的事嘛。秋月就觉得自己是世界上最幸福的女人了。她感谢老天爷把这份幸运留给了自己。虽然，曹坪前不久还开了次小差。这些日子，她发现曹坪心里头不但装着自己，还装着他们这个不太见阳光的家。再说了，人生下来两腿走路，哪能不磕磕绊绊的呢。关键不在同一地方摔两次跟头就行了。其实秋月哪晓得，为了自己残腿弟弟的婚事，曹坪差一点就落入了别人之手。后来，是曹坪急中生智，三转两转就转到了张阿三的头上。弟弟结婚所花出去的五千块，就是曹坪从张阿三那借来的。

曹坪还像过去那样，每天起床后依然煞有其事地夹着公文包，从他熟悉的菜市场经过。有时也会给跟他打招呼的像络腮胡屠户一样的熟人甩上几根带把的香烟。秋月心定地过着日子，把这个不太见阳光的家弄得很有些持家过日子的味道。秋月就想，老公虽然不像过去那么有钱，但有这些钱足以开门过生活也就足了，钱有多少才是个头哩。

秋月的想法不错。可生活就偏偏盯着她秋月不放，就像是有意识地考验她临变处理家务的能力。这天曹坪走出天井后不大会儿，残腿小弟领着那位新媳妇登门了。起先，秋月还着实兴奋了那么一下，毕竟这是弟妹头一遭登自家的门。倒茶递水，又准备着提篮上街买几样菜肴。残腿弟弟看不过眼，就说，姐，你就别忙了，我们坐会就走。秋月一听，问有事？残腿弟弟搓着脸，弟妹在一旁也低着头。见弟弟弟妹这副样子，秋月想他俩肯定有事。就脱口问道，有事你俩就尽管开口，在姐家里还有啥话不能说的。残腿弟弟望了望自家媳妇，这才吞吞吐吐说开了。

残腿弟弟说，本来我们也不打算来找你的。这些年，你为我们做了不少。可这回，我真的是没辙了。娘不让我们来。我们还是趁着她喝中药的空，偷偷跑你这来的。

秋月一听娘喝开了中药，就急了，娘是不是病了？娘咋会病呢？娘到底得了什么病？

残腿弟弟盯了眼新媳妇，这才转过头来对秋月嗫嚅道，娘，娘她得了胃癌。

秋月一听，眼一黑，身子就像飘了起来。残脚媳妇眼很尖，手脚也不慢，上前一把扶住了秋月。残腿弟弟带着哭腔，说，姐，你没事吧？

秋月缓过来劲，思维马上也转入到正常的轨道，朝着残腿弟弟问，医生他们怎么说？

残腿弟弟撸撸鼻子，低着头叹声道，医生还能怎么说，医生说了，妈这还算发现得早，是早期刚刚接近中期，现在动手术，弄好了，过个三年五年的应该不是大问题。

这下，秋月明白了。残腿弟弟带着新媳妇上门不是来认门的，是上门筹钱为娘动手术的。又是一笔开销不小的钱，秋月一屁股坐在床沿上。她在想，到哪去弄钱呢？娘之所以不让残腿弟弟跟自己开口，秋月知道娘也晓得这几年他们过的是怎样的日子。有病总得设法去治。她又想到了曹坪，除了自己的老公，她还能找谁呢？秋月宽了残腿弟弟的心，把他们打发走，自己就走出天井，她得去公用电话亭子给曹坪打电话。

晚上，曹坪灰头土脸进了家，直嚷嚷着累，饭没吃，倒头躺在床上。

曹坪今天生了一泡气，是一泡很让他丢面子丢男人尊严的气。

上午，接到秋月哭哭啼啼的电话，下午他就打了张阿三的传呼。张阿三很快就回话了，说有事，下午你就来我家里吧。张阿三还以为曹坪上门是来还他上次帮小舅子张罗婚事的五千块钱的，哪想到，曹坪开口又是借钱。张阿三一听，眼睛睁圆了，说，我说曹老板啊，你没有搞错吧，我家里没开着银行啊。上次那五千块，你说两个月后还我，现在怎么样，两个月之后又跟着快两个月了，本来今天你不寻我我还准备寻你哩。你知道的，我那五千块拿的 是高利贷，人家已盯在我屁股后头穷追了，我这张脸现在被你揉得已不成脸啦，你还怎么让我叫你曹老板啊，你说说你还像个男人吗？曹老板！

张阿三说到这，大概从曹坪脸上看出了不快，他压根就没想给曹坪什么面子，继续说道，老曹啊，这回我也就不叫你曹老板了，做人得讲究个信誉，特别是男人，这是男人的立身之本啊，你这么言而无信的，我们以后还怎么做朋友，我看连朋友都没得做了。

曹坪看着张阿三的满口烟牙的嘴一闭一合的，他猛然间大吼了一声，够了。曹坪胸脯子起伏着，指着张阿三的手指头在抖擞，张阿三你记住，我曹坪就是被人教训还轮不到你张阿三来指手划脚，你张阿三是个什么东西，也不撒泡尿照照。

张阿三看着脸上气得没一丝血色的曹坪，他阴阴地笑了笑，又拍了拍手掌，有志气，像个男人。那就把那钱给我吧，省得我在人家跟前像孙子似的点头哈腰。

曹坪气得站起来，顺手摔了门走了出去，他也甩给了张阿三一句话，张阿三你他妈个小人，你等着，这钱过两天老子就给你。张阿三不但不怒，他笑眯眯地回了曹坪一句，曹老板到时要帮忙，言语一声。说完，嘿嘿地笑了起来。

走在回家的路上，曹坪是越想越气，这人都咋的了，除了钱，还谈什么交情。前两次，自己得手了点东西，他张阿三跑跑脚，自己也没少亏待他。现在看自己干巴了，他扬脸看人的毛病又犯了，竟然还教训起自己来了。你有钱不借就不借嘛，充什么大爷。

曹坪气呼呼地床上躺着，这时候就听见秋月轻轻的抽泣声。曹坪赶紧跃起身，他意识到自己竟然忽略了秋月的感受。曹坪朝秋月歉疚地笑了笑，说，哎呀，你瞧我混的，竟然把工作上的不快带到了家里。曹坪一把搂过秋月，帮她揩了揩泪，乖，不哭了。曹坪越是不让秋月哭，秋月哭得越是起劲。她哽咽着，这些年，我们家把你拖累的，其实，我心里头也过意不去，我只知道对你好，除此之外我实在想不出什么好办法来。曹坪一听，心里头也像是突然间通上了电流，他的眼睛也湿润了，他说，秋月，你就别想那么多了，我们是夫妻，你说这谁跟谁啊。说着，他温情地抚了抚秋月的后背，说钱的事你不要但心，这两天我就给你拿回来。秋月泪眼朦胧地望着他，可是这一笔钱你到哪弄去啊？曹坪想，是啊，到哪弄去呢？刚才离开张阿三时也只是说了点气话，到哪儿弄去，当时气得也没细想。曹坪脑子里飞快地转了一下，看来也只有冒着险再闯一回关了。主意一定，曹坪忙朝秋月说，那个胡大蟹前些年我帮他运螃蟹，他还欠着我七千多块钱哩，明天我就去取。至于这个谎撒得圆不圆，曹坪这会不想去想它了，他想着的是只要能把钱交到秋月手上就行了。巧的是，曹坪的话秋月不但没怀疑，而且还深信无疑。秋月对胡大蟹有些印象，前年家里的饭桌上常有香喷喷的螃蟹，曹坪告诉过他，是那个胡大蟹送的。

曹坪决定行动了。

这回曹坪的准备可以说比上几次充分得多。自从上次被人差点逮了之后，曹坪就觉得其实洋人那也不是自己的银行储蓄所，那里也是湍流暗伏，杀机重重的。曹坪就想，准备充分点总不至于错，反正这也是自己最后一趟了，等这趟做了之后，一定老老实实做人，勤勤恳恳致富。所以，这回曹坪在进入洋人居住的洋楼围墙前，特意在马路上寻了十几只烟屁股。他想，到时候即便是洋人报了案，这些个烟屁股也会让警察没了方向的。

这天深夜，曹坪看了看表，凌晨三点，是个做事的好时辰。曹坪这回没从东进路上直接上围墙，曹坪看到了东进路上停着一辆三轮摩托车，而是悄悄地爬进马家子河路幼儿园内，再从园内北侧厕所的平顶攀沿洋楼篱笆旁的树干，像猫一样敏捷地滑进了院内。蹑手蹑脚窜至洋楼东侧，掏出准备好的小刀割开纱窗，曹坪像老鼠一样毫不费力地哧溜钻进了楼内。曹坪这回就像是鼠们回到了自家的洞穴，轻车熟路，一路狂扫，共窃得美金七百六十九元，外汇兑换券四百五十元，还掳走了钻石戒指、金手链、珍珠项链、耳环等六十余件。对于洋人们的诸如旅行钟、手柄式眼镜这些小玩意，曹坪当时想这些就算了，后来就在他准备离开时，曹坪还是将它们收进了事先准备的布袋里。曹坪想反正是最后一次，拿就多拿点吧，这回他连两条骆驼牌香烟也没留下。之后，曹坪将口袋里事先准备好的十几只烟头，又故意放在二楼的会客室的烟缸里，这才满意地离开了领馆。

钱还了。

丈母娘的手术也做完了。

这天，秋月眼里盈满了笑，告诉曹坪，说弟妹怀上了。曹坪没吭声，报以秋月一笑。秋月很是动情地抱起曹坪已经皱褶的脸，像是初谈恋爱时一样，满满地亲了一口，说，活着真的很好。

十一

曹坪从张阿三那要回了自己的尊严。曹坪想象得到，这些日子张阿三肯定像过街犬似的在为自己允诺给他的酬金乱窜乱跑。这回，曹坪也想过撇开张阿三另寻他人，可是想来想去，还是觉得张阿三离不得，你别看他见了钱就两眼放光，可真要办起事来还是牢靠得很，其实曹坪也觉得有些时候张阿三就像手里拄着的拐杖，关键时候还真离不开他。

张阿三隔三差五给自己送些钱来，曹坪就觉出这钱就像管道里的自来水，没了，拧一拧水龙头就来了，日子过得很是舒坦。可这回也怪了，这些日子，他曹坪连一次噩梦也没做过。当然，他有理由相信洋人不会报案，他更有理由相信，即便洋人报了案，人海茫茫，警察又如何能翻出自己来。

至于几次累加起来多达四万余元的钱物，曹坪想，那些洋人其实也不是什么真正的大亨，徒有虚名罢了。

这回，让曹坪没想到的是，自己越觉出平安的时候，那麻烦还真的寻到了他的头上。

被激怒了的洋人报案了。而且警察在不到半个月的时间内就给曹坪扣上了手铐。

那天，曹坪难得的好心情，竟提着桶，扛着杆，到离家不太远的新泾港钓起了鱼来。有陌生男人走了过来，问，你是曹坪吗？曹坪朝几位生面孔看了看，还是很快地点了点头。其中两位就一左一右夹着他的胳膊将他提溜了起来。曹坪很快感觉出了来人原来是一帮警察，他很是配合地向来人伸出了手腕。

早春的风吹了过来，夹杂着野草花香和醒了的泥土味。河面上，波纹荡了几荡，又复了平静。曹坪跟着帮他提着鱼杆和水桶的陌生人走着。曹坪很想让纷乱的心绪好好地平静下来，他尽了最大的努力，可一个问题就像是一群贪恋骨头的蚂蚁任你如何地驱逐总是驱之不尽，而远处涌来的蚂蚁却是越来越多。曹坪真的不解，他也在反复问自己，如此缜密，可谓是天衣无缝，这群陌生的男人又是怎样找到突破口的呢？

陌生的男人们这会儿没告诉他答案。他们是从一个叫燕妮的女人身上发现了线索。曹坪知道燕妮是张阿三的相好，在张阿三他父母留给他的老屋内，曹坪就看到过穿着睡衣的燕妮。洋女人失窃的那串坠着自由女神像的金项链，最先是被燕妮所在居委会的一位王姓大妈发现的。责任心极强的王大妈马上一个电话，打到她所在小区的派出所。陌生男人们再顺藤摸瓜，案子就这样破了。当然帮着销赃的张阿三，还有陈耀乐、陈学礼、陆红亮也先他曹坪分别在滨海和温州等地归案。

像豁了口的瓦蓝瓦蓝的天上，几朵白云在静静地向远处的天边飘去。曹坪还在想，云们是多么的自由超脱啊，它们无羁无绊向着它们的极乐世界游去。自己今天这一走，还真不知道尽头会是个什么样子。世间之事，失未必尽失，但贪却注定覆顶。这一刻，曹坪想到了自由，想到了哪怕由贫穷相伴的自由也是万分的珍贵。曹坪无限眷恋和神伤般地抬头望了一眼瓦蓝瓦蓝的天，这才低着头，向着路边停着的警车走去。

第十二章

父亲篇　芦花灼灼

一

范红遭铁棍重击的那天，可以说是毫无征兆的。

那些天，范红心里头有点儿烦，那烦的程度如果再冠上特别一词，恐怕也一点儿不为过。

范红的问题并非是出在生意上，准确地说，是出在了心上，她觉得心累。

后续的姻缘颓相毕现，按说这年头，谁离了谁还不是个过，这理哩，范红是通的，而且是十二分的透彻。

可老铁他不干，态度却是十二分的坚决。

范红抛给老铁的，无论是暴风，还是骤雨，老铁自始自终就那么一句，都黄土埋半截子的人，还折腾个啥嘛?

这时候，范红心硬得铁块似的，脚一跺，眼一瞪，你说破大天也白扯，你老铁如果还是个男人，就痛快点儿!

老铁依然还是老铁，任范红乱云飞渡，他这头一样是闲庭信步。

老铁这头软硬不吃，范红那头真就无路可走了？

这事偏偏就难倒了范红，是的呢，法院大门是天天开，一张状子递进去，天大的事能难倒谁？范红她怕再伤着了自己的脸。

也是，一个离婚改嫁过的女人，谁愿意抛头露面把自己的伤口扒开来让人瞧？

老铁一旦号准了范红的脉，就一边优游地偷着乐了，一任你范红急得嘴边起泡。

范红即将挨上铁棍的前一天，从麻将台上赢了点小钱的她在街上溜达，猛一抬头，就邂逅了一位多年的朋友阿龙。两个人话没说上几句，很快他俩就一致将矛头对准了老铁。阿龙嘴里蹦出来的话，在范红听来比自己撒落出来的还要解气。阿龙说，老铁这家伙是还不了解，晚上睡觉都恨不得搂着钱袋子，跟这种人过日子，真真的，老天它不开眼啊！

范红跟着就叹口气，这都十多年了，就权当我又瞎了回眼吧。

阿龙也唏嘘，多好的条件啊，硬是让这家伙糟蹋了。

范红听着，眼泪水就涌出了眼窝，命，这都是命啊。

范红在长吁短叹中，太阳不觉西坠了。

阿龙说，这样吧，明儿个我陪你去海港新城那边散散心。

范红心动地望着阿龙，点点头，说好吧。

二

李天劳头顶着早褪了色的破草帽，哼着二人转小调，蹬着辆吱吱喳喳的三轮车，眼珠子骨碌碌地在水泥路面上睃巡着。

李天劳是旧年候鸟南迁，随鸟们亢奋着扑棱到的海港新城。在新城，李天劳有个远房亲戚在工地上做小头头，李天劳就寻食般地摸上了门，亲戚再怎么着也没有不管的理啊，那位小头头错着眼珠子掂量了好一会，说这么着吧，你就在工地周边的道路上做做保洁吧。

起先，李天劳还真没弄明白保洁是啥意思，他惶惑着，两只还黏着眼屎的细眼定定地瞅着小头目，你知道的啊，我书可没读过几天。

小头目一眼便洞穿了他的心思，吐了口烟笑着对他说，你以为让你上天开飞机啊？保洁，保洁，说白了，你就跟我在工地四周的马路上捡捡垃圾，这活能干不？

这下子，李天劳悬着的心妥妥地放了下来，他笑着，嗯嘞，这活我指定能干好，我保证这四周的马路上不见丁点儿的垃圾。

李天劳书是没读过几天，可做起事来还真如同他的名字，两只粗黑的手从没见他闲着过。太阳蒸得人流油的日子也好，冷风抽得人直打哆嗦的天气也罢，只要日头不歇着，工地四周的马路上，保管能见着个蹬三轮的保洁工，他就是李天劳。李天劳有时也会跟人调侃，我妈打生下我，就是让我成天别闲着。天劳，天劳，天天劳作，嘴里才有吃食。

有海风悠然地吹着。这时候，畯巡中的李天劳就觉出有股子说不上来的味道，随着风大摇大摆地荡进了自己的鼻腔来。

李天劳抬头望望天，又瞧瞧四周火把似的芦花儿，海风过后，夕阳忽高忽低，忽远忽近，把芦花们涂抹得一片金黄。

这都啥味呢？李天劳嘀咕。

这里是离太阳湖工地最远的一个保洁点。

李天劳止住车，偏腿下来，疑疑惑惑朝路边一侧散发着怪味的方向寻去。

海风一阵阵地撩拂过来，那股子比垃圾还要臭十分的怪味就越发的强烈。

李天劳小心地向两侧拨开挡路的芦苇子，这时候，一堆油乎乎的东西就进了眼帘。

是啥玩意儿啊？李天劳吃不准，他在想，千万别是什么让人做噩梦的东西。

等到李天劳的两条腿快接近那个油乎乎的东西，这刻，李天劳即便想撤也变得难了。

好奇与胆怯，交替地攫着李天劳的心，李天劳的两条腿总算是挪到了物什的跟前。

这一瞧，可不得了，李天劳的魂儿都快飞了。

李天劳赶紧转身冲回至马路上，把个三轮车蹬得呼呼生风。

人命关天，他得赶紧报警。

李天劳报完警，片刻的工夫，警方的车便鸣着笛闪着灯，来到了他目击的现场。

法医一番忙碌，初步断定，女人的死因可能就出在头上。

三

太阳湖，这个注满了设计者无限才情和匠心的名字，让海东多少慕名而往的人为之怦然。它是大都会新一片的翠绿，是让人敞开心扉的地方。

蓝天，白天，大海。范红徜徉在秋日的阳光里，昨天的烦恼顷刻间在眼前宁静的美中挥之一去。

她使劲地排泄着胸口老铁泼给她的浊气，整个身心也不觉轻盈了起来。迎着润湿的海风，一身素白的她甚至无意间张开了双臂，那姿态很能让人想起泰坦尼克号里那个在爱情里陶醉的主人公。

这一刻，范红像是忘记了自己的年龄。这一切随从的阿龙自然也不会歇下手里的相机，咔嚓！咔嚓！快门在范红的笑声中一声声脆响。

多蓝的天，多美的海，胜却人间无数啊。范红感慨。

阿龙笑笑，宁静致美，没有烦恼，没有忧愁，遗憾的是不消多少工夫，重回尘嚣，该烦的，该忧的，又一股恼地寻上门来。

范红莞尔一笑，那就让太阳湖永远成了自己的栖身之地吧。

阿龙意味深长地看了眼范红，好是好，老天它又肯恩赐谁这般的福气呢？偷得浮生半点闲，今儿个咱们就在这宁静里好好享受享受它的一切吧。

范红苟同，咱们就好好玩玩，谁也不许再提让人闹心的事。

在海风的掩饰中，阿龙嘴边掠过一丝让人难以觉察的笑。

范红在阿龙刻意营造的梦里徜徉，而太阳却不通人情地死守它的作息，西天一片火红。

鸟儿归巢，人儿回家。范红、阿龙彼此打量着，丙人的脸上似乎都写着未能尽兴的无奈。

来时的步子是轻盈的，返回的步子却是迟缓的。范红知道，待走进她那个所谓的家，等待她的又将会是什么。她在前头缓步走着，阿龙则保镖似的后头跟着。这刻，一阵疾风吹来，阿龙感到，不知道何时被他掖进内衣里的铁棍，早烙上了他的体温，阿龙的脸夕阳中一片绯红。

范红停下步子，引颈四下里打量，脚下的水泥地被两侧密帘帘的芦苇使劲地围着，能看见远处太阳湖旁边的一个工地，工地上空正腾着袅袅的饮烟。有些尿意的范红就对身边的阿龙说，我去小解下。阿龙咯噔一下，机会来了。他下意识地朝四周看了看，说，反正这里也没人，你就在芦苇丛里方便一下吧。说着，手还往芦苇丛指了指。

范红后来的动作就像李天劳报警前一样，两手扒拉着芦苇朝前走，而颇得范红好感的阿龙在她的默许下在身后跟着。身心放松的范红哪里知道，她上午刚刚说过的，那就让太阳湖永远成为自己栖息地的话，竟一语成谶。

死亡在一步步地向她逼近。

范红不知道脑袋咋就一声巨响，跟着眼前一片火红。

天旋地转中，她撑着回转过身子，她终于见着了，见着了这声巨响发自何处。

阿龙脸上的肌肉在绞着，无数点金星在跳跃着。

范红怎么也不会想到，自己如此依赖之人竟然会取走自己的性命。

范红身子摇晃着，无力地抬抬手，你……！内心愤怒的风暴还未及爆发，一记山崩海裂的巨声再次炸响。

范红踉跄着向前挣扎了小半步，随后，身子朝后趔趄了下，人便重重地倒了下去。

四

小澜莫名其妙地朝男朋友发了一通火，玩，玩，等哪天脑袋玩滚了，看你还怎么玩？

男朋友不解地看着她，不是你让我弄的两张云南的票子嘛。

小澜秀目一瞪，我现在说了，我不想去玩了，我老妈丢啦！

男朋友小声嘀咕，你妈丢了冲我发哪门子的火啊，你找警察去啊。

对啊，我咋就没想过报警呢？小澜瞥了男朋友一眼，手包一拎，便朝门外走去。

小澜这么一报案，失踪了五天的妈妈终于找着了，但她从此也永远失去了亲娘。

案发后，办案人员根据法医的鉴定，围绕四十至五十岁之间的中年女性，在本区范围内，对所有失踪和离失人员进行摸排，以期寻出尸源。

一遍网拉下来，案情未见一点起色。重案队长郑啸剑想了想，决定将摸排的范围再往前推一推，扩大至案发前五个月这个范围。

下网，再拉。

力气是花了，案情依然不见起色。

问题到底出在了哪儿？

又一次的案情分析会上，郑啸剑让大家伙集思广益。会议从晚上八点直开到凌晨一点，多路火花碰撞，这回案情朝着大白的方向终于迈出了坚实的一大步。

这几年，随着海港新城开发力度的加大，好多的游客都慕名来这里参观旅游，也就是说，在本区范围内查找未果的尸源，视野上明显受到局限。

思路一调整，线索跟着上来了。

办案人员通过对海东失踪人口信息库展开调查，发现川金地区一例失踪的女性，其身高、年龄等跟现场尸体均比较接近。

这天，有位报案的小姑娘哭哭啼啼来到停尸间，少顷，她脸上的泪不见了，换上的是灿烂的笑容，警察同志，她不是我妈。陪同的郑啸剑问，你肯定？小姑娘点点头，我妈从不穿素白的裙子。

那个女孩谢了警察走了。

小澜来了。

小澜是昨天接到警方打来的确认尸源电话的。

小澜和家人来到重案队，在郑啸剑的办公室，再一见桌上摆放着的几件衣物，小澜腿一软，眼一黑，一口气没提上来，人就昏厥了过去。

家里人七手八脚把小澜弄醒过来。小澜看着桌上的物什，哇地一声就恸哭开了。待小澜的情绪稍稍稳定了些，郑啸剑问，能确定是你母亲的？小澜点点头哭诉，这裙子是我给妈妈买的，还有这双鞋子，也是我陪妈妈一块在八百伴买的，看到这些东西，我就知道被害人肯定是我妈妈。

小澜哭着摇着头，我苦命的妈啊，你咋就遭人毒手了呢？

小澜自责，其实早在一周前我就发现妈妈没有回家，我打妈妈的电话，手机也一直关着。当时我就想，可能妈妈跟继父和好了，这刻正在继父家里住着哩，所以也就没有多想。又过了两天，我突然间觉出有些不对，妈妈平常都主动给我通话的，这几天咋就反常了呢？那几天，我上班也没了心思，丢了妈妈的事也不便跟人说，我就请了几天假，自个儿四处找，但凡我能想到的地方都寻了个遍。可是，可是妈妈就像是从人间蒸发了一样，无半点儿踪影。后来，还是跟男朋友发了一通火，才想到了报警。

郑啸剑安慰她，你先别自责，等会儿我们去看一下尸源，再最后确认一下，被害人到底是不是你的母亲。

小澜不知道自己是怎样走到停尸房的。出来时，她是由人架着的。小澜就感觉被人抽去了脊梁，整个儿软成了一滩泥。

五

老铁叫铁鹤穹，人个头儿不高，细长的脖子看上去倒有几分鹤相，但凡与他接触过的人，都能从他的细眼薄唇上感觉出他的几丝精明来。

铁鹤穹是案发后第一批被列入犯罪嫌疑人范畴里的。

但凡搞过刑事侦查的人都知道，查找出了尸源，对于整个案情的侦破，也仅仅是才迈出了第一步。下一步，得重点围绕被害人的社会关系，条分缕析，爬梳出明晰的侦查方向来。

郑啸剑将人马撒了出去。

很快被摸排到的信息一如潮水似的涌来。

——范红与老铁之所以闹得形同陌人，据小澜反映，根子就出在她继父在外头又有了别的女人。对于那个不要脸的女人，范红在她的住所闹过，也打砸过，甚至老铁还跪在范红面前，痛哭流涕，说是那个不要脸的女人勾引了他，他保证痛改前非。范红最见不得男人的眼泪，特别是自家的男人，她心一软，就原谅了老铁。可是老铁屁股一转，把刚刚下跪过的事忘得一干二净，依然我行我素。闹过几次后，范红也就死了心，心一横，既然我拉不回你老铁，那干脆离婚算了。见范红铁下了心，老铁又不干了，这回无论他老铁怎么个跪法，泪流得再大雨滂沱，范红就是一个字，离！老铁之所以不答应离婚，宁肯就这么一天天地拖着，其根子就在一个钱字上，几百万的家产，他老铁咋舍得分出去一半给人，哪怕就是他当初发誓要对她一辈子好的范红……

郑啸剑的思绪又闪回到了范红被害的那个现场。

现场位于太阳湖的西北侧，与湖边最近距离也有五千多米。如果说范红是一个人来太阳湖散心的，那她咋就跑到这么个边边角角地？现在，范红不光到了这儿，而且还被人害了，这个中的理是该好好说道说道了。

从现场范红的遗留物看，范红手袋里钱包里的三千元现金还在，银行卡也一溜整齐地插在钱包内。说犯罪嫌疑人见财起意，朝范红下了死手，不通。犯罪嫌疑人明显不是冲着她的钱财来的。法医在对范红的尸体作进一步解剖时，也未发现范红死前死后曾遭受过性侵害。也就是说，陪范红来这地界溜达的，显然是范红的一位线人，而且还是一位关系比较不错的熟人。

那么，这人又会是谁呢？

答案又寻到了小澜的门上。

小澜苦思冥想了好半天，说这个问题我还真的没法回答你们。我妈妈人缘好，朋友也不少，但是能跟我妈妈单独出去散心的怕是没有。

郑啸剑开导，比方说，你妈与你继父闹得很凶的这几年，她没在你面前流露过对哪一位男子有好感，或者是无意中抖露出来的？

小澜红着脸，回道，别看我妈在外头风风火火的，其实她这人在情感这一块还是很保守 的。

依你分析，最有可能跟你妈去太阳湖的人会是谁？郑啸剑再问。

小澜想了想，说我以为继父的可能性最大。前些日子，那是个雨天，我回到家，见妈妈做了一桌子好菜，我不解，问妈你这是请谁吃饭啊？妈妈笑笑，说请你。我？我不解，朝妈妈笑笑，你不会神经出故障了吧？妈妈点了下我脑门心，高兴地告诉我，老铁他同意跟我协议离婚了。他答应过两天跟我再谈一次，主要还是财产的分割。妈说，今晚上，妈妈心情好，咱娘儿俩就提前庆祝一下吧。我高兴地抱着妈妈，真的吗？妈妈笑着朝我点头，真的！妈妈那天去太阳湖，说不定就是继父约她去谈离婚的事。

我想再问你一个问题。郑啸剑说，你母亲被害的这些日子，你觉得老铁都有哪些异常反应？

小澜不满地撅着嘴，妈妈被害后，他就跟没事人似的，一点儿也不见他着急的样子。都说一日夫妻百日恩哩，难怪我妈要跟这种人分手。

老铁的这些反应也难怪小澜会不满。按理说，范红生前不管与你老铁有多大的矛盾，现在她人都没了，你老铁至少得表现出做丈夫的姿态来吧，毕竟两人没办离婚手续前，范红还是你老铁的合法妻子嘛。

老铁被请进了重案队接受询问。

老铁的表现的确如小澜描述的一般，他一双细眼朝办案人员骨碌碌地梭着，警察同志，我妻子的事让你们操心了，我这心里头真是过意不去啊。说着，忙站起身来给办案人员发烟。

郑啸剑朝他压压手，示意他坐下。

老铁还真拿得出，警察同志，我知道人死不能复生，你们就别安慰我了，这打击，我抗得往。你们有啥要问的，尽管开口，我全心全意配合你们。

说完，老铁翘起二郎腿，自顾点起了烟。

郑啸剑问，你与范红平时夫妻感情怎么样？

老铁回道，还可以吧，都老夫老妻的了，哪像你们年轻人啊。其实，我们这把年纪的人，过日子也就图个安稳罢了。

可是据我们了解，你们夫妻感情并不像你描述的这样，这你如何解释？郑啸剑再问。

老铁干笑笑，道，哦，那都是过去的事了，夫妻过日子嘛，哪有不磕磕碰碰的，舌头跟牙齿还常打架哩，你们说是吧。范红现在死了，老实说，我这心里头比谁都难过。这几年里，我们是有点小误会，不过前些日子我们已和好如初，哪想到，想安身过日子吧，横祸却飞来了，我老铁的命也苦啊。

这老铁到底是怎样的一个人呢？妻子死了，他倒先自叹自怜起来，而且还不想就夫妻感情的事讲句真话。郑啸剑打量了眼老铁，决定还是先敲山震震他老铁一下。

郑啸剑说，老铁，你抬起头看着我，说说范红被害的那几天，你都干什么去了？

老铁心头一颤，但他马上镇静了下来。

老铁说道，那些天我去了邻省的西塘了啊。我有几个客户来海东，当天我就陪他们去了苏州，第二天，就去西塘。两天后，我们一行是吃了饭回的海东。

老铁说了这么多，忽然间觉得哪儿有点儿不大对头，他猛然间转过了筋，反问，警察同志，你们不会怀疑是我谋害了自己的妻子吧？我可是没有你们认为的作案时间啊。

老铁的这番做作又岂能躲得过郑啸剑的眼睛。你没作案时间，并不代表你老铁就不可以雇凶杀人嘛。

老铁并未从郑啸剑这里听到他想要的话。郑啸剑说，今天咱们就谈到这儿，你对案情有什么想法，随时都可以跟我们沟通。

老铁的脸上忙又挤满了笑，连道，那是，那是。

老铁走了。

郑啸剑马上对身边的侦查叮嘱，给我好生地盯着！

六

小澜一骨碌从床上跃起来，她似乎想起了什么。

小澜瞥了眼床头柜上那只闹钟，这一刻已是凌晨四点多。

小澜用毛巾被裹着身子，她对手里握着的手机举棋不定。

这些日子，母亲遇害对她的打击是彻入骨髓的。人瘦削了十多斤不说，本来光洁的脸上写满了憔悴，黑黑的眼圈写着的尽是她内心的悲伤，写字楼里的工作辞了，她不自觉中已加入到与警方合力追查杀害母亲凶手的行列中。

小澜凝神片刻，最后还是揿下了手机按键。

小澜说，郑队，我突然间想到了一个细节，正举棋不定哩，不知当讲不当讲？

手机里是郑啸剑急急的声音，别有什么顾虑，你说，我听着哩。

小澜清清嗓门，那天在你的办公室，见我母亲的遗留物，我似乎没见到我母亲那串铂金项链。小澜请求道，方便的话，你看能否再核实一下？

对凶杀现场的遗留物，郑啸剑可清楚着哩。郑啸剑肯定地对小澜说，你母亲现场的遗留物中肯定没有你说的那串项链。你能肯定最后见你母亲时她是戴着的吗？

小澜回道，绝对错不了，我妈妈对那串项链看得比她的性命还重要，那是我外公临死前留给我妈妈的纪念物，项链的心型坠件上还刻着我母亲的名字哩。

这无疑又是新生出来的一条线索。

郑啸剑安慰了小澜几句，这时候窗外已现微曦，郑啸剑索性从办公室里那张简易的行军床上爬起来，又开始琢磨起了案情。

揣着小澜凌晨说过的话，吃完早饭，郑啸剑带着一帮人，再次来到案发现场。

一干人又沙里掏金过来了好几遍，现场并未发现小澜描述的那串铂金项链。

如果小澜说得没错，那就是说，犯罪嫌疑人虽没打范红钱包的主意，但范红脖颈上那串项链还是被凶犯顺手牵羊给掳走了。

以物索人，不能不说是一条捷径。当然了，欲使物证显身，大多数时候并不是件易事。可偏偏有的时候，天道也知道酬勤的。这回哩，追踪的铂金项链，就被郑啸剑他们给撞上了。

网上控赃没几天，就有线人来报。

线人说，在北凌有个绰号叫六指头的靠捡垃圾为生的男人，最近好像抖起来了，他那门四川妹小媳妇，身上好衣裳没几套，脖子上竟然吊起了金项链。

再追问六指头的来历，这下子办案干探们精气神来了。

六指头的大名叫童三，因为爹娘给了他左手六根指头，周围的人就渐渐忘了他的大名，开口闭口六指头地叫。童三是安徽铜陵人，三年前来海东晃荡，正经事没做多少，后来就专干些偷鸡摸狗的营生，被关进大牢里蹲了两年。今年春上刑满释放，童三回老家晃了一圈，很快又回到北凌干起了不要本钱的捡垃圾的行当。

郑啸剑他们赶来童三的住处，果然，他的四川妹小媳妇脖颈上挂着一串铂金项链，那项链在阳光照射下放着炫目的光。

跟童三媳妇亮明身份，郑啸剑开口见山，能让我们看看你脖子上的项链吗？

听警察说要看项链，童三媳妇下意识地护住项链，嗫嚅道，这项链……可不是我们偷的。

郑啸剑向她伸出手，童三媳妇虽不十分情愿，便还是哆哆嗦嗦摘下了项链。

郑啸剑接过一看，项链的心型坠件上果然刻着小澜所提供的她母亲的名字。

郑啸剑一个眼色，童三媳妇就被控制了起来。

说说，这项链到底是咋回事？郑啸剑口气严肃。

童三媳妇低下头，声音轻得如夏夜里的蚊绳，是……我家男人弄来的。

童三现在在哪儿？

在……朋友那儿打牌呢。童三媳妇答道。

童三这会儿还在为昨晚上偷割了一段电缆，换得一叠票子而陶醉着呢。哪想到，屁大的工夫，警察就寻到了头上。豆大的汗珠子从他委琐的脑门流了下来，他不会忘记大牢里的滋味。

在审讯室，没斗上几个回合，童三就竹筒倒豆子般把这段日子来的所作所为交代了一番。

就这些？郑啸剑问。

童三惊恐而又疑惑地看着郑啸剑，警察同志啊，我该说的都说了，一点儿也没隐瞒的意思啊。

好好看看，这是什么？郑啸剑出示了铂金项链，声音里不乏威严。

这回童三缓过神儿来了，原来警察盯上自己是因为这串项链。这时候，童三恨不得狠狠扇上自己几个大嘴巴子，我他妈的真沉不住气，活该！

童三交代，这串项链是我无意中捡着的。

那天晚上，大概八点来钟的样子，闲来无事的童三独自在北凌的北街上溜达。这时候，他就见马路拐角处一长溜垃圾箱前，过来一位骑自行车的男子。男子偏腿下车，像是偷偷摸摸在干什么心虚事，男人引颈四下里溜了一遭，这才从手提包里掏出了团白乎乎的东西倏地扔进了垃圾箱。童三一看，有戏，这男人肯定干了什么见不得人的事，他在处理手头上的麻烦。男人扔了手里的东西，马上跟没事人似的，悠悠地跨上自行车向北凌方向骑来。黄三当时就在想，我得看看这男人到底长得咋样，指不定将来他就是自己的小金库哩。童三吹着口哨，待骑车男人近了自己身边，故意用身子蹭了下骑车人，骑车人车把一扭，险些摔了。这下子，骑车人的面貌他算是看清了，此人刀条脸，大嘴巴，右脸颊有条浅浅的疤痕，倒是中分的发型看上去还有些顺眼。骑车人大概也不想生事，只是不满地瞪了眼童三，骑着车走了。童三再慢悠悠地踱到垃圾箱前，伸手一捞，是一件溅着血点的短袖衬衣，童三心里骂了句晦气，正欲甩手，手就被什么物什咯了一下。童三掏开口袋，妈啊，路灯下，那物什在手心里闪闪发光哩，是串铂金项链。不错，不错，今晚上算是捡了个大元宝。童三装着项链，吹着口哨，在北街上又转了会儿，这才转身往自己的简易棚摇去。

现在我们让你辨认那个骑车人你有把握吗？郑啸剑问。

绝对没问题，我童三字识得不多，可是什么人在我面前一过，我绝对是过目不忘。童三肯定。

七

老铁这些天倒是看不出有多大的变化，每天大清早提着鸟笼去公园溜达一圈，余下的时间就是猫在屋子里也不知在干些啥。

这夜里，天上忽然下开了雨，到了天明时分，这雨还在沥沥拉拉地下着。

这天气，老铁总不该再去公园溜啥劳什么鸟了吧？负责盯梢的干探们在嘀咕。

八九点钟的光景，就见老铁门洞里闪出了老铁的身影。

老铁撑着把雨伞，夹着黑色的公文包，不知道他欲往何处，都干什么去？

一名干探拉开车门，对另一位干探说，我这就跟着，有情况咱们随时联系。

老铁在前头走着，走进川金街，便一头扎进了银行大门。

跟着的那名干探在银行外头蹲了足有二十分钟，办完事的老铁这才走出银行门。

这回，老铁可不像往日里溜完鸟，就蹲家里歇着了，而是直接去了一家茶楼，悠闲地喝起了香茗。

爱人尸骨未寒，真难得他有这份兴致啊。跟踪的干探气愤地啐了句。

接到跟踪干探的报告，郑啸剑指令，立即去银行调查，看看他老铁究竟干了些什么？

再查，老铁是给一个叫季像龙的人打了一笔款子，计十三万元整。

要说老铁平日里给人划个款子也属正常，可眼下作为嫌疑对象，他所做的一切，警探们就不能视而不见了，而且还得要打破砂锅问到底。

顺着这条线索追下去，季像龙是当地一家五金加工厂的老板，因为常年跟老铁夫妇的工厂合作，两边的关系一直处得不错。

侦查进行到此，郑啸剑的思绪又闪回到了范红被害的那个现场。

郑啸剑相信自己的判断，陪范红来太阳湖溜达的，显然是范红的一个熟人，而且还是一位关系非常不错的熟人。

那么，这个人会是谁呢?

目前可以说老铁带出来的关系人也仅仅是季像龙，而且，季像龙的自身条件完成吻合自己的推理。

莫非季像龙有作案嫌疑?

郑啸剑决定，还是外围先巩固起来。

办案人员外围一查，这下子连他们自个儿都有点儿不敢相信了，这个季像龙不就是童三描述的那个抛物人嘛。刀条脸，大嘴巴，右脸颊有条浅浅的疤痕，倒是发型不如童三描述的中分，而是三七开。

是巧合?

照片递到童三手里，童三就像是出水的鱼，一下跃了起来，就是他，百分之百就是他。

郑啸剑让他再细看看，童三马上现出因为别人不信任而不满的神情，这回你们一定得相信我，我有感觉，这家伙身上肯定有事，说不定就背着条人命。

接触季像龙。郑啸剑下令。

八

老铁以为这次进重案队定然不会跟上次有多大的差别，一问一答，除了耗点时间，什么也不会缺少。可是这回，连他老铁都没心理上的准备，他错了，而且是彻底的错了。

照片上的人想必跟你关系不错吧?郑啸剑的口气可不像上次那般客气了。

老铁接过照片，这一看可不要紧，他连面部的神经都控制不了啦，肌肉突突地跳着，薄薄的嘴唇一下显出了拙态。

认识……他……他是我生意上的一个好朋友。老铁低声道。

朋友？真是一对好朋友啊。郑啸剑揶揄。

突然间，郑啸剑提高了声音，怎么，到这时候了还不想讲真话？

郑啸剑定定地看着老铁，老铁细眼珠子不停地眨着，豆粒大的汗珠子就露珠儿似的在脸上滚落了下来。

那十三万元是咋回事？

审讯室内一片静寂。

忽然间，老铁双腿一屈，扑嗵一记跪在地上。我说，我全说，范红她不是我杀的，真的不是我杀的。

你说你不是凶手，单凭你一张嘴我们就得信你？郑啸剑严肃地说，我们办案，注重的是证据，证据，你懂吗？

老铁点着头，我懂，我懂。

九

我与范红是十五年前的夏天结合在一起的。

那时候，我就经营着一家机械加工厂。跟范红结婚后的十多年，我们的确积累了不少财富。可是让我头疼不已的是，家是衣食无忧，范红却变了，整天打扮得花里胡哨的，经常是早出晚归。时间一长，两人的感情就像遇上了寒霜。后来，我们从起初的争吵渐渐发展到了打骂。就在这个时候，我发现工厂财务上有问题，而管账的恰恰就是范红。她范红不跟我商量，一下子就从银行提走了八十多万。她背着我提这么多钱干什么？就冲着这一点，我内心里更是加剧了对范红的鄙视与仇恨。眼看着自己辛辛苦苦创立起来的公司就要毁在女人手里，我痛苦到了极点。之后的那年秋天，范红离开了我住到了她的女儿小澜那儿，并提出欲跟我离婚。她的意图明眼人一眼望穿，她不就是想平分我的家产嘛。上千万呐，那可不是个小数目，范红是想让我年逾花甲之时落个人财两空，这歹毒的女人啊。我硬拖着，坚决不同意离婚，我要拖得她断了念想。这当中，我为了能让她长点儿记性，曾多次想请人揍她一顿，我想，即便打伤了她，顶多也就是养她一辈子，省得她成天在外头疯来疯去。每次下定了决心，临了，我的心先软了下来。看着她越来越变本加厉跟我闹，这回我铁了心，说什么也得找人收拾她一顿。

可是找谁担当此大任呢？老铁可谓是绞尽了脑汁。

老铁首先想到了季像龙。

老铁一直以为季像龙地界上各色人等都熟，找几个打手不是难事。

就在老铁与季像龙密谋之中，老铁发现，范红又变本加厉将房产证悄悄转移到了外头。

老铁终于恼羞成怒了。

于是，他再一次找到季像龙，催他早点儿行动。

季像龙接过老铁递上的一万元路费，随即跟老铁提出了一个更为直截了当的解决方案。

老铁沉吟了片刻，说，就按你说的去做，事成之后我给你十三万。

十三万，一个不大不小的数字。季像龙想，与其请人帮忙，还不如自己动手的好。

第二天，也就是范红从麻将台上赢了点小钱的那个午后，季像龙跟范红在街头相遇了。那天分手前，两人相约，明天去太阳湖散心。

季像龙说，不见不散。

范红说，不见不散。

十

一个原本充满快活的旅程，最后在血色残阳中匆匆落幕。

残阳无语，芦花灼灼，咸腥的海风里，就这样生发出了一段让人扼腕的悲催故事。

尾声

整理完我爷爷和我父亲的手记不觉已是春暖花开时节。

这天，我与未婚妻嫣然难得空闲在江边漫步。嫣然就是《海东晚报》报道过我们重案队M国抓捕的那位记者。江边游人如织，江边公园内桃红柳绿，樱花缤纷喜人。碧空如洗，江水如蓝，江鸥展着翅膀贴着绿水放飞。美的景致，怡人的陶然。嫣然触景生情，江碧鸟逾白，山青花欲燃。徜徉在平安祥和的日子里，我真的为我所爱的人自豪。我笑道，我同样为我的爱人自豪，你们才是真正的无名英雄。我故意打趣嫣然，奶奶说过了，等到今年的国庆，说什么也得请你进郑家门，她已等不及我们老郑家的第四代重案队长了，她说她要在有生之年，为海东的刑事侦查再作了一份贡献。嫣然大大方方朝我一笑，揶揄，我时刻准备着，难道你没看出来？我也故意正了正脸色，像是很郑重地握着嫣然的手，那我就代表重案队全体干探，欢迎嫣然同志正式加入警嫂的序列。嫣然笑着，还有模有样地向我敬了个礼，报告郑队长，嫣然同志正式向你报到！

正说笑着，我兜里的手机响了。接完电话，我面露难色地对嫣然说，来案子了，今天的活动又得暂告一段落。嫣然很通情地说道，战斗正未有穷期，我批准了！为了什么？我俩举手击掌，同声说道，碧空净！